バベル九朔

万城目 学

角川文庫
21448

目次

【雑居ビル「バベル九朔」フロアMAP】
イラスト：万城目 学

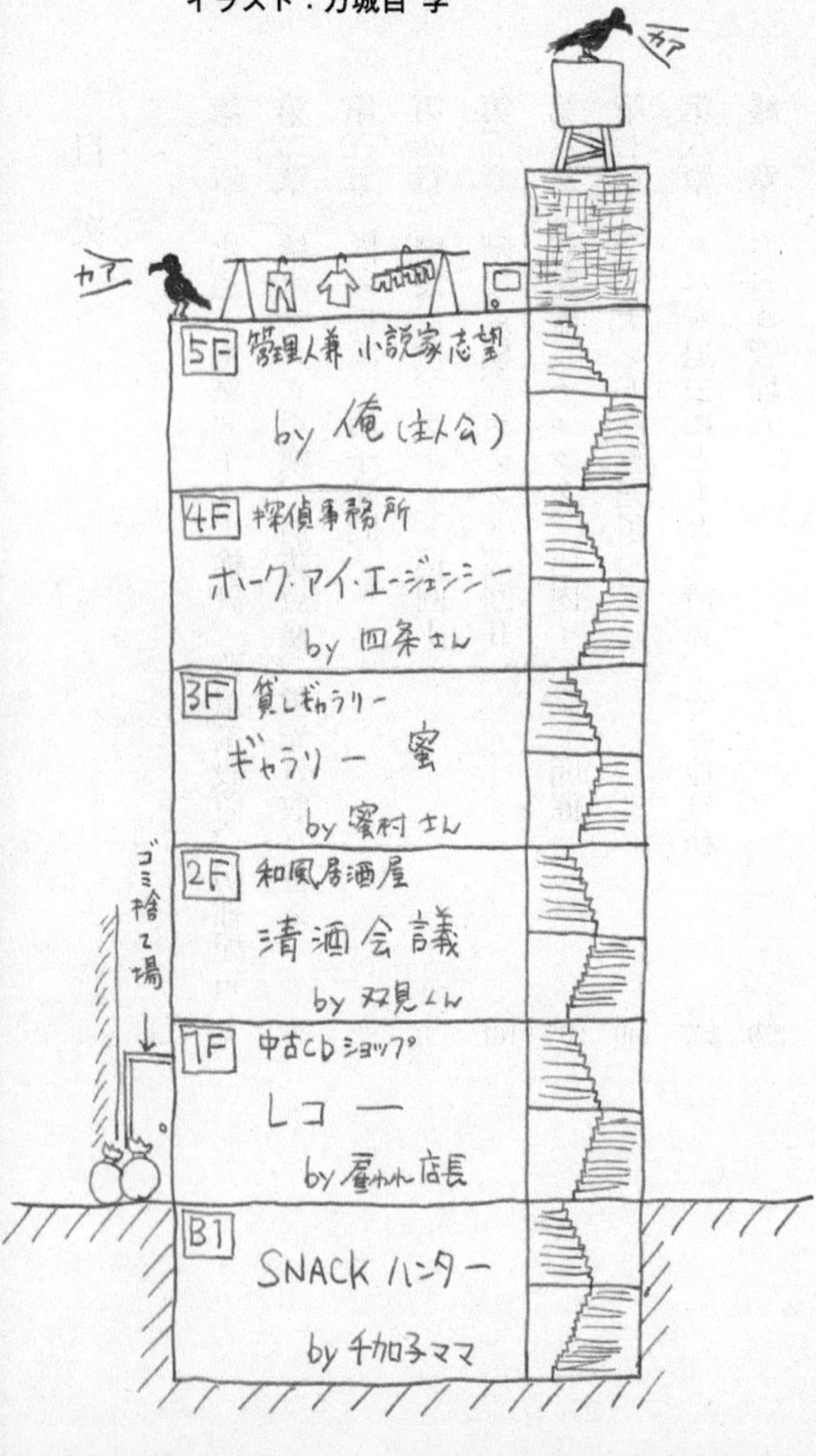

第一章　水道・電気メーター検針、殺鼠剤設置、明細配布

「qua《クゥァ》」

「quaa《クゥァア》」

「quaaa《クゥァアア》」

バベルの朝はカラスが連れてくる。

ドアを開けた途端、待ち構えていたかのように頭の上から降ってくる連中の鳴き声に迎えられ、俺は屋上に出た。弛緩《しかん》した弧を描く物干し竿《ざお》の洗濯ヒモを潜り、壁際のハシゴに向かう。枯れた樹皮のように塗料がめくれ上がり、その下にすっかり錆《さび》が這《は》う鉄棒にサンダルを置き、ぐいと身体を持ち上げた。

ハシゴを上るとそこはビルの最上部だ。太い管の束をまたぎ、変電施設の扉を鍵《かぎ》で開けた。変電施設といっても、せいぜい大きな本棚を二つ並べたくらいのサイズである。扉の内側にはメーターやらレバーやら配線やらがみっしりと埋めこまれている。低くうなる機械音とともに、扉の内側にこもっていた熱が頬に触れる。俺はこの生あたたかな余熱が嫌いだ。さらに遅れて漂ってくる、どこか苦みのある機械の臭いも嫌いだ。息を止めたまま、短パンのポケットからメモ帳とボールペンを取り出し、高圧危険というプレートの下から、

「バベル看板」

「バベル共用部分」

とシールが貼られた二カ所のメーターの数字を読み取った。それらをメモ帳に書きこみ、急ぎ身体を起こすと同時に、サンダルで扉を蹴《け》りつけ元に戻す。溜《た》めていた息を吐き出し、鍵を閉めた。

これで屋上での仕事は終わりである。

電車が近づいてくるガタゴトという振動音に振り返ると、斜め下方、長々と横たわる駅のプラットホームに電車が進入しようとしていた。午前五時四十分のホームは、さすがに人の数も少ない。白み始めたばかりの空に大きくあくびした。まるで俺の口に声を放りこもうとするかのように、カラスがカアと鳴いた。それに呼応して、カア、カアと下品な輪唱があちこちから続く。奴らが言葉を操ることを俺はよく知っている。飲食店から出た残飯をしこたま詰めこんだゴミ袋が破れていないか、カアカア伝え合っているのだ。その連絡網の伝える先が、このバベルだったときは悲惨だ。駅に向かう通勤客の乾いた視線を浴びながら、ゴミ捨て場の掃除をしなくちゃいけない。

ホームから発車のメロディが、どこか空気が抜け始めた風船のように張りを失って届く。電車がのろのろと駅を離れるのを見送りながら、途中で置いてきた原稿の続きの展開を考えようとしたが、重い眠気に遮られ、おつむはもう使いものにならない。

このまま全階を回ってメーターを調べてから寝るつもりだったが、やめだやめだとハシゴを下りる。物干し竿に二日かけたままだった洗濯物を回収して屋上をあとにした。

階段を下りるとすぐのドアが俺の部屋だ。重い鉄の扉を開け、サンダルを脱ぎ捨て、布団に潜りこんだ。

バベルの五階は俺の住みかだ。

俺はテナントビル「バベル九朔《きゅうさく》」の管理人をしている。

＊

人に歴史あり。

建物にも歴史あり。

自分でも承知していることだが、俺は作品のタイトルをつけるのが下手くそだ。いつだってタイトルが決まらぬまま先延ばしを続け、出版社に送る寸前になって慌てて決める。しかし、これがうまくいかない。そもそも、それまで答えが出なかったものが、最後の最後で都合よく名案が生まれるわけがない。この前の新人賞に送ったタイトルだって、ひどいものだった。応募締め切りぎりぎりまで粘っていたら、逆に考え過ぎたせいか、何がいいのか、途中からわけがわからなくなってしまい、いや、でも、これはひょっとして高い集中へ、己を一段階上へと導く、いわゆる「ゾーンに入った」状態なのではないかと解釈し、虚飾を排し、ひたすらシンプルさを追求したタイトルをつけて郵送したところ、完全に裏目に出た。翌日、ぐっすり眠ったのち、冴《さ》えた頭で己の決断を振り返り、心の底から絶望した。

『トーテムポール』

何だ、この古い言葉のチョイスは。トーテムポールなんて何年も目にしていない。何よりの問題は、話のなかにトーテムポールが一本も出てこないことだ。

そんな俺にケチをつけられるのも迷惑千万だろうが、それでも、このビルを建てると決めたとき、もう少し考えてもよかったのではないか——、なんて思うのだ。

バベル九朔。

何という、皮肉な響きだろう。

しかし三十八年前、このビルは確かに「バベル」だった。

今となっては七十年近くもむかしの話になる。当時の九朔家のあるじ、つまり、俺の祖父がこの街にやってきたところから、バベルの歴史は始まる。

戦争が終わり、兵隊として駆り出されていた満州から帰ってきた祖父は、お見合い相手の祖母と結婚、この街に居を構えた。街の外れに小さな部品工場を立ち上げ、祖母と二人三脚、コツコツと仕事に励んだ。苦節十五年、電動ミシンのモーターの特許開発に成功した祖父は、一気に事業を展開させる。順調に工場の規模を拡大する一方で、新たなビジネスとして駅裏に土地を買い、そこに画廊を開業して絵画の売買にも乗り出す。なぜ、そんな畑違いのものに手を出そうと思い立ったのかはわからない。しかし、どういうわけか確かな鑑定眼があったようで、祖父はこの商売で大きな利益を上げた。若い無名の画家から安く絵画を買い取り、五年、十年とあたため、何十倍も価値が跳ね上がったところで売り払った。絵画の取引で稼いだ金で、新たに保険の代理店を開いた。急激な街の人口増加の波に乗り、わずか数年の間に相当な儲《もう》けを得たらしい。絵画に保険、ともに本業以外で蓄えた金で、祖父はビッグな買い物をした。

「バベル九朔」の誕生である。

当時、街はまだその真価を正確に見出《みいだ》されていなかった。都心へのアクセスのよさも、単に住宅地としてのメリットを強調するものでしかなく、現在のにぎわいぶりに比べたら、ほんの蛹《さなぎ》にもなっていないような状態だった。

そこへ祖父がいきなり五階建ての商業ビルを建てた。駅周辺にはじめて出現した高層建築は、地域の耳目を大いに集めたらしい。母やおばたちの話では、決して祖父は成金というタイプではなかったようだ。だが、相当アクの強い人物だったことは間違いない。そうでないと、自らが建てたビルに「バベル」なんて大仰な冠をわざわざ載せるはずがない。

そんな祖父を、俺はひそかに「大《だい》九朔」と呼んでいる。

むかし学校で習った世界史に、「大ピピン」「中ピピン」「小ピピン」という名前が出てきた。「大スキピオ」「小スキピオ」というのもあった気がする。それらの人物が何をしたのか記憶にないが、同じ一族の場合、古い者から順に「大」「中」「小」を冠して呼ぶのだと教えられたのは覚えている。ゆえの「大九朔」。部品工場からスタートして、一代で身代を築いた偉大な祖父への敬意の表れとして悪くない呼び方だと思う。

今となっては想像もつかない話だが、かつてはこのバベルの屋上から、あたりを悠々一望できたという。もちろん、その頃は駅ビルなど存在せず、駅舎は質素な平屋建て、今は高架を走る電車も大人しく地面の上をガタゴトやっていた。たかだか五階建てであっても、ビルはまさしく「バベル」の姿を誇っていたのだ。

だが、大九朔のバベルがこの世の春を謳歌《おうか》できた時間は短かった。

戦前から続く、由緒ある商店街が幅を利かす駅の表通りではなく、画廊を建て替えるかたちであっても、あえて裏通りにバベルの場所を選んだのも、街の中心が将来移動することを見越してのことだったのだろう。その目論見《もくろみ》どおり、八〇年代に入り、道と権利がごちゃごちゃ入り組み、土地が確保できない表通りを嫌い、駅裏エリアに大型店舗が続々と建ち始めた。街は祖父の想い描くがままに、膨張の時期へと突入していったのである。

しかし、どこまでも目先が利く祖父にも二つの大きな誤算があった。

一つは街の発展が、祖父の想像をはるかに超える速さで進んだこと。もう一つは、祖父の寿命が自身の想像よりもはるかに短かったことだ。

俺がまだ二歳だったある夏の日、祖父は脳卒中に見舞われ、突然この世を去った。

祖父は祖母との間に、三人の娘をもうけた。財産分与の結果、祖母が画廊を、長女がミシンの部品工場を、次女が保険代理店を、三女がバベルを受け継いだ。

夕暮れどき、五階の窓から通りをのぞくと、左右のビルに挟まれ、窮屈そうに肩を縮めて伸びるバベルの影が見える。隣のビルと比較しても高さはもちろん、横幅さえ半分ほどしかないその影は、まるで大九朔の夢の残滓《ざんし》を描いているようだ。朝を迎えても、周囲のビルに遮られ俺の部屋に陽の光はほとんど届かない。建設当時の雄姿はもはや過去の栄光。かつてのバベルの王は、成長期がひと足早く訪れるも、途中で呆気《あっけ》なく止まってしまった少年のように、四方にそびえるビルをただささびしく見上げるばかりである。

もっとも、おかげで俺は光の届かぬ部屋で、朝を迎えようとお構いなしにぐっすりと眠ることができる。ビルの裏手は駅の高架に接しているため、電車の車輪のブレーキ音どころか、その振動までダイレクトに伝わるし、朝はカラス、昼はバス、夜は酔っぱらいと一日じゅうビル前の騒音がやむことはない。真夜中には、パトカーや救急車が遠慮なくサイレンを鳴り響かせ猛スピードで通りを駆け抜けていく——と、およそ人が住む環境ではないことは明らかだ。この部屋に引っ越してきたばかりのときは、こんな騒々しい殺伐とした場所で、人が生活できるものなのかと危ぶんだが、ものの数日ですやすや寝つけるようになった。人間、どんなものにもすぐ慣れる。

この由緒ある「バベル九朔」の五階で、俺はオーナーの一人息子として、ビルの管理人を務めるかたわら、作家を目指し小説を書く日々を送っている。

＊

目が覚めて、枕元の時計を確かめると午後三時を過ぎたところだった。

最近、ビルにネズミが出る。

先週、ビル脇のゴミ捨て場ではじめて見かけた。隣のビルとの間に設けた幅五十センチほどのゴミ捨てスペースの扉を開けたら、そこにいやがった。しかも二匹。目がクリッとして、身体はとても小さかった。しかし、いっさいかわいらしさは感じられなかった。連中は俺を見ても逃げない。入口すぐの位置に積まれた各テナントのゴミを乗り越えてくることはないと察しているのか、微動だにせずこちらを見上げていた。

さらに二日前、階段の掃除をしていたら、地下一階のテナント「ＳＮＡＣＫ　ハンター」の前で、

「ねえ、管理人さん、昨日ネズミが出たのよ」

と店のドアから千加子《ちかこ》ママがぬっと顔をのぞかせた。七十歳近いママさんの化粧前のご尊顔はなかなかの迫力で、一歩下がって話を聞くに、すばしこい一匹が店のなかに紛れこみ大騒ぎになったのだという。

「お客さんが隅に追い詰めたヤツに靴を投げて動けなくしてから、そのままゴミ袋に入れて捨てちゃった」

ママさんはそう言って、いったん店に引っこみ小さな箱を手に戻ってきた。

「まだいっぱい残っているから、使ってちょうだいよ」

箱の表面にはネズミのシルエットが描かれていた。殺鼠《さっそ》剤である。俺もゴミ置き場で

ネズミを見たばかりだと伝えると、「嫌ねえ、増えているのかしらね」とまだ描かれていない眉《まゆ》の間に深いしわを寄せていたが、

「そうだ、ミッキーは見た？」

と妙なことを訊《たず》ねてきた。

「ミッキー……ですか？」

「そう、このへんのネズミのボス」

こんな大きいの、とママさんが両手で示した体長は四十センチ近くあった。どう見ても、ネズミの大きさではない。

「すごいでかいのがいる、ってお客さんの間で噂になってたのよね。ほら、ウチって、自分の店を閉めてから遊びにくる人が多くて、みんなこのへんだから知ってるのよ。そうしたら、私もこの前、ゴミ捨て場の前で見たの。本当に大きいのよ。こわくて逃げちゃった。こんなだったもの――」

ネズミのサイズを伝えるママさんの手の幅が、さらに十センチ近く広がったのを思い返しながら、布団からようやく抜け出し、顔を洗った。床に放ったままのメモ帳とボールペンを見て、電気メーターの検針の続きをするという今日の予定を思い出した。しかも、今月は六月だ。偶数月は電気料金に加え、水道料金の計算もしなくちゃいけない。

いよいよ、六月。

月末の新人賞の締め切りまであと三週間――。

食卓の原稿用紙の束に触れる。何度も読み返したため、端がめくれ、ずいぶんかさが増しているように見えるが、俺が二年かけて書き溜《た》めた原稿のいちばん新しいところ、ざっと百枚分だ。

賞味期限切れの食パンと牛乳で食事を済ませてから、メモ帳とボールペン、さらに玄関脇に見つけた殺鼠剤も短パンのポケットに突っこみ、部屋を出た。

ドアが閉まるのを待って、よっこらせとしゃがみこむ。

二畳ほどの広さの階段踊り場中央、三十センチ四方の正方形に区切られ、床にはめこまれたフタを引き上げる。床下から現れた水道メーターの、青いプラスチックカバーを外して数字を読んだ。部屋で洗濯機を回しているからだろう、じりじりとメーター右端の数字が回転している。水道代はふた月に一度、電気代は毎月検針というのがバベルのルールだ。電気代と異なりテナントビルの水道代は意外とかからない。水の使い途《みち》が、せいぜいトイレと食器を洗うくらいしかないからだ。洗濯や風呂《ふろ》でじゃぶじゃぶ水を使う一般家庭のほうがよほど高くつくだろう。

ドア脇の電気メーターの数字もメモに記してから四階へ下りる。そこでも同じやり方で検針を済ませ、三階に着いたとき、

「カア」

という間の抜けた鳴き声が聞こえた。

明らかに階下から伝わってきたものだった。つまり、ビルの入口あたりでカラスがう

ろついているということだ。人通りの多いこの時間に何でカラスがいるのか。ひょっとして、ゴミが散乱しているんじゃないだろうな——、と嫌な予感に襲われながら、しばらく耳を澄ませてみるが、鳴き声は一度きりの様子である。ホッとした気分で床フタを持ち上げ脇に置き、水道メーターのカバーに触れたとき、

「カンッ」

と今度は甲高い音が階段に響いた。ヒールだろうか、カツーン、カツーンという階段を叩《たた》く硬質な靴音が、階段の吹き抜け構造も手伝って建物全体に鳴り渡りながら上ってくる。午後三時半のバベルで営業をしているのは、一《いち》階の「レコ一」と四階の「ホーク・アイ・エージェンシー」だけだ。ならば、靴音は四階を目指しているということになる。いや、しかし——。

「三階　水道　1020」

メーターの数字を読み取り、床フタを手に取った。ぽっかりと空いた穴のへりにフタを添えたとき、急にクリアな靴音が鼓膜を打ち、俺は何気なしに階下に視線を向けた。

はじめに目に飛びこんできたのは、深い、深い谷間だった。

生地が足りないまま作ったんじゃないかと疑うほど、胸元がぱっくりと開いた服を纏《まと》った女が、ヒールの音を盛大に従え階段を上ってくる。

その光景に、

「カラスにも谷間があるのか」

という妙な感想を一瞬思い浮かべたのも、相手の服が黒一色であり、生地の特性なのか、光の反射によって、ぬめりにも似た銀色の帯が、そのぴたりと吸いついた身体のラインに沿って流れるように浮かび上がり、まるで明け方の空に見上げるカラスそっくりの色遣いを見せていたからである。

女は顔の上半分を覆うくらいの大きなサングラスをかけていた。たぶん、若い女だった。踊り場で床フタを手にしゃがみこんでいる俺の姿に気づき、いったん足を止めたが、何事もない様子でふたたび、その足元のヒールが「カンッ」と鋭い残響とともに床を叩いた。

「あ――、ち、ちょっと待ってください」

ここ数日、まともに言葉を口にしていなかったせいか、思いきりひっくり返った声を発しながら、慌ててフタを元の位置に戻し、立ち上がった。

狭い踊り場のコーナー内側を回りこむようにして女は俺の前を通り過ぎた。

壁に貼りつき道を空ける俺の存在に気づいていないのではないか、というくらい、いっさいこちらに注意を払うことなく、女は四階へと続く階段に「カツーン」と進んだ。

背の高い女だった。ヒールを履いていることもあるだろうが、俺より五センチは背が高かった。おかげで、目の前をとんでもない谷間が通過するのを、息を呑《の》んで見送った。

ウェーブのかかった、なめらかな光沢ある長い髪が風に揺れ、背中のラインを這《は》うように、銀色のぬめりが音もなく浮かんでは消えていった。身体にぴたりと吸いついた短いワンピースのすそから、やはり黒のタイツに包まれた、しなやかな脚がスッと伸びて、黒いヒールが階段を上っていく様を、呆《ほう》けた顔で見つめた。

そのとき、女が足を止め振り返った。

「あなたは、誰？」

視線をそらす間もなく、サングラス越しに目が合った。不思議なほど抑揚のない、まるで積み木を崩したような、どこか調子の外れた声で女は俺を見下ろした。

「管理人？」

「え、ええ——、そうです」

そう、とグロスがたっぷり塗られた唇が小さく動いた。かたちのよいあごのラインに女は指を添え、無言で俺の顔を眺めた。爪は当たり前のように黒いマニキュアで染められていた。

ここに至って、ようやく女の質問と視線の意味を理解した。俺がここにいたら、四階に行きづらいではないか。きっと極めて複雑なプライベートの問題を抱えているのだろうから——。

「す、すみません」

壁の電気メーターの数字を急ぎ拾い、地下まで一気に階段を下りた。「SNACKハンター」の防音加工を施されたドアの前で、高鳴る胸の動悸《どうき》を静める。それからなるべく時間をかけ、一階、二階とメーターをチェックした。ついでに、すべての踊り場の隅に殺鼠剤を置いた。バベルにエレベーターはない。途中、階段で誰ともすれ違わなかったし、四階のドア前まで戻っても、女の姿はなかった。ということは、このドアの向こうに消えたわけだ。

磨《す》りガラスで出来ているドアには、羽を左右に広げる鷹《たか》の凜々《りり》しいイラストとともに、「ホーク・アイ・エージェンシー」

という文字が躍っている。

いったい、あの女は何の用でここに来たのだろう――？

下世話な好奇心と知りつつも、疑問を抱くには然《しか》るべき理由がある。何しろ、四階の「ホーク・アイ・エージェンシー」は探偵事務所だ。

しかも、徹頭徹尾はやっていない、廃業寸前の探偵事務所だ。

＊

地下一階「SNACKハンター」

一階「レコ一」

二階「清酒会議《きよしゆかいぎ》」

三階「ギャラリー蜜《みつ》」

四階「ホーク・アイ・エージェンシー」

バベルのテナントは一フロアに一つ。各階に配付する電気代と水道代、そこに商店会費を加えた明細を作成していると、黒電話がジリリリリンと鳴った。

母からだった。

九朔家三姉妹の末っ子として、母がこのビルを相続してから、すでに四半世紀が経つ。しかし、相続してこの方、母がこのビルの面倒を直接見たことは一度もない。なぜなら、俺の実家はこのビルから五百キロも離れた彼方《かなた》にあるからだ。その彼方に住む母がビル管理業務を担うには無理がある。そこで母は、保険代理店を営む三姉妹の次女である富二子《ふじこ》おばに、長らくビルの管理を任せていた。そもそも、俺が住む五階は、バベル建設当時から、保険代理店の事務所として使われていた。祖父の死後、代理店業務を受け継いだおばは、この部屋で仕事をするついでに、母に代わってビルを管理した。しかし、六十の還暦を迎え、おばは保険代理店を畳み、バベルから撤退することを決めた。常勤の管理人がいなくなる以上、不動産会社に高い手数料を払い、管理業務を一任するほかない、と母が検討し始めたとき、俺がひょいとその後釜《あとがま》にすわったのである。

大学卒業後に勤めたハウスメーカーの事務職を三年で辞め、俺は単身この街にやってきた。おばが退去し、空き部屋になったばかりの五階に社員寮から荷物を移し、バベルの管理人となることを一方的に宣言した。

会社への辞表提出からバベルへの引越完了まで、途中、俺はひと言も母に相談しなかった。勝手に仕事を辞め、適当なことを並べおばから合い鍵《かぎ》を受け取り、部屋を占拠した息子に、母は当然激怒した。このご時世に大手メーカーの職を放棄し、小説家を目指すなど正気の沙汰《さた》ではない、と正論を並べたて、今から職場に戻って土下座しろ、辞表を撤回してもらえ、明日そこから出て行け、と暴論をまくし立てた。しかし、覆水は盆に返らない。母の怒りをよそに、俺は住民票を移し、各テナントに新任のあいさつを済ませ、階段の切れていた電球を交換し、階段手すりを拭《ふ》き掃除し、既成事実を積み重ね、テコでも動かぬ姿勢を行動で示すことで強引に母の口を閉じさせた。

結果、俺は大いに母の不興を買った。バベルの住人になり、そろそろ二年が経つが、いまだ母の怒りは解けず、こうしてひさびさに話をする際も、常に刺々《とげとげ》しい空気が五百キロの距離を越えて漂うわけである。

「何してたの、アンタ」

「今月の電気代やら、水道代やらの計算をしていた」

「それは、お疲れ様。ところで、小説のほうはどうなっているの？　進んでいるの？」

「進んでいるとも、進んでいないとも言えないね」

「ほら、この前、ナントカ賞に送ったってやつ、どうなったんだい？」

「ナントカ賞という名前の賞はこの世にないね」

早くもギスギスとした乾いた空気が流れるが、毎度のことである。俺は小説のことに触れてほしくない。一ミリも前に進めていない現状なら、自分がいちばん理解している。

それをわざわざ口に出して説明するのは応《こた》える。簡単に言うと、みじめである。しかし、先方はそんなことお構いなしに、毎度同じことをいのいちばんに訊《たず》ねてくる。不毛である。だいたい物事がうまくいったときは、真っ先に報告するだろう。沈黙は現状の反映であり、何より雄弁な回答であるはずなのだ。

「で、何の用？　これから四条《よじょう》さんのところに、明細を届けにいくけど、この前の家賃の話、どうなったんだっけ？　嫌なんだよなあ、知らないだろ？　金を催促するときに流れる、あの重くて、息苦しくて、澱《よど》みきった空気を。まるでこっちが悪者のような目で見られる。家賃を払わず、居座っているのは向こうなのに。四条さん、事務所をのぞくたびに、いよいよシャレにならぬ負のオーラを発してる。ありゃ、駄目だよ」

「ああ、その家賃の話だけど、もういいから」

「え？　それって滞納分を払ったってこと？」

「この前、電話で話して解決したの」

「じゃあ、やっぱり、畳むことにしたんだ？」

　自然、声を潜める俺に、

「そうじゃないわよ」

　と電話口からあっさりと否定の声が返ってきた。

「どうも最近、いろいろ仕事が入ってきたらしいわよ」

　その言葉に刹那《せつな》、階段ですれ違った女の残像が蘇《よみがえ》った。黒に塗りこめられた胸元にのぞく白い肌が、今もまぶしさを感じるくらい鮮やかに脳裏に展開される。部屋に戻ってから何度もリフレインしたせいで、ほとんど白と黒の抽象画のようなイメージになってしまったくらいだ。

「へえ、どこかに広告でもうったのかな……。四条さんのことじゃないなら何の用？」

「点検のことよ。二十九日に消防点検と給水タンクの点検があるから」

「え？　てことは、また初恵《はつえ》おばさんが来るの？」

「そうなるわよね」

母の返事に俺は顔をしかめる。初恵おばは九朔家三姉妹の長女である。今も、祖父から受け継いだ部品工場を一人で切り盛りしている現役の女社長だ。職業柄、とにかく押しが強い。人に命令することに慣れきっている。何をするにも意見を挟んでくるうえ、それに対し考える猶予を人に与えない。要はいちいちが俺と合わない。

「苦手なんだよなあ、初恵おばさん。声がやけに響くし、何の話をしても、いつも怒られているような気がしてくる。それに、むかしからあんなにワシ鼻だったっけ？　全身いつも黒い服だから、本当に魔女みたいだよ。最近、ジムに通ってるとかで恰幅《かっぷく》もどんどんよくなってる。迫力ありすぎて、こわいよ」

「お姉ちゃんは小さい頃から、あの鼻よ。おじいちゃんの鼻。アンタといっしょ」

「俺はあんなワシワシしてないよ」

「何言ってんの。アンタの鼻も、どう見たっておじいちゃんの鼻だよ。でも、お父さんや私のダンゴ鼻よりましでしょ？」

母は見るからに、祖母の平穏な鼻を受け継いでいる。三姉妹の真ん中の富二子おばも、祖母の鼻が勝っている。父も印象的な鼻の持ち主ではない。そう考えると、確かに俺の鼻は両親産ではなさそうだ。ちなみに俺の姓が「九朔」であることからもわかるとおり、父は婿養子である。二人のおばがともに結婚しなかったため、父が九朔家にやってきたのだ。

「ねえ、私もインターネットで調べたんだけど、小説家になるには、やっぱりコネとかが大事なんじゃないの？　アンタみたいに、何も持っていない子がなれるもんじゃないのよ。さっさと小説なんかやめて、ハローワークに行きな――」

話の途中で、俺は静かに受話器を置いた。

ささくれだった心を静めるため、いつか受賞したあかつきのエア・スピーチ、「まさか、ボクがこの栄えある賞をいただく日がくるなんて夢にも思いませんでした」編を予行してから、明細の束を手に部屋を出た。階段を下りて、まずは四階「ホーク・アイ・エージェンシー」のドアを「ごめんください」と開けた。

＊

探偵はデスクの向こうで、チェアに深々と腰かけ新聞を読んでいた。さすが「鷹《ホーク・》の目《アイ》」を標榜《ひょうぼう》するだけあって、紙面に落とす視線はきわめて鋭い——こともなく、探偵は首をがっくりと垂れて、昼寝の最中だった。探偵が光らせているのは目ではなく頭である。俺はデスクの前に立ち、その見事なスキンヘッドが照明の光を反射するのをしばらく眺めたのち、

「四条さん」

とおもむろに声をかけた。探偵はびくりと身体を震わせ、「お、おお」と間抜けな声を上げた。

「今月の電気代と水道代です。よろしくお願いします」

とデスクに明細を差し出した。四条さんはちらりとそれに視線をやったのち、まるで何事もなかった様子で、

「九朔くんてさあ、いつも上で何やってるの？」

と妙な問いを放ってきた。

「何って——、そりゃ、管理人の仕事ですけど」

「でも、四六時中、管理人の仕事があるわけじゃないだろ？」

「ええ——、それは、まあ」

「たとえば、この明細を渡すのだって、月一回で済むじゃない」

「仕事はこれだけじゃないですよ。ゴミのチェックやら、電球の取り替えやら、毎日階段の掃除もしていますから」

「それだって、まる一日はかからないじゃない」

「ネズミ駆除もしていますよ。最近、ネズミがよく出るみたいで。俺も、ゴミ置き場で見たし、地下の『ハンター』にも出たんです。さっき、踊り場の隅に殺鼠剤《さっそ》をまいておいたんで、触らないでください」

むろん、このバベルに引っ越してきてから、小説を書いていると他人に打ち明けたことはない。その他とにかく管理業務が忙しいとそらとぼける俺に、

「九朔くんがここに来て、もうどれくらいになるんだっけ?」

と四条さんは上目遣いで訊ねてきた。

「七月に引っ越してきたから、そろそろ丸二年ってところですかね。あ、二十九日に消防点検がありますんで、よろしくお願いします」

あ、そう、とうなずいて、四条さんはデスクの上の明細を手に取った。総計の欄に指をあて、「うへっ」と鼻じわを寄せた。

「そう言えば、何だか最近、景気がよさそうで」

俺の言葉に、「え?」と鼻じわもそのままに、四条さんは面を上げた。

「何の話?」

疑《うたぐ》り深い眼差《まなざ》しを隠そうともせず、探偵は革張りのチェアに背中を預けた。

「いえ、さっきお客さんが来ているのをたまたま見てしまったもんで」

「お客さん?」

「ええ、女の人です。それはもう、たいへんな――女の人です」

「たいへんな、って何が」

「それはここでは言えません」

気がつくと口元が緩んでいるので、慌てて表情を作り直した。

「今日はまだ誰も来ていない。九朔くんが最初の訪問客だよ」

「でも、三階の踊り場で階段を上っていく人とすれ違いましたよ」

知らないね、と四条さんは素っ気なく首を横に振り、組んでいた足の上下を替えた。

ほうほう、と俺はひそかに感心した。さすがはプロの探偵、「ホーク・アイ・エージェンシー」代表、もっとも他に従業員のいない個人経営ではあるが――、依頼人の情報はかたくなに漏らさないと来た。俺が実際にこの目で見たと言っても認めない。これぞまさしく守秘義務というやつか。

「ねえ、九朔くん」

「はい」

「今度、いっしょに飲まない？」

「はい？」

思いもよらぬ申し出に、変な声を発してしまった。まじまじと四条さんの顔を見つめ返す。年齢は四十代後半くらいだろうか。少々ふっくらとした顔つきに、座っていてもわかる腹のでっぱり。典型的な中年体形だが、見た目の印象はおよそ典型的ではない。

何せ、つるつるのスキンヘッド。さらには、鼻の下の立派な口ヒゲ。こんな覚えられやすい顔で、尾行なんてできるものなのか、と毎度不思議に思う。

「どうして、そんなこといきなり言い出すんですか？」

「だって、九朔くん。全然いいもの食べてないでしょ？　二年前にはじめて会ったときから、ずいぶん君、痩《や》せたと思うよ」

なるほど、なかなかの探偵の観察眼である。確かに会社を辞め、このバベルに引っ越してきた二年前に比べ、体重は五キロ減った。会社員時代と異なり、仕事帰りに飲みにいくこともない。生活費も切り詰めている。創作上の悩みも尽きない。痩せるのは道理である。

「だから、一度ご馳走《ちそう》してあげようかなと思って――」

「急にどうしたんです？」

今度は逆に、俺が疑いの色もあからさまに、相手の顔をじろじろと探る番だった。

「よほど、いい仕事が舞いこんだってことですか？」

「そんなんじゃないよ」

「だって、先月まで二カ月分の家賃を滞納して、スリーアウト寸前で危機的状況だ、って四条さん、ご自分で言ってたじゃないですか。なのに、よりによってご馳走だなんて」

探偵は急に落ち着きなさそうに尻《しり》のあたりをもぞもぞさせると、「まあ、いろいろあってだね」と鼻の下のぶ厚いヒゲを撫《な》でつけた。

バベル九朔に入るテナントがサインする契約書には、

「三ヵ月分の家賃を滞納の場合は、賃貸契約を解消し、すみやかに退去すること」

という内容が記されている。もしも、今月の家賃を滞納したときは、探偵事務所はスリーアウトで即刻退場の憂き目に遭うところだった。しかし、母からの電話では、最悪の事態は回避できたらしい。ちなみに各テナントから発生する家賃は、母の銀行口座に直接振りこまれる。探偵がひと月分を振りこみ、何とか延命措置を施したのか、それとも三ヵ月分を一気に支払ったのかを俺が確認する術《すべ》はない。

「二年も上と下の階でやっているわけだし、飲みにいこうよ」

「ありがとうございます。考えておきます」

これまで意識したこともなかったが、バベルのテナント主のなかで、もっとも気安く話すことができるのはこの四条さんである。きっと人生うまくいっていない感じが、見えないシンパシーを生むのだろう。一度くらい、探偵という職業がどういうものなのか話を聞くのも、悪くないかもしれない。ドラマや映画で描かれるような派手に事件を解決するイメージとは違って、実際は浮気などの素行調査といった地味な仕事が大半を占めるとも聞く。ひょっとしたら小説に使える、いいアイディアが落ちていることもあるかもしれない――。

「取りあえず、十日後に集金に来ますんで」

はあい、と陰気な返事とともに、四条さんは明細を引き出しにしまいこんだ。デスクの前に並ぶ応接セットを回りこみ、出口に向かう。月に二度、こうして明細を渡すのと集金の際に、ここにお邪魔するが、いまだかつてこの応接セットに座る依頼客というものを見たことがなかった。

「職業上の制約があるかもしれませんが、たとえばさっきの女の人とか、何の依頼で来るんですか?」

磨《す》りガラスのドアを開ける手前で、思いきって質問をぶつけてみた。まだ昼寝の眠気が残っていたのか、ちょうどあくびを始めたばかりだった探偵は、大口を開けたままの格好で動きを止めた。

「それっていつ頃?」

「二時間ほど前ですね」

「それなら僕のところじゃないよ」

「どうしてです?」

「ずっと外出していたもの。ここも鍵《かぎ》がかかっていたよ。その人がドアを開けて入るところを見たの?」

そう言われてみれば、女が探偵事務所に入るところまで見届けたわけではない。

「でも、俺のところじゃないですし、ここしかないでしょう」

そんなこと言われてもねえ、と四条さんはもったいぶった様子でヒゲをもてあそび始

めた。いかにも嘘くさいその仕草をしばらく眺めたのち、

「わかりました、失礼します」

と事務所を退出した。

次のテナントへの明細を手に階段を下りながら、探偵め――、間違いなくあの女のことで仕事が入り、急に羽振りがよくなったのだ、と確信した。

今度、飲みにいこう。

＊

飲み会は思わぬ早さで実現した。

提案を受けた二日後に、俺は四条さんと二人並び、仲良く日本酒を酌み交わしていた。

もっとも場所はバベル九朔の二階テナント「清酒会議」である。双見《ふたみ》くんという若者が、アルバイトの女の子と二人で切り盛りしている和風居酒屋だ。

カウンターの向こうで、茗荷《みょうが》きゅうりを用意している双見くんの笑顔はいつも爽《さわ》やかだ。俺より二つ年下の二十五歳にもかかわらず、こうして己の店を構え、店長として夕方六時から午前四時までという過酷な営業を週に六日もこなしている。ビルのオーナーの息子という地位を利用し、作家になるなどという絵空事にうつつを抜かしている俺と比べ、月とすっぽんの立派さである。手早く茗荷をもむ双見くんの正面に座る四条さん

は、先ほどから日本酒の蘊蓄《うんちく》を披露している。大の日本酒好きだという四条さんは、実はこの店の常連なのだそうだ。

「たとえばお猪口《ちょこ》、へりの部分を見てよ。この形の違いで、それぞれ舌にあたるところが違ってくるだろ？　最初に酒が触れる部分で、香りや味の感じ方がまるで変わってくるんだよね」

「ヘエ――、そうなんですか」

適当に相づちを打つも、思っていたよりだいぶ時間が経ってから言葉が口を衝《つ》いて出たものだから自分でも驚いた。ひさびさのアルコールに相当酔いが回っているらしい。

ほんの数時間前のことだ。

階段の清掃作業に励んでいると、四条さんが階下から登場した。変装のつもりか、見慣れぬ黒縁メガネをかけている。しかし、頭はスキンヘッドのままである。手にしたスポーツ新聞を「よッ」と振り、「今日あたり、ちょっとどう？」と気軽に誘ってきたので、つい「あ、いいですよ」と気軽に受けてしまった。

「なるほどねえ――、それで九朔くんは、そこに自分の現在の悩みを投影しているわけだ」

急に四条さんの声が耳を打ち、俺は思わず「え？」と裏返った声を上げた。

「だから、九朔くんが書いている小説の話」

俺は真横に浮かぶ探偵の顔を凝視した。

「今――、そんな話をしてました？」

してましたよ、ずいぶん熱く、とカウンターの向こうから、双見くんが穏やかな笑みを寄越《よこ》す。よくよくテーブルの上を確認すると、先ほどまで双見くんが作っていたはずの茗荷きゅうりが、とうに平らげられてしまっている。

何てことだ、まったく覚えていない。

「じゃあ、上に越してきてから、二年間ずっと書いていたんだ。これまで何作くらい書いてきたの？　世界ではじめてマヨネーズを作った男の話だろ？　あと世界ではじめてナマコを食った男の話だっけ？」

「いや、それは遊びで書いたショート・ショートです」

「そうか、世界ではじめてナマコを食べた男に、自分の悩みを投影したりしないわな」

「僕は管理人さんを尊敬するなあ。そんな夢を追いかけて奮闘しているなんて知らなかったです。絶対に作家になってくださいね。そうだ、今のうちにサインもらっちゃおうかな」

と双見くんが空になった徳利《とっくり》を交換する。

「いやいや、こうやって実社会で奮闘する双見くんのほうが、俺の何百倍も偉いんだって。俺なんて、日本のGDPを一円ぽっちも引き上げない不要品ですよ」

「それで、さっきの賞に応募したやつの結果はわかったの？　ええと、タイトル何だったっけ――、そうそう、トーテムポール」

いったいどこまで話したのか。記憶をたぐり寄せようとするも、何ひとつとして思い起こすことができない。

「ええと、月末くらいには結果が雑誌に載るはずです——。あ、結果と言っても、まだ一次選考ですけど」

「じゃあ、今は何を書いているの？」

「小説の新人賞って一年じゅう、何かしら募集があるんです。今は今月末の締め切りに合わせて長編をやってますね」

「そうかあ……、本当に書いていたんだねえ」

「え、どういうことです？」

「いや、いいのいいの。それって何を使って書いているの？　やっぱり、パソコン？」

「全部、原稿用紙に手書きです」

「わ、何だか文豪みたいだね」

とんでもないです、書き直しに時間がかかって仕方ないです、と俺はふらふらと手を振る。

「手書きの原稿って、賞に応募するときにまるまる送っちゃうの？」

「いえ、あとで読み返したくなることもあるから、コピーしたものを送りますよ。でも、何でそんなことばかり訊《き》くんです？」

と四条さんの赤ら顔にぐいと視線を定めた。どう考えても俺が話し過ぎである。そもそも、探偵の話を聞きたくて招きに応じたのに、これでは逆もいいところだ。あの階段ですれ違った女のことも、まだ何も教えてもらっていないではないか。

「ゴメンよ、これも探偵稼業の悲しき性《さが》ってやつだな。つい突っこんで訊いちゃう。気にしないで」

「フン、そうですか」

「とにかく、頑張ってよ。僕は若者の夢を応援するよ」

「僕も応援しています、管理人さん」

四条さんと双見くんの声が心地よく重なって聞こえてくる。あいよあいよと調子よく返しながら、空になるなり間髪を容《い》れず、猪口にとくとくと注がれる日本酒を「四条さんは、お酌うまひねー」と舌をもつれさせながら、つい－とのどに流しこんだ。

＊

何かが叩《たた》かれている音に目が覚めた。

何だ何だ、と反射的に枕元の目覚まし時計を探す。暗がりのなかで、液晶のライトを点灯させる。まだ午前八時四十分だ。

叩く音は依然やまない。朦朧《もうろう》とした意識のまま、這《は》うようにして引き戸を開ける。俺の住むバベルの五階は、長方形を仕切り、奥に四畳の寝室、手前はフローリングのリビングという間取りになっている。寝室の窓は隣のビルの圧迫を受け、まったく光が射しこまない一方、リビングのほうは通りに面した窓から最低限の朝の光が忍びこんでくる。ふらつきながら立ち上がり、薄明かりのなかを泳ぐように進む。やかましい音は、玄関ドアから聞こえてくるようだ。ダイニングテーブルの角に太ももをぶつけるも、当たった感覚がやけに鈍いなと見下ろすと、ジーンズをはいたままだった。はて、昨日はどうやって帰ってきたんだっけ？　と記憶に訊《たず》ねるが、

「管理人さぁん」

というドアを叩く音に重なって聞こえた声に、ぐいと意識が持っていかれた。

はぁい、と腑《ふぬ》抜けた返事とともにドアノブに手をかけた。足の動きを止めた途端、臓《ぞう》腑《ふ》の底から嘔吐《おうと》の感覚がこみ上げてきた。唾《つば》を飲みこみ、何とかやり過ごす。ひどい二日酔いだ。脈に合わせ、頭の後ろ側でもぐわんぐわんと鳴り響いている。

ドアを開けると、そこに「レコ一」の店長が立っていた。

「管理人さんッ」

とびきり甲高い声を真正面からぶつけられ、俺は素直によろめいた。

「何です、か」

「た、大変ですッ。泥棒、ど、泥棒が入ったんです」

寝呆《ねぼ》けた頭を覆っていた霞《かすみ》は一瞬にして晴れ渡ったが、二日酔いのダメージはそのままで、そのギャップにふたたび嘔吐《えず》きそうになるのを堪《こら》えながら、

「来てください！」

と早くも背を向け階段を下りている店長のあとを追って、俺も慌ててサンダルに足を入れた。

「警察にはまだ連絡してません。まず管理人さんに知らせようと思って――」

「レコ一」は一階の路面店である。ここ以外に二つの支店を持つチェーン店だ。腰からのぞく鎖に幾つもの鍵《かぎ》をぶらさげ、段を下りるたびにじゃらじゃらと鳴らしている店長は、俺がバベルに来てすでに三代目になる、三十歳ほどの痩《や》せぎすな長髪男で、無精ヒゲを生やし、目つきも鋭く、一見こわもてであるが、言葉はいつも丁寧で腰も低い。

容赦のない朝の光に迎え入れられ、「レコ一」の入口前に到着したとき、

「うわッ」

と店長がいきなり奇声を発した。目の前に店長の背中が迫ってきて、ぶつかった拍子に俺もわけもわからずよろめく。

「ど、どうしたんですか」

「ネズミッ！」

体勢を立て直し店長の肩越しに前をのぞいたとき、黒くて巨大な生き物が地面を走り、隣のビルとの隙間へ一瞬で消え去るのを視界の隅に捉《とら》えた。

「す、すみません。こんな猫くらいでかいネズミが、いきなり足元をすり抜けていったから――」

だ、大丈夫です、とかすれた声で俺もうなずく。以前、「SNACK　ハンター」の千加子ママから聞いたミッキーだろうか。確かに、四十センチはあろうかという影をこの目で見た。

「ああ、びっくりした」

今やこわもてぶりは完全に霧散し、頬を上気させながら胸を撫《な》でている店長の横で、俺も心臓がどくどくと騒いでいるのを落ち着かせる。

「ここです」

互いに乱れた気持ちをいったん静めたのち、店長は腰を屈《かが》め、ガラス扉の足元のあたりを指差した。普段は自動ドアとして開閉する扉の左下の隅が割られ、小さな穴が開いている。そのすぐ隣の、地面すれすれの場所に鍵があるのだ。

「シャッターは下ろしていたんですよね」

「そっちの鍵も壊されていました。二重でやられたって感じです」

「お金は？」

「ウチは毎日、社長が売上を回収する仕組みなんですよ。朝はほかの支店を回ってから、開店三十分前までに釣り銭用の現金を届けに来るんです。社長にも連絡したので、もうすぐ来るかと――」

「じゃあ、お金の被害はなかったってことですか？　あ、そうか、お金じゃなくて、レコードが大事なのか」

「レコ一」は古レコード屋である。見たことも聞いたこともないバンド名と古ぼけたジャケット写真がプリントされた中古レコードに、何万円もの値札が平気で貼ってある。レコードだけではなくCDやDVDも売っている。最近は店の隅でアダルトものも少しだけ手がけ始めた。背に腹は替えられぬということらしい。

「それが全然、荒らされた様子がないんですよ」

店長はガラス扉に手をかけ、よいしょとスライドさせると俺を中に案内した。

「たとえば、これなんかも無事で」

店長は奥のレジまで進み、壁にかかった額縁を指差した。

「マニアの間じゃ、二十万円で売れますよ」

「何ですか、これ」

「六六年のビートルズ武道館《ぶどうかん》ライブのチケットです。未使用なんですよ。半券がくっついたままなんで、値打ちものなんです」

へえ、とこれまで集金のときに何度も目にしているはずなのに、いっさい印象に残ることがなかった、額縁中央の黄ばんだ紙切れをしげしげと観察した。

「値打ちを知らなかったんですかね」

「ひょっとしたら、懐中電灯で入っただろうから、気づかなかったのかも」

「おお、なるほど」

意外と的確な店長の想像力に感心しつつ、店内を見回した。棚の最上段にはいかにもエース級といった風情で、ジャケットがこちらに面を見せ、ぐるりと陳列されているが、どこも欠けたところはなさそうだ。

警察には社長が来てからウチが連絡します、という店長の言葉に「わかりました」と返し、ひとまず部屋に戻ることにした。二階の「清酒会議」のドア前をふらふらと通り過ぎながら、昨夜はどうやって部屋に戻ったのか思い起こそうとしたが、頭ががんがんと鳴るだけだった。財布を持たず店に行ったので、支払いは四条さんが済ませてくれたのだろう。ご馳走《ちそう》すると言い出したのは向こうだし、まあ、よしとするか、と探偵の赤ら顔を思い浮かべながら四階にたどり着いた。鷹《たか》のイラストが躍る、磨《す》りガラスのドアの前を通り過ぎようとして、不意に足が止まった。しばらくドアを見つめたのち、一歩、二歩と近づき腰を屈めた。ドアノブの下に、つい今しがた、「レコ一」の自動ドアの隅に見たばかりの小さな穴が開いていた。

そのままドアノブに触れようとして、慌てて引っこめた。ジーンズのポケットを探る。さいわいティッシュ袋が入っていたので、一枚抜き出してレバー式のドアノブにあてる。ドアノブを下ろし前に押すと、キィという音を立ててドアが開いた。

息を詰めて部屋をのぞいた。誰もいない。それでも、

「四条さぁん」

と呼びかけながら、俺は足を踏み入れた。

手前の応接セットのテーブルの上に、厚さ一センチほどの紙の束が置かれている。遠

目にも表紙に書かれた文字をはっきりと認めることができた。

「トーテムポール」

紙の中央にしたためられた、へなへなとした見慣れた字を眺め、自問した。

なぜ、俺の書いた小説がここにあるのか――？

吸い寄せられるように歩を進め、手を伸ばして表紙をめくった。俺の手書きの文字がマス目を埋めた原稿用紙が姿を現す。ただし、見覚えのない、一ミリにも満たない幅の白い線が斜めに一本、原稿を引っ掻《か》くように走っていた。次のページをめくる。やはり、同じ位置に白い線が横断している。つまり、これは原稿のコピーだ。

いつの間にか、一人がけソファに腰を下ろし、最後のページまで確認してから、混乱した頭のまま原稿を元の位置に戻した。同じくテーブルには、大きな茶封筒が一枚、置かれていた。送り主として探偵の名前とバベルの住所が記されている。

封筒を手に取り、裏返した。

その瞬間、むかむかとした胃のもたれも、いよいよ威力を増しつつある頭痛も、さらには泥棒のことさえもすべてを忘れ、俺はギリギリと奥歯を嚙《か》みしめた。

封筒の宛名《あてな》は、九朔三津子《みつこ》。

言うまでもなく、俺の母親だ。

＊

結局、空き巣の被害に遭ったのは、一階の「レコ一」と四階の「ホーク・アイ・エージェンシー」だけではなく、二階の「清酒会議」と三階の「ギャラリー蜜」も鍵そのものを壊され、侵入されていたことを告げると、母は「おお、こわい、こわい」を何度も繰り返し、「それで、アンタは大丈夫だったの？」と深刻な声で訊《たず》ねてきた。

「俺？　俺は大丈夫だよ。こうやって電話してるんだから。俺に何かあったら、それはもう空き巣じゃなくて強盗だよ。人がいたところは避けていたみたいだからね。地下の『ハンター』の千加子ママと話したけど、たまたま酔いつぶれて帰れなくなった人がいて、仕方なくママさん、始発まで店を開けていたんだって。だから、泥棒のやつ、ここには手をださなかった、と言ってた」

「他の店もお金を取られたのかい？」

「いや、それが結構、みなさん普段から用心深くてね。最近、ビルも空き巣が多いから、売上はなるべく店に置かないのが常識らしいよ。双見くんも、釣り銭が盗まれたぐらいだって言ってた」

　ドアじゅうに、各地の日本酒のラベルがべたべたと貼られているせいで、その前を通っても気づかなかったのだが、「清酒会議」も鍵を破壊され、賊の侵入を許していた。

「さっき警察の人とも話したけど、ウチだけじゃなく、隣の隣のビルもやられて、他にも被害が出ているみたい。駅周辺が一気に狙われたらしいよ」

「そういうのって、やっぱり下見に来ていたのかしら。まったく物騒な話ね。私が子どものときは、鍵なんて誰もかけていなかったのに」

　母がどうでもよい昔語りを始めたところで、俺は個人的には空き巣問題よりもずっと重要な案件についておもむろに切り出した。

「で、あれは何なのかな」

「あれって？」

「実は四条さんの事務所が空き巣に入られているのを最初に発見したのは俺なんだよね。そのとき、見つけてしまったのですよ」

「見つけたって、何を？」

「まったく間抜けな探偵だよ。テーブルの上にコピーが置いてあってだね。何のコピーかは言うまでもないと思うけど、その隣に、なぜかあなた宛の封筒が並べてあったわけ。ありゃ、何ですか。説明してくださいよ、三津子さん」

　電話口の向こうから、明らかに返事に詰まっている様子が伝わってくる。咄嗟《とっさ》の言い訳でも考えているのだろう。しかし、俺は知っているのだ。四条さんを問い詰め、「家賃の滞納をチャラにしてもらう代わりに、母から仕事を依頼された」という真相をつかんでいるのである。

「わ、私は関係ないよ。何のことか、さっぱり。そうだ、この前、おいしい梅干しもらったから送ってあげる――」

案の定、見苦しい茶番を演じようとする母の言葉を、俺は能面の如き表情で遮った。

「もう、四条さんから何もかも聞いたんだよ。何だって？　俺の素行を報告することで、ひと月分をチャラ、もしも俺が書いているものを手に入れたときは、ふた月分をチャラにする？　人の足元を見て、そんな条件ふっかけるなんて、とんでもない母親だ。何が最近いろいろ仕事が入ってきたらしいよ、だ。全部その依頼じゃないか。おかげで俺はさんざん昨日飲まされて、今もひどい二日酔いだ」

探偵事務所から戻った俺は、すぐさま四条さんに空き巣が入った旨を連絡した。一時間後、息せき切って現れた探偵が警察から説明を受けたり、被害を報告したりするのを待ってから、

「ちょっと四条さん、よろしいですか」

と完全に犯人の尋問を始める刑事の顔で事務所に乗りこんだ。すでに応接セットのテーブルから俺の原稿は消えていた。探偵はデスクの向こうの革張りチェアにぐったりとした表情で沈みこんでいた。この探偵事務所だけ、被害の金額が二十万円を超えていた。何でも奥に隠していた手提げ金庫をそのまま持っていかれたらしい。

「金庫の意味がないじゃないですか」

俺の指摘に、探偵は「それ以上、言わないで」と両手で顔を覆った。

すっかり弱り目の探偵に、俺は容赦なく祟《たた》り目の一撃を加えた。単刀直入に原稿の件を訊ねた俺に、はじめはそらとぼける探偵だったが、デジカメで撮影した現場の証拠画像を突きつけると、いとも容易《たやす》く陥落した。

探偵の自白によると――、昨夜、酔いつぶれた俺を、ご丁寧に布団まで送り届けたのち、室内を漁《あさ》り応募原稿の原本を発見。いったん事務所に戻り、コピーを取り終えてから、原稿を元の場所に返した。すべての仕事を終え、四条さんが俺の部屋を退室したのは午前三時過ぎだったという。

「いいですか、これは完全に窃盗ですよ。別に俺はこのことを下にいる警察の人に話したっていいんだ。今、このタイミングでそんなことが知れたら、そりゃあ、いろいろ面倒なことになるでしょうなあ。そうか、パソコンで書いているかどうかなんて質問も、どんな形で保管しているか探りを入れていたんだ。飲み会も何もかも、全部欲得ずくの計画だったんだ――」

「本当に、本当に、申し訳ないッ」

探偵はいきなりデスクに両手をつき、額が触れんばかりに頭を下げた。

「九朔くん、わかってよ。僕だって悪いとはわかっていたけど、どうしようもなくって、つい――」

情けない探偵の声に、俺は徹頭徹尾素《そっ》気《け》ない態度で応《こた》えた。ここで十分お灸《きゅう》を据えておかないと、またいつ母親の走狗《そうく》に成り下がるかわからないからである。

「――だから、四条さんからは何も送られてこない。わかってるのか？　人を犯罪者に仕立てるところだったんだぞ。四条さんにはちゃんと謝っておくように。そうだ、お詫《わ》びついでに、家賃をひと月、いやふた月分まけてあげることを要求するね。だいたい、何でそんなスパイみたいな真似をさせる必要があったんだ？　俺は毎日、管理人の仕事をして、残りの時間は全部、小説を書いている。誰とも遊ばないし、酒も飲まない。ひたすら部屋に閉じこもって書いている。それ以外に、何が知りたい？　未来か？　そんなことがわかるなら、俺が真っ先に教えてほしいよッ」

俺の一方的な攻撃に対し、それまでひたすら沈黙を守ってきた母が、

「馬鹿言ってんじゃないわよッ」

と思わず受話器を落としそうになるほどの勢いでまくし立ててきた。

「謝れだって？　それこそ、こっちのセリフよッ。いきなり会社辞めて、小説家になるなんて言われて、ハイそうですか、って言う親がどこにいると思ってんだい。だいたいアンタ、これまで小説家になりたいなんて、これっぽっちも口にしたことなかったじゃないか。本当に小説を書いているのか、疑って当然だろ？　ひょっとしたら、妙な宗教につかまったんじゃないか、悪い連中とつるんでオレオレ詐欺に関わってるんじゃないか――、いろいろ不安になるのよッ」

俺は母親という生き物の旺盛《おうせい》すぎる想像力に呆《あき》れつつ、

「いいか、もしも、この状況が長く続かないことを願うなら、どうか俺を放っておいて

くれ。目の前のことに集中させてくれ。それがゴールへのいちばんの近道になるんだ」

と一歩も引くことなく、ほとんど懇願に近い思いをこめて言い返した。

「もう一つ、訊《き》いていいか？　俺の小説を手に入れてどうするつもりだったんだ？」

「そんなの、読むために決まってんでしょ。だってアンタ、小学生のころ、作文なんかメタメタだったじゃない。どれだけ言っても、一つの文に二つも三つも同じ主語が出てくるし、夏休みの宿題の日記だって、いつまでも丸も点も使わず、延々続けるもんだから読みにくくって仕様がなかった。そんな子が本当に小説なんて書けるのかって、親が心配するのは当然でしょッ」

「あのさあ……」

心の底からウンザリ来て、言葉を返す気も失《う》せたとき、

「すみませーん、九朔さん。警察です」

とドアの向こうから野太い声が聞こえてきたので、これさいわいとばかりに「あ、警察の人が来たから」と電話を切った。ドアを開けると、正面にスーツ姿の中年男が立っていた。知らぬ顔であるが、隣の制服姿の警官は、レコ一の店長が通報して最初にやってきた体格のよい青年である。

「お忙しいところ、失礼します。少し見てほしいものがありまして」

最寄りの警察署の刑事だと名乗った中年男が、内ポケットから一枚の写真を取り出した。

「この顔、ご存じないですかね。最近、あちこちで事件を起こし、荒稼ぎをしている多国籍窃盗団の幹部なんです。我々はコイツを『カラス』と呼んでいます。今回とやり口が非常に似ているので、おそらくこの連中の仕業ではないかと。下見にはこの『カラス』が来て、盗みの準備を指示すると言われてまして。こちらのビル、相当古そうですが、防犯カメラなんてないですよね――」

丁寧だがどこかざらついた感触のある刑事の声を聞きながら、俺は写真を食い入るように見つめた。防犯カメラの映像らしき粗い写りであっても、被写体のスタイルのよさは一目瞭然《りょうぜん》だった。なぜ「カラス」なのかは訊くまでもなかった。その答えを俺は身をもって知っていた。

間違いなかった。

三日前、階段ですれ違った女が、サングラスから足元まで、あのときとそっくりそのまま黒一色に染まった「カラス」の格好で写真の中央を闊歩《かっぽ》していた。

第二章　給水タンク点検、消防点検、蛍光灯取り替え

はじめて、バベルのてっぺんに立ってみた。

屋上からハシゴを上った先が建物の最上部であり、その言葉どおり、ビルのもっとも高い場所になるわけだが、さらに厳密さを求めるならば、そこに設置された給水タンクの上こそが、バベルのてっぺんと呼ぶに相応《ふさわ》しい。

コンクリートの地面からの熱を避けるため、タンクは高さ二メートルの鉄の足組の上に設置されている。タンク自体も一メートル半の上背があるので、外見はさながら月面に降り立った探査船である。タンクのへりからおそるおそる下をのぞくと、人が点になって見えた。ビル前の通りを、頭頂部だけの黒い点になった通行人が互いにすれ違い、追い抜き、立ち止まり、せわしなく動き回っている。もちろん、タンク上部に柵《さく》などなく、このまま、ふらふらと落っこちてしまいそうな感覚に慌てて顔を引っこめた。

「うん、大丈夫」

足元で業者の声がする。

「藻もない。きれいなもんだ」

タンクの内側を懐中電灯で照らしのぞいていた作業服姿の業者のじいさんがフタを閉め、南京錠をかける。

「藻、ですか？」

「タンクの表面の塗装が剝《は》げてくると、光が透けて内側に届いちゃうわけ。そうなると藻が育つ。ときどき、古いマンションで点検してみたら、内側に藻がびっしりなんてことあるから」

「それをマンションの人は飲んでるのですか？」

「そうなるねえ」

想像しただけで気味が悪く、ウヘエと漏らしながら、タンクを下りた。続いて下りてきた業者のじいさんが、

「ひどいね、こりゃ」

と足元に向かってつぶやいた。釣られて視線を落とすも、給水タンクから伸びた配管の束が地面近くを走っているだけである。

「本当はこれ、カバーがあったんだな。ほら、あっちのほうはまだ残ってる」

じいさんが指で示す先では、確かに配管がカバーにくるまれている。それが途中から、カバー表面の素材が引きちぎられ、内側のスポンジ状のものが醜い断面を晒《さら》し、さながらゴボウ天の中心のゴボウだけが延々伸びてくるような格好で、剝《む》き出しの配管が俺とじいさんの足元へと続いていた。

「腐食したんですかね」

「違う違う、カラスやらハトやらがつつくの。このへんカラス多いでしょ？」

多いなんてものではない。朝はカラスの帝国である。そうか、あいつら、カアカアや

りながら、口寂《くちさび》しさをいいことにこれをつついていやがったか――。

「カバーがないとマズいですか？」

「太陽を直接浴びると、どうしても劣化が早くなるから、ないよりあったほうがいいけど、この様子じゃ、つけても同じだろうね」

ですね、とうなずきながら、じいさんとともにさらにハシゴを下りる。

「じゃあ、ここにサインちょうだい」

じいさんがバインダーに挟まれた紙と、作業着の胸ポケットのボールペンを差し出す。

「タンクを見るのは二年半ぶりだけど、特に問題はなし、と。水質の検査結果はまた書面で送付するとして、配管のカバーの件はどうしよう。一応、社長さんに伝えておく？」

「じゃ、それでお願いします」

「相変わらず、社長さんはお元気？」

「ええ、嫌になるくらい。もうすぐ来るはずです」

じいさんは笑いながら、「社長さんに、よろしく」とバインダーをカバンに戻し、去っていった。

おとといから干しっぱなしだった洗濯物を取りこみ、そろそろ正午を迎えようとする曇りがちな空に向け、ふえぇと伸びをした。昨夜から眠っていないせいで頭が重い。しかし、明らかな高揚感が皿に張られたラップのようにピンと張りつめているのは、もちろん、今朝がたようやく賞に応募するための長編小説——、原稿用紙で九百枚超の作品を書き終えたからである。

残るは、タイトルだ。

そう、やはりつけ損ねた。三年間書き続けていた最中は、ただ「大長編」とだけ心で呼んでいたが、外の世界に脱皮するタイミングを逃したまま、脱稿を迎えてしまった。抽象的なれど全体を網羅する、簡素かつ豊潤な感触を残すタイトルをつけたい、と高望みしたのがいけなかったか。候補はあるにはあるが、どれもしっくりこない。いかにもそれっぽく狙った感じがして、いやらしい。こういうときは英語が持つ「何となく力」の効果にすがりたくなるのが俺の常だが、『トーテムポール』でひどい目に遭ったばかりなので、ここは逃げずに、日常の言葉から深みを感じさせる組み合わせを見つけたい。何しろ、三年もかけて完成させた「大長編」なのだから。

洗濯ばさみから外した靴下が一本、ぽとりと落ちた。すでに腕に山と抱えた洗濯物を落とさぬよう、慎重に腰を屈《かが》め拾おうとしたとき、隅にある排水溝が視界に飛びこんできた。これまで一度も注意したことはなかったが、薄汚れた綿毛のようなものが、溝の格子状の編み目にびっしりとこびりついていた。カラスなのか、別の鳥のものなのか、雨が降るたびに、屋上じゅうにまき散らされた連中の抜け毛ならぬ抜け羽がここを目指し流されてきたのだ。

この屋上がいよいよ連中の縄張りとなっていることに気分を悪くしながら、開け放しのドアを潜った。ストッパー代わりに足元に置いたブロックを足でずらし、鉄の扉が重々しく閉まる音を背に階段を下りる。明るい屋外から暗い階段に移ると、急に眠気が目の奥で蠢《うごめ》き始めた。これから消防点検がある。タイトルだって決まっていない。ひと眠りする暇などないのでシャワーを浴びてリフレッシュするか、と五階のドアを開けるなり、

「あら、おひさしぶり。元気だったかしら？」

という声が部屋の中から迎えた。

「どうしたの、その洗濯物？　上にいたの？」

「今ちょうど屋上で給水タンクの――」

「そういや、タンクの点検するって言ってたわね。最近やってなかったんだっけ。あの人来てた？　ええと何だっけ――名前忘れちゃった。最近こんなのばっかり。あの、おじいさん。跡継ぎいないから畳むかもって、去年工場のほうの点検に来てもらったとき言ってたけど、どうなったのかしら――。ああ、よろしくって言ってた？　じゃあ、まだやるのね。それよりもあなた、痩《や》せたわねえ。それに、ちょっとおっさんくさくなったかしら。どうせ毎日、ロクなものを食べてないんでしょう。でも、顔色は悪くなさそう。いや、ちょっと蒼白《あおじろ》い？　三津子《みつこ》がね、あなたが変なクスリとかやってないか確めてきてってわざわざ昨日電話してきて、まあ親ってのはおもしろいことを考えるもんねっておかしくなっちゃったわよ。本当に小説を書いているのかどうかわからないなん

て言ってたけど、こうしてちゃんと書いてるものね。この机を見たら、あの子も少しは大人しくなるでしょうよ。まあ、クスリのほうは顔を見ただけじゃ、わかんないけど。あ、そうそう、これ、お昼ご飯持ってきたの。ちらし寿司《ずし》だけど、いいわよね。あなた、お刺身なんか食べる機会あるの？　魚は食べたほうがいいわよ、頭がよくなるから。こっちはお稲荷《いなり》。このごま入り稲荷、おいしくて有名なのよ。それでこっちが豆乳。わたしね、これ飲んで最近、お肌の調子がずいぶんよくなっちゃって。ほら、ここ見てみなさいよ。大豆が国産——」

俺はサンダルを脱ぎ捨て、ソファに抱えた洗濯物を放り投げ、ダイニングテーブルに急いだ。お稲荷のパックが置かれた下から三部に分けたぶ厚い原稿用紙を回収し、すでに出版社の住所を書きこんでいる大型封筒に入れた。

「別に、そんな焦らなくたって読んでないわよ。でも、もう少しきれいな字で書いたほうが、読むほうも楽なんじゃないかしら」

ソファの上に封筒を避難させ、俺は憤然たる気持ちを抑え、テーブルを挟み相手の正面のイスに座った。

「何度も言ってるけど、勝手に部屋に入るの、やめてくれないかな」

「鍵《かぎ》が開いていたから、不用心だなと思って留守番してあげたんじゃないの。そう言えば、どの階の踊り場にも紫色の粒が置いてあったけど、あれ、ひょっとして殺鼠剤《さっそ》？」

「ああ、最近ネズミが出るんだよ。『ハンター』のママさんにもらって仕掛けておいた。

全然、減ってる様子ないけど」

「この前は空き巣が入ったんでしょ？　ネズミに空き巣に、ひどいビルね。わたしもまだ食べてないから、いっしょにいただくわ。ねえ、お茶とかないのかしら？」

「ティーバッグの紅茶ならあるけど」

「何なの？　あなた、お寿司に紅茶を飲むの？」

「いや、俺はただ訊《き》かれたから答えただけで——」

どうして姉妹揃って、こうも神経をすり減らすような話の持っていき方が得意なのかとウンザリしながら、「いただきます」とちらし寿司の箱のフタを開けた。されど、最初の箸《はし》をつけるよりも早く、

「わたし、安物のイクラって口に合わないからあげるわ。ほら、いっぱい食べていいわよ」

と俺が寿司ネタのなかで最も苦手とするイクラを、当然こちらの意向などいっさい確認することなく、ぼとぼとと落とされた。これから数時間、このおしゃべりに付き合わされ、さんざん心乱されたのち、大事なタイトルを決めなくてはいけない不運を呪った。日がな誰とも口を利かない、なんていくらでもあることなのに、どうして今日に限って、こうもイベントが目白押しなのか。

「そうそう、あなたの小説——、もう少しグッと来る出だしにしたほうがいいんじゃないかしら。読んでないわよ。読んでないけど、いちばん上の紙が見えてしまうのは仕方

ないじゃない。ところであれ、題名はないの？　どっかに書いてあったかしら？　あら、意外とおいしいわね、これ」

賞の応募締め切りは明日《あした》だ。

＊

ぬばたま、という和歌の枕詞《まくらことば》に使う言葉があるが、それを人の形にするとすなわち初《はつ》恵《え》おばになる。俺はそう思っている。

いつもの黒の上着に、黒のロングスカート、両の肩から胸の前へと流れてくるのは、いかにも一本一本が太そうな黒髪だ。九朔《きゅうさく》家三姉妹の長女ゆえ、もう年齢は六十五になるはずだから、おそらく髪は染めているだろうが、やたらボリュームがあるせいで五十そこそこの若さに見える。

初恵おばを色で表すなら、もちろん「黒」だ。ぬばたまが意味するところを、おばは完全に己のものにしていると言えた。見た目だけではない。俺よりよほど運動しているからか、その所作も若々しい。週に四度、ジムのプールで泳いでいるとかで、肩幅は俺と変わらぬぐらい立派だ。もともと頑丈な体形が鍛えることでさらなる恰幅《かっぷく》のよさを身につけ、そのピンと背筋を伸ばした姿勢と向かい合っているだけで、不健康なこちらの生活をなじられているような居心地の悪さを感じる。そこにあの「チェロ声」が加わってくるのだ。

チェロ声とは初恵おば特有の高圧的かつ、ねっとりとした余韻を耳に残していく発声のことだ。まるで楽器のチェロのように、少し低めの音域に独特なしなりを加えて聞こえてくるのでそう命名した。とにかく初恵おばの声はよく通る。彼女が経営する工場で、休む間もなく部品を吐き出すマシンのうなりに負けず、工員に指示の声を飛ばし続けるうちに、自然と身についたらしい。

もともと十二分に備わっていた女社長の威厳に、否応《いやおう》なしに注意を引きつけられるチェロ声、さらには遠慮のない物言い、せっかちな気質——、俺がリラックスして応対できる要素は皆無である。苦手意識を抱くのも当然だ。もっとも、その毒々しい個性は俺に対してだけではなく、世のすべての人間に隔てなく向けられるものなので、公平と言えば公平かもしれないが。

「何で、あんなことやってたビルのせいで、わたしたちがとばっちりを食わなくちゃいけないのよ」

半年前の点検のときも言っていた。

その半年前も同じことを業者にぶつけていたように思う。

つまり、初恵おばが主張することには、むかしはこんな検査はなかったのだという。それが十年以上前に繁華街の風俗店で放火事件があったことがきっかけで法律が変わった。それまで野放し状態だった雑居ビルの消防用施設のチェックが急にやかましく言われるようになったのだ。

「階段にものを置いていないか、何であんなに厳しくチェックするのよ？　それが必要なのって階段にごちゃごちゃわけのわからないものを置いて、誰が何してるのかわかんないような、いかがわしいビルの話でしょ？　どうしてウチみたいにまともなビルが、そんなロクでもないビルと同じ基準でチェックされなくちゃいけないのよ」

気の毒なのは業者である。真横から険のあるチェロ声をぶつけられ、ひたすら苦笑するばかりだ。これまで半年に一度の検査のたびに顔を合わせていた老人の二人組ではなく、今回の担当は新顔の四十歳と二十五歳くらいの若手の男性コンビである。ともに黒縁のメガネをかけていた。さらに年配のほうはレンズに薄くシャドーが入っていた。階段踊り場にて、天井の火災報知器に機材をあて、正常に作動するかどうかを確認しながら、「そうですねえ」と若いほうが申し訳なさそうに相づちを打っているのを見るのも忍びなく、

「まあ、いいじゃないの」

となだめに入ったのがまずかった。

「何がいいのよ」

腕を組んだ姿勢で立っていたおばは、急にしなりを増した声で、ぐいと顔を近づけてきた。その中央に位置するワシ鼻が一気に存在感を増す。俺より上の段に立っているものだから、目の前ほとんどが黒一色に染まり威圧感も半端ではない。

「言ってみなさいよ。どこにいいところがあるのよ。この検査にいくらかかると思ってるの？　十万円以上よ。こんな警報機が鳴るかどうか確かめるだけで十万円。それを年に二回だから二十万。五年で百万、十年なら二百万。あなた二百万も余計に払わされて何とも思わないの？　だいたい三津子が払ってるってことは、あなたが払っているのと同じことよ。それのどこがいいって言うのよ、ええん？」

おばは言葉に興奮の色が加わると、目がキュウと吊《つ》り上がる。するとと不思議なもので中央のワシ鼻の迫力が倍になる。瞳《ひとみ》に、髪の毛に、服に、周囲の黒が意思を持つかのように、じわじわと視界を埋めてくる。まるで魔女と相対しているような圧迫感に、視線をずらそうとしても逃げる場所がない。

母親の金はあくまで母親のものであって、俺には何の関係もない話だが、間違ったスイッチを押してしまったことだけは確かである。業者の男二人はこちらに背を向け、壁の赤い報知機のチェックに忙しそうで完全に聞こえないフリだ。どうしてこうも不満たらたらの相手に、

「そんなに嫌なら来なくていい」

と言えないかというと、彼女がこのバベルの防火責任者だからだ。ビルの防火責任者になるには、「防火管理者」という国の資格が必要になる。もちろん、俺は持っていない。母も持っていない。一方、初恵おばは工場の社長だけあって、三十を超える国家資格を持っている。そのなかには当然、防火管理者の資格も含まれていた。互助の精神が

無用に豊かな九朔家三姉妹ゆえ、当たり前のように初恵おばが祖父が亡くなったときからビルの防火責任者の役に就き、今に至っている。

「ここは俺が見ているから、おばさんは上で待っててていいよ」

防火管理者のサインが最後に必要なだけで、おばが検査に付き合う必要はない。少しでも離れていたいと繰り出した俺の提案に、「それも、そうね」とおばはあっさりとうなずいた。

「あ、絶対にあれは見ないでくれよ」

部屋に置きっぱなしだった原稿のことを思い出し、すでに階段を上り始めている背中に向かって慌てて言い足す。

「わかってるわよ。でも、完成してるんだから、別にいいじゃない」

「何で知ってるんだよ。やっぱり、見てるじゃないか」

「見てないわよ」

「完成じゃない。まだ扉ができていないんだ」

「扉？」

黒のスカートを翻し振り返ったおばに、新人賞の応募原稿は、表紙にタイトルはもちろん、応募要項が求める経歴や短いあらすじを書いたものを添付しなければならないのだ――といちいち説明しても意味がないので、

「もういいから、部屋で休んで」

と追い払うように上を指差し、正面に顔を戻した。

「わ」

思わず間抜けな声を上げてしまったのは、なぜか業者の二人が俺の顔を見上げていたからである。特に年配のほうは食い入るように見つめている。

「ど、どうかしました？　何か故障でも？」

「いえ――、問題ないので、次に行こうかと思って」

二人は機材を担ぎ、何事もない様子で階段を下りていく。今の表情とそれに続く行動がどうも釣り合わないように感じられたが、気が変わって初恵おばに戻ってこられると困るので、俺もそそくさと二人を追って階下に向かった。

階段部分の検査をすべて終えたのち、地下から順に各テナントにお邪魔して火災報知器を点検して回った。空き巣騒動の一週間後に、電気代や水道代やらの集金で回ったときは、俺も含め、ビル全体に事件の動揺が残っているのが感じられたが、あれから三週間近くが経ち、ようやくの平穏がバベルに戻ったようである。ちなみに、バベルの家賃は各テナントが毎月母親の口座に振りこむが、電気代と水道代は俺が直接回収し、まとめて後日、母親の口座に振りこむ決まりになっている。どうしてそんな二度手間を採用しているのかと言うと、それが初代オーナーのやり方だったからだ。

母から聞いた話では、祖父はビルの経営方針として、なるべく若い人を招き入れた。テナントに空きが出て、複数の申し込みがあったときは、必ず若い借り手の、しかも儲《もう》定した商売ができる店が入ることだ。大家としていちばんありがたいのは、息の長い、安定した商売ができる店が入ることだ。そこにわざわざ不安定なテナントを選ぶというのは、有り体に言えば、若者の夢を応援するという意味があったらしい。しかし現実の問題として、若い店子《たなこ》は経済的基盤が弱い。そこで祖父はこまめに店に顔を出しては、店子とのコミュニケーションを図ったそうだ。

「相手の顔色を見たら、うまくいっているかどうか、悩み事があるか口にしなくてもわかる」

母から聞いた、大《だい》九朔の言葉である。

たとえば、店子の家賃滞納が続いたときは、保証金を切り崩して家賃にあてるべきか、それとも店を畳み撤退すべきか、無理に粘るより、傷が浅いうちにやめるほうが再起のチャンスがある――と親身になって相談に乗った。祖父にとって若い店子たちはまさに、親が責任もって面倒を見るべき子どものような存在だったのだろう。

俺が会社を辞めバベルに移り、管理人業務を始めたばかりのとき、どうして家賃とまとめて水道光熱費も振り込みにしないのか、今ごろ一軒一軒回って集金など時代遅れもはなはだしいではないか、と母に文句を言ったことがある。そこでこの大九朔の話を聞かされた。祖父がビルのオーナーだったのは十三年間。相続して二十五年が経つ母のほうが、今やオーナー歴はずっと長い。それでも母は家賃だけは振り込みに変えても、その他の費用については祖父の方法を残した。曰《いわ》く、「お父さんのそういうやさしいところが好きだった」からだ。もっとも、実際に管理していたのは、俺が今住んでいる五階で保険代理店を営んでいた九朔三姉妹の次女、富二子《ふじこ》おばだったわけだが。とかくビジネスライクな付き合いがもてはやされる昨今、人間味あるこのやり方を引き継ぐのも逆にいいのかもしれない、と俺もめずらしく母の意向に賛同し、直接の手による集金を引き受けた。ただし、押しかけ同然でバベルに引っ越してきたゆえ、管理人らしき仕事を少しでもこなし、既成事実を積み重ねようという打算もあったことを今なら正直に認めよう。

もっとも、かたちは残れど、肝心の祖父の精神が生きているかどうかは、はなはだ疑わしい。何しろオーナー自体が、家賃滞納が生じ困っている店子に平然とスパイ行為を持ちかける始末である。また、今のバベルの店子は決して若くない。「ＳＮＡＣＫ　ハンター」の千加子ママは七十近いし、「レコ一《いち》」はチェーン店である。されど地下、一階と検査を終え、二階の「清酒会議《きよしゆかいぎ》」の店のドアを潜ったとき、弱冠二十五歳の双見くんのような若い店子に母もよく貸したものだな、と以前から不思議に思っていたことの答えにふと触れたような気がした。ひょっとしたら、母も祖父の精神に遵《したが》って、彼を応援しようという気持ちがあったのかもしれない。

＊

「そんなわけないじゃない」

フフンとことさらに鼻で笑い、初恵おばは紅茶をひと口すった。

「ここはものはボロくても立地がいいから、保証金は結構取るのよ。二階の子、まだ若いでしょ？ まさか自分であの額を払うなんて無理よ。確か親が会社をやってるお金持ちで、それでポンッて肩代わりしてもらった口じゃなかったかしら？」

すべてのテナントを回り最後に俺の部屋の点検を終えた業者は、書類におばのサインをもらい、「またよろしくお願いします」と頭を下げて帰っていった。その後、はあ疲れた、お茶淹《い》れてくれるかしら、とイスに座る以外特に何もしていないと思われるおばに言われるがままに紅茶を差し出し、応募原稿のタイトルにすぐにでも取りかかりたいところだが、俺もひと息つこうと、若い双見くんが二階でやっているのは、やはり初代オーナーのポリシーが体現された結果なのだろうか、という話題をぶつけてみたわけである。

「何だ、そうなのか……。じゃあ、むかしはどうしていたの？ 双見くんみたいな恵まれた環境の人ばかりを選んでいたってこと？」

「違うわよ、保証金をほとんど取ってなかったの。ひどいときなんか、家賃ひと月分の保証金で店を入れてあげたこともあったんじゃないかしら。信じられる？ この立地で、ひと月分よ。そんなのタダのようなもんじゃない」

「でも、それは最初用意できるお金はなくても、店のほうはうまくいきそうだと見こんだからだろ?」

元手の有無より将来性を買ったのではないか、という俺の指摘に、とんでもないとばかりに初恵おばは唇をひん曲げて、顔の前で手を振った。

「うまくいかないに決まってんでしょ。どれもこれも、パッとしないどうしようもない店ばかり。早いときは三ヵ月ももたなかったもの。まあ、どこまでも変な人だったのよ、あなたのおじいさんは——。きっと、そういう人たちを近くで見ているのが好きだったんでしょうね。絵だってそう。こんなの誰が買うのってやつを集めてくる。本当にクズばかり。でも、ときどき化けるのが出てきて、なぜか儲かっちゃうのよ」

絵画の売買で成功した祖父はその勢いでもって保険業を営み、さらなる利益を得てこのバベルを建てたわけだが、絵の鑑識眼については母も「何でうまくいったのかわからない」というほど、はちゃめちゃなものだったらしい。祖父の死後、画廊は祖母が引き継いだが、家族全員から理解されなかった事業だけに、すぐに畳んでしまった。

「だから、三津子には、ここを相続したとき、早く普通のテナントビルに戻すようにって口を酸っぱくして言ったの。あの子は遠くにいるわけだし、あっという間に潰《つぶ》れるのより、長く続けられる店子に入ってもらったほうが楽でしょ? テナントが替わるときって、その都度不動産屋に頼まなくちゃいけないし、面倒な手続きがあってたいへんなのよ。それでも、変なイメージがついちゃったのか、引き寄せられるみたいに次から次へ駄目なテナントばっかり入ってきて、とにかくすぐに潰れて、交替して、またあっという間に潰れて——。ここ四、五年くらいよ。悪い流れがどうにか収まって、やっと落ち着いてきたのは。あなたのおじいさんが死んでから、二十年もかかったわよ。あなたがここに来てそろそろ二年だっけ？　替わったテナントまだないでしょ？　これくらいが普通なの。むかしが異常だったのよ」

知られざるバベルの内幕を聞かされ、へえと声が漏れる一方で、しばらく続いた安寧のときもそろそろ四階の探偵の手によって乱されるのかもしれない——、と四条《よじょう》さんの丸く光る頭をひそかに思い出しながら、

「今いる店子のなかで、いちばんの古株って誰なの？」

と話のついでに訊《たず》ねてみた。

「あなた、そんなことも知らないの？」

おばは気怠《けだる》そうに髪をかき上げ、

「蜜村《みつむら》さんよ」

といちだんとしなりを帯びたチェロ声で返してきた。

「蜜村さん？」

蜜村さんとは、三階のテナント「ギャラリー蜜《みつ》」のオーナーである。

「だって、このビルが出来たときから、あの人いるもの」

「え？　でも、さっき三周年の張り紙がギャラリーに貼ってあるの見たけど——」

「それはギャラリーを始めて三周年てことでしょ。あの人、いろいろなことやってるか

ら。ギャラリーの前は、ええと……、タイ式マッサージだったかしら」

「タイ式マッサージ？」

「階段に変なお香の匂いが漏れてきて、いつも臭かったのよ」

「ずいぶんギャラリーとは毛色が違うようだけど」

「単にその頃、流行《はや》っていたからじゃないの？　蜜村さん、筋金入りの変人だから。あなたのおじいさんとよく似てるわ。そもそも、おじいさんが育てた人だから、まともなわけないけど」

「育てた――って、どういうこと？」

「確か、おじいさんと故郷がいっしょなのよ。それのせいか知らないけど、目をかけていたみたい。蜜村さんのところの三階は、ビルが建ったときはウチの画廊が入っていたの。この五階は保険代理店の事務所だったから、二フロアをウチで使っていたわけ。ビルを建てたとき、このへんは今と全然違って、線路に沿ってずらーっと小さな個人商店が続くばかりで、すぐにはテナントが入らなくてね。おじいさん、蜜村さんに画廊の管理を手伝わせてたわ。まだ蜜村さんも、二十歳そこらだったんじゃないかしら。半年くらいでテナントの問い合わせが増えてきたから画廊をビルの外に移すことになったけど、どういうわけかそのあと蜜村さんが自分でやるって、そのまま三階でイス屋になったの」

「イス屋って……何売るの？」

「イスよ。木工イスっていうの？　手作りのやつ。全部蜜村さんがひとりで作ってたもの。木のぬくもりがどうとか言って売ってたけど、これがまあ、どうしようもないくらい下手くそでね。見るからに素人仕事。当たり前だけど全然売れやしない。こりゃ駄目だねって三津子たちと言ってたら、今度はカフェを始めたの。店のテーブルやイスは全部前の店の売れ残りをそのまま使って、適当にジャズみたいのをかけてね。その頃はカフェってもの自体がめずらしかったから、雑誌なんかに取り上げられて、これが変に繁盛しちゃって」

ほんの三十分前、点検でお邪魔した三階で言葉を交わしたばかりの蜜村さんの顔を思い返す。そんな冒険心溢《あふ》れる試みを次々繰り出すタイプには到底思えない、むしろ慎重そのものといった人相の持ち主である。しゃべり方はいつもぼそぼそと覇気がなく、声も小さい。木工イス屋からカフェ、タイ式マッサージから貸しギャラリーに突然転身するようなアクロバティックな情熱を心に秘めている人物像と、どうにもつながらない。

「カフェが一年くらい続いて次は何だったかしら……？　そう、ライト屋」

「え、一年で潰れちゃうの？　だって流行ってたんでしょ？」

「そんなの一瞬よ。所詮《しょせん》、格好だけのカフェだもの。料理なんかめちゃくちゃだし、コーヒーも飲めたもんじゃなかったから。だいたい、最初店の看板に『ＫＡＦＥ』って書いてあったものね。雑誌に取り上げられたときだけ調子よかったけど、すぐに閑古鳥が鳴くようになって、いきなりライト屋よ」

おば曰《いわ》く、ライト屋と言うのは、要は照明を専門に売る店のことで、外国から輸入した高級スタンドライトなどをめいっぱいフロアに並べていたのだという。しかし、これも鳴かず飛ばずのうちすぐに鞍替《くらが》えとなってしまった。

「確かそのあたりであなたのおじいさんが死んで、そこからタイ式マッサージになるまでに十回、いや十五回近くは商売を替えているはず……。もういちいちは忘れちゃった」

「そんなに？　じゃあ、ギャラリーで三周年というのは、かなりの成功例なんだ」

「最長記録じゃない？　自分で余計なことしなくて、そのまま人に又貸しするのがいちばん続くってのもどうかと思うわよ」

祖父の部品工場を二十五年ひとりで切り盛りしているだけあって、経営者としての初恵おばの言葉はどこまでも辛辣《しんらつ》である。

「わたし一度、蜜村さんに訊《き》いたことあるの。どうしてあなた、そんなに失敗ばかりしてるのに商売をやめようと思わないのか、って」

「本当にそんなこと訊いたの？」

「だって、変じゃない。何をやってもダメなことがわかってるのに、どうしてまた次をやろうという気になるのか不思議でしょ？　そうしたら、あの人、これが自分の生き甲斐《がい》なんだとか言うの。もう蜜村さん、頭がちょっとおかしくなっちゃってるのかも。今のギャラリーも三年続いたと言ったって、相変わらず流行らないんでしょ？　三津子から聞いたわよ、空き巣さえ何も盗《と》っていかなかったって」

　そうなのだ。借り手がいなければ貸しギャラリーは成り立たない。先月の後半から先週まで まる一ヵ月、「ギャラリー蜜」は休業状態だった。他の階同様、鍵《かぎ》を壊され、侵入されはしたが、被害は何もなかった。そもそもフロアが空っぽで、盗るものがなかったのである。

「点検に蜜村さんも顔出したの？　元気だった？」

「うん、相変わらず声は小さかったけど。ひさびさに借り手が入ったんだ。今週は美大の学生さんが合同で作品展をしてるんだよね」

「わけのわからないへんてこな絵や、けばけばしい色遣いの置き物とかでしょ？　さっき上がってきたときに、ドアから見えたわよ」

　おばはカップの底をのぞき、紅茶の残りを右に左に傾けながら、

「ああいうの見ると、何だかあなたのおじいさんの頃を思い出して、嫌な気分になっちゃうのよね。ガラクタをおもしろがったり、ありがたがったりする気持ちが、わたしには全然わからない」

　と物憂げな低音をそのチェロ声に添えた。

「ねえ、一つ訊いていいかな」

「何？」

「どうして、『あなたのおじいさん』と呼ぶの？」

これまで初恵おばがどのように祖父を呼んでいたか特に記憶はないが、妙に「お父さん」と呼ぶことを避けているような、そんな気配をふと感じたのだ。

何気なく放った問いかけに、「そう?」とおばは明らかに不意を衝《つ》かれた表情でカップの動きを止め、俺の顔をじっと見つめた。

「遠いのよねえ――、あの人。あなたのおじいさん。ずっといっしょにいたわけだけど、何だかよくわからない人だったな、ってときどきフッと思うこともあって。そう言えばわたし、あの人が死んでから、お父さんて呼んだことないかも。仲が悪かったわけじゃないのに。まあ、よくもなかったけど――」

急に張りを失ったチェロ声が唇からこぼれ落ちた。そんな萎《しお》れた響きの初恵おばの声を聞くのははじめてだった。

おばはイスから立ち上がり、カップを手に流しに向かった。黒一色に染まった影が移動するのを目で追う途中、何かに視線が引っかかった。

ソファの上の茶封筒と洗濯物との位置関係がおかしい。あえて目印にと封筒に覆い被《かぶ》さるように置いていた縞《しま》模様のトランクスが、いつの間にか洗濯物の山のてっぺんに移動している。

シンクに流れる水がお湯になるのをハナウタを奏でながら待っているおばの横顔を、その立派すぎるワシ鼻を、「ちくしょう」とばかりに睨《にら》みつけた。

あれだけ言ったのに、やっぱり読んでいるじゃないか。

＊

商工会議所で打ち合わせがあるからと言って、ようやく初恵おばが退散したのは午後三時。ひとりに戻った部屋で、原稿をテーブルに置き表紙と向かい合った。ぶ厚すぎるため三部に分けたうちの第一部、右上で綴《と》じた応募原稿の扉のページは依然空白のままだ。

タイトルを決める。タイトルを決める。タイトルを決める。

念仏のように決意を唱えてみるが、肝心のものは思い浮かばない。よし、その前にリラックスがてら応募に必要な個人情報を書こう、と新しい原稿用紙に名前やら住所やら経歴やらを順に並べていった。

「あ」

一つ片づけておかなければいけない用事を思い出した。二階の踊り場の蛍光灯が切れかけていた。もう少しで「清酒会議」の双見くんが店にやってくる頃だから、その前に交換しておこう。蛍光灯のストックは常に玄関脇の傘立てに突っこんである。紙ケースごと一本を抜き取り、いったん屋上に脚立を取りに寄ったのち二階に向かう。すべての雑音を取り除いたのち、集中できる環境でタイトルに取りかかるのだ。

踊り場では蛍光灯が、パリンという音とともに消えては、ふたたび引っかかるように点灯するのを繰り返していた。軍手をはめ脚立をセットする。よいしょと三段目まで上って天井の蛍光灯に触れたとき、タンタンタンとやかましく下りてくる靴音が聞こえてきた。

「お、管理人さん、お疲れさん」

ほどなく、小さなバッグを脇に抱えた四条さんが、いつものくたびれたスーツ姿で上階から姿を現した。

「持とうか、それ」

脚立の横で足を止めた四条さんに、「じゃあ、これお願いします」と取り外した蛍光灯を預ける。代わりに渡された新しい点灯管と蛍光灯をつけ替え、白い紐《ひも》をカチリと引っ張ると、まっさらな光が煤《すす》けた天井を照らした。

「ねえ、九朔くん、最近いいことあっただろ」

四条さんの声に「はい？」と首を戻す。空になった紙ケースに古い蛍光灯を差しこみながら、四条さんはニヤニヤしながら俺を見上げていた。

「いいことなんて何もないですよ」

「いいんだって、別に隠さなくっても」

「だから、何もないです」

「おめでとう」

天井からの明るい光を煌々《こうこう》とスキンヘッドに反射させながら、四条さんは俺の太ももを肘《ひじ》で小突いてきた。やめてください、と身体をねじりながら脚立から下りる。

「で、どこで知り合ったの？」

「知り合ったって——、誰とです？」

「とぼけないとぼけない。さっき会っちゃったんだから。ひょっとして、もう一緒に住んでる？」

いったい何の話をしているのかと探偵の顔を見返す。

「ちょうど僕が出ようとしたときに、階段を上っていくのが見えてね。後ろ姿だけチラッと見えたけど色っぽかったなあ。髪も長くて、こうふわあっとしてて——、あれ、九朔くんの彼女でしょ？」

「はい？」

「僕がドアに鍵をかける間に、『がちゃん』って扉が閉まる音が聞こえてきたから。てことは、九朔くんの部屋だろ？　これは九朔くん、いいことあったと思ったわけ。前に勤めていた会社を辞めるとき、何となく付き合っているような付き合ってないような感じの子に、小説家を目指すと伝えた途端にあっさりフラれてから彼女いない、って言ってたからさ」

「ど、どうして、そんなこと知ってるんですか」

「この前、そこでいろいろ話してくれたじゃない。男は夢に生きて、女は現実に生きる——青春だなあ、ってしみじみ思ったもの」

四条さんは踊り場に面している、日本酒のラベルで覆われた「清酒会議」の入口を指差した。もちろん、何一つ記憶に残っていない。言うまでもなく、記憶がなくなるまで飲まされたからである。探偵のほうも極めて不純な動機が理由で開催された飲み会であったことを、今さら思い出したのだろう、

「あ、うん……、あのときは、本当にゴメン」

と蛍光灯を収めた紙ケースを俺に手渡し、急にしおらしい声になって深々と頭を下げた。

「そんなことより今の話、ついさっきってことですよね?」

「うん、ほんの二、三分前」

作業に集中していたからだろうか、何も聞こえなかった。四条さんの靴音はあれほどくっきり聞こえたのに。いや、その前に、屋上経由でここに到着するまで、俺は誰とも会っていない。ならば、その女性とやらはどこから上がってきたのだ。

「まったく、九朔くんも隅に置けないな。今度、機会があったら紹介してよ。僕、黒い服を着ている女性にめっぽう弱いんだよね」

「それって、俺のおばさんのことじゃないですよね?」

黒い服という部分に、つい先ほど別れたばかりのおばの全身黒ずくめの格好を思い起こす。

「オーナーのお姉さんの、あのおっかない社長さんのこと? やだなあ、違うよ。もっ

と若い人だよ。だって、九朔くんの彼女だよ？　いやあ、ちょっとたまんないくらい色っぽかったなあ――。全身が黒なんだけど、身体にぴちっと吸いつくような感じで、スタイルも抜群で。あ、九朔くんの彼女に失礼なこと言っちゃったかも。でも、これ褒めているから」

刹那《せつな》、記憶のなかで跳ねるものがあった。空き巣が入る前にこの階段ですれ違った女。警察が「カラス」と呼んでいた写真の女。

三週間前のことでも、はっきりと覚えている。何しろ、あんな至近距離であんな深い谷間を目の当たりにしたことなんて、生まれてはじめての経験だったからだ。だが、万が一にも、あの黒ずくめの女が空き巣の現場にノコノコと現れるとは思えなかった。いちばん考えられるのは、三階のギャラリーで作品展をやっている学生が、タバコでも吸いに屋上に向かった、あたりだろうか。勝手に屋上を使われて火の不始末があっては困るので、脚立を戻すついでに見つけて注意しておこう、と脚立を畳み肩に担いだとき、

「ねえ、九朔くん――。あれ、どうなった？」

と妙に抑えた声が聞こえてきた。

「気になっていたんだよね。何ていうタイトルだったっけ――」

まさに喫緊の懸案事項を言い当てられギョッとしたが、四条さんはこめかみのあたりに指をあて、コツンコツンと何度か叩《たた》いたのち、

「そうだ、『トーテムポール』」

と答えにたどり着くと同時に、ぱちんと頭頂部に手のひらを置いた。

「そろそろ、結果が出る頃じゃなかった？」

そっちのほうかと安堵《あんど》する一方で、よくもぬけぬけと俺の部屋から強奪した原稿の話ができるものだ、と内心呆《あき》れながら、

「あ、そうです、そうです……。でも、結果といっても一次選考ですよ。そこから二次、三次、さらに最終があってですね」

とお人好《ひとよ》しな回答を返す。

「大丈夫だよ。あれ、相当おもしろかったもの。僕はかなりいいところまでいくと思うな。いや、賞を取っちゃうぜ、きっと」

景気のいい探偵の言葉に「そりゃ、どうも」と口では感謝の意を伝えるが、相手に注ぐ視線はいよいよ冷たい。なぜなら、母へのスパイ行為が発覚した際、「コピーはしたけど、読んでいない」と言い逃れしていたことをはっきり覚えているからだ。やはり読んでいたのである。どう言い訳したかなど何も覚えていないのだろう。つくづく詰めの甘い探偵だ。

小言のひとつでも返してやりたかったが、「お、いかんいかん、仕事の約束に遅れてしまう」と四条さんはそそくさと階段を下りてしまった。階段に反響する靴音がビルの外へと消えるのを聞きながら、階段を上った。三階の「ギャラリー蜜」のドアは開け放されていた。ドアの表面には、美大の名前と「それぞれのTOBIRA展」というテー

マが記されたボードが貼りつけられている。ちらりと中をのぞくと、作品の前で学生と年配の夫婦が楽しそうに話していた。もうひとりの学生は隅でパイプ椅子に座り文庫本を読んでいる。二人とも男である。となると、探偵が見た女性は今も屋上にいるということか。

よっこらせと脚立を担ぎ、階段を上った。少し警戒しながら屋上に出たが、いちいち調べるまでもなく、一見して無人だった。

いや、カラスがいた。

最上部のへりに、でかいのが一羽、給水タンクを背にして、じっと俺のことを見下ろしていた。俺の姿を認めるなり、「カア」と鳴いた。大きく太いくちばしが開閉し、ぬめりのある羽が小さく震える様は、どうしようもなく禍々《まがまが》しい眺めで、目を合わせぬようにして最上部に続くハシゴ横に脚立を戻したとき、

「ねえ」

といきなり声をかけられた。

ギョッとして振り返ると、ほんの二メートル後ろに女がいた。

階段ですれ違ったときとまったく同じ格好だった。

全身が黒一色に覆われた女が、まるで俺を待ち構えていたかのように、少し足を開き腰に手を置いた姿勢で立っていた。身体にぴたりと吸いつくような黒のワンピースの下からは、黒のタイツに覆われた細い足が二本、得も言われぬ余裕を漂わせ伸びていた。

やたら高いヒールに、やたら大きなサングラス、とにかく黒ずくめの真ん中で、深い谷間がのぞく胸元だけがまぶしいくらいに白かった。

「扉は、どこ？」

女がほんの少し首の位置を傾けただけで、身体を覆う漆黒のラインに銀色のぬめりが音もなく走った。無意識のうちに、視線を上方へさまよわせた。最上部のへりに先ほどまでいたカラスの姿は見当たらなかった。

「やっとこの場所がバベルだと突き止めた。いったい、どれだけ飛んだか」

「飛んだ？」

と自然と言葉が口から漏れ出た。

「そう、このバベルを見つけるために」

突然、女は笑った。

巨大なサングラスの下に、嘘のように白い歯がこぼれる。しかし、声は何も聞こえてこない。

「扉は、どこ？」

女はサングラスの縁に右手の指を添え、ゆっくりと外した。

口をぽかんと開け、俺は相手の顔を見つめた。

眉《まゆ》がなかった。

何より、そこには「目」がなかった。

いや、あるにはあったが、巨大なサングラスが去ったあとに、黒豆のように小さな、いびつな丸っこいものが貼りついていた。

俺はそれを知っていた。ついさっき見かけたばかりのもの――、すなわち大きさといい形といい、カラスの目玉そのものが女の顔に二つ存在していた。それがくるりと回転するかのようにまばたきをしたとき、俺は叫んでいた。

俺の悲鳴を引き取るかのように、相手の口がカパッと開いた。女の口は奥まで黒で埋め尽くされていた。さらには、よくよく聞き慣れた、このバベルの朝を支配しているあの連中の声で、

「quaa《クウアア》」

と鳴いた。

第三章　階段掃除、店子訪問

俺は逃げた。

当たり前だろう。

あんなカラスの目玉を顔にはめた女から笑いかけられたのである。転がるように階段を駆け下り、自分の部屋に飛びこんだ。鍵《かぎ》を閉め、チェーンをかける。そのまま扉に耳をあて、細心の注意を払って音を拾ったが、何一つ上階から聞こえてくるものはなかった。むしろ心臓の鼓動のほうが、耳の真後ろに移動したのではないかというくらい、どくどくとやかましかった。

一時間近く、そこに立っていただろうか。

いい加減、足が疲れてきたので、やっとサンダルを脱いでテーブルに向かった。イスに座り天井を見上げ、ここを覆う数十センチだか、一メートルだかのコンクリートを隔てて、あの女が立っているかもと想像した途端、また動けなくなってしまった。

それきり、その日は一度も部屋を出なかった。誰からの訪問もなく、ソファに腰を下ろし、ひたすら息を潜め時間を過ごしていたら、徹夜の反動が一気に襲ってきたのか知らぬうちに寝てしまっていた。

翌日、目が覚めてからも、部屋から出られなかった。どうしたものか悩んだ末に、俺は苦肉の策を思いつく。会社の独身寮時代から使っていたステンレス製の靴べらを握りしめ目指したのは屋上ではなく、四階の「ホーク・アイ・エージェンシー」だった。

午前十時、勇気を出して鍵を開けた。少しだけドアを開き、何の物音もしないことを確かめてから、一気に飛び出し、階段を駆け下り探偵事務所にたどり着いた。案の定、来客はなく、四条《よじょう》さんは退屈そうにスポーツ新聞を読んでいた。前回の一件の借りをまだ何も返してもらっていないことは、互いに暗黙の了解のもとにあったので、「ちょっと屋上の点検についてきてほしい」という俺のいきなりの依頼に対し、

「別にいいけど。でも何で、屋上なのさ？　何で、靴べら持ってるのさ？」

と不審そうな表情ながら同行を承諾してくれた。

さりげなく四条さんを先頭に立たせ階段を上る。ドアの前に到着するなり、四条さんは声をかける間もなくドアを開けて外に出てしまった。靴べらを握り直しおそるおそるあとに続く。

ちょうど雨が降り始めたばかりの屋上には、誰もいなかった。

ホッとするのはまだ早い。探偵に最上部へのハシゴを上るよう伝える。

「ここに上るの、はじめてだなあ」

とどこかうれしそうな声とともに探偵がするすると上り終えるのを待ってから、「どうですか？」と訊《たず》ねた。「え、何が？」と間抜けな返事が聞こえたのを確かめてから俺もハシゴに手をかける。

「何なのよ、いったい」

と最上部で出迎える探偵を無視して素早く周囲を確かめた。こちらも無人であることを確認してから、ようやく靴べらを持つ手をゆるめ、大きく息を吐き出した。

「裏側はこんな風になっていたんだなあ。ここまで線路に接して建っていたなんて知らなかったよ」

眼下に望むプラットホームに向かって四条さんが呑気《のんき》な声を上げる。電車が長々と車両を引っさげ、ホームに進入するのを並んで見下ろしながら、

「昨日、四条さんが階段で見かけたと言ってた女のことなんですけど」

とおもむろに切り出した。

「ああ、九朔《きゅうさく》くんの彼女のこと?」

「違いますよ、彼女じゃありません。窃盗団のメンバーです」

数秒の間を挟んだのち、「何それ?」と探偵は怪訝《けげん》な表情を向けた。

「覚えてないですか? 今月の明細を届けに行ったときに、女の人がここに来たはずだとか何だとか、俺が勝手に騒いだことがあったでしょう。四条さんが階段で見た女、俺があのときに言っていた女です。女がまず標的の下見をして計画を練る。いつも黒い格好をしているからなのかは知りませんけど、『カラス』――」

刹那《せつな》、サングラスを外したときの女の顔が蘇《よみがえ》り言葉に詰まる。

「――『カラス』と呼ばれているとか。警察の人から写真を見せてもらいました。俺が階段ですれ違った女でした。四条さんは聞いてませんか?」

「全然、知らない。ひと言も教えてもらってない。てことは、え……待って、あの女が僕の金を盗んだってこと？」

駅から駆けこみ乗車を注意するアナウンスが聞こえてくる。なかなか鳴り終わらない発車メロディに重ねるように、「そうです」とうなずいた。

「ひょっとして、僕と別れたあと九朔くん、その女に会ったの？」

「脚立を戻しに来たら、いつの間にか、後ろに立ってました。一度目に会ったときとまったく同じ格好で」

「それで……会ってどうしたの」

「逃げましたよ。それからずっと引きこもっていました」

本来は現れるはずのないタイミングで現れ、本来はあるはずのないかたちの目玉がくっついていたあたりはすべて省略し、今朝までの経過を簡潔に伝えた。その間、探偵は鼻の下のヒゲを指でもてあそんでいたが、「あ」と急にその指を離し、

「だから、僕を呼んだの？　屋上に向かうときも、そこのハシゴを上るときも先に行かせて。ひどいなあ、これはひどい」

とタコのように口先をすぼめ抗議してきた。

「これでこの前の件とおあいこです」

探偵は俺の手の靴べらを非難がましく見つめ、フンとすねたように鼻を鳴らしたのち、

「でも、何でまた姿を現したんだろう」

と急に声を落とした。

「四条さんが会ったとき、女は何してたんですか？」

「会った、っていうのも大げさだな。ただ、階段を上っていくのを一瞬、目で追いかけただけだから。でも、さっきの警察の話なら、また下見に来たってこと？」

「え？」

思わぬ推測にしばし言葉を失い、探偵のスキンヘッドの表面に視線をさまよわせた。

「九朔くんが会ったとき、あの女、何してたの？　何か話したのかい？」

話したと言えば話した――。でも、説明したくても説明できそうにない。相手の言葉の意味を何一つ理解できないからだ。

「扉はどこか……って」

「扉？　扉って何の？」

「さあ……。やっとこの場所がバベルだと突き止めた、とか――意味のわからないことばかり言ってた、ような」

「突き止めたも何も、一階の入口に『バベル九朔』ってプレートが大きく貼ってあるじゃない」

「貼ってありますね」

「僕の事務所の住所も『バベル九朔　4F』って、電話帳にもネットにも載せてるよ」

「載っていますね」

「何を突き止めたんだろう」

「わからないです」

「他には？」

「そのへんで逃げたので――」

「え、それだけ？　なんだ、ずっと閉じこもっていたって言うから、もっと怖い目に遭ったのかと思った」

明らかに拍子抜けした表情を隠そうともせず、「もう少し話を聞いたらよかったのに」などと無理を言ってくる四条さんを置いてハシゴを下りた。知らないから言えるのである。あのサングラスを取り去った瞬間の衝撃といったら――。あまりに常識外のことが起きたとき、人間は恐怖を感じない。それよりもとにかく脳が活動を停止し、考えることを拒絶するのだ。

「警察には連絡した？」

雨が次第に強くなってきた。遅れてハシゴを下りてきた四条さんは、ポケットから出したハンカチで頭を丁寧にあてるようにして拭《ふ》いた。

「あ、まだです。思いつきもしなかった」

「呑気だなあ。何よりまずそこだろう。僕のところから二十万円も盗んだんだぜ。また現れるなんて、きっと何かあるんだよ。これはチャンスだ。とっ捕まえて取り返してやる」

と探偵が敢然と決意を表明したとき、

「カア」

といきなり声が降ってきた。

あまりに至近距離からの「カア」だったものだから、四条さんと二人いっしょに「わッ」と飛び上がった。ハシゴのてっぺんにいつの間にか大きなカラスがとまり、薄暗い雨雲を背にしてこちらを見下ろしていた。まるで俺たちに挑みかかろうとするように、目を合わせてもまったく動じない。

「ハシブトガラスだね。でかいなあ、迫力あるなあ」

カラスへの負のイメージがないのか、どこか親しげな響きすら声に漂わせる探偵を放って、さっさと屋内へと戻る途中に、ふと思った。

これから一生、カラスを見るたびに、俺はあの女の目玉のことを思い返すのだろうか。

＊

部屋の前で四条さんと別れる際、急に感謝の言葉を伝えられた。何でもオーナーである母の決定により、家賃二カ月分がチャラになったらしい。

「九朔くんがそうするようアドバイスしてくれたって聞いたよ。おかげで本当に助かった、ありがとう。空き巣に入られて、いよいよ万事休すと思ったけど何とかなりそう。

仕事もぽつぽつと入ってきてるしね。実は金庫の二十万も、盗難保険を契約していたから戻ってくるんだ」

「そんなの入っていたんですか」

「職業柄、危険なことも多いからね」

真面目なつもりなのか冗談なのか、それともハードボイルドに決めたいのか、四条さんは口の端を妙な具合に吊《つ》り上げフッと笑い、俺の代わりに部屋のドアを開けてくれた。

さっそく、黒電話の前に座り、ええと警察の名刺はどこに置いたっけ、と身体をねじりテーブルの上を目で探しているといきなり黒電話がジリリリンと鳴った。

黒電話のベルはいちいち音がでかい。いつだったか初恵《はつえ》おばが、バベルが建ったときからこの部屋に置かれている年代物だと言っていた。祖父もかつてこの黒い受話器を握っていたと思うと、やかましいだけのベル音にも、急に値打ちが潜んでいるような気分になる。別に電話だけではなく、この部屋も階段もそこらじゅうを祖父は歩き回ったろうに、目の前の小さな電話機が何より大《だい》九朔の存在を感じさせるから不思議だった。

「もしもし」

と受話器を取ると、案の定、気ぜわしい声が聞こえてきた。

「アンタ、元気にしてるの？」

「まあ、まあまあ」

この電話にかけてくるのは、どこぞの勧誘か母ぐらいしかいない。ついでであるし、

警察に電話する前に、物騒な事件だっただけにオーナーである母にも伝えておこうと、女のことを話そうとしたが、

「蜜村《みつむら》さん、やめるんだって――」

という声が先に飛びこんできた。

「え？」

「さっき、電話があったの。先週、お父さんが亡くなられて、実家に戻って家業を継ぐことになったんだって。それで急だけど賃貸契約を解除したいって」

「家業を継ぐ？　何の？」

「蜜村さんの実家、神社だったのよ。私も全然知らなかったけど」

「それって――、神社を継ぐってこと？」

「神主になるそうよ。ああいうところは親の跡を子どもが継がないと、神社自体、別の人のものになっちゃうんでしょ？　蜜村さん、長男ではないらしいけど、これから勉強して資格を取るって」

初恵おばから聞いた華麗なる蜜村さんの仕事遍歴を思い起こす。画廊手伝いから始まってイス屋、カフェ、ライト屋――途中に十年だか、二十年だかを経てタイ式マッサージ、貸しギャラリー、そして神主。お釈迦《しやか》様ですら予想できぬ変遷ぶりである。いや、この場合は神様になるのか。蜜村さんがいつものうつむき姿勢のまま、ぼそぼそと祝詞《のりと》をつぶやく神主姿を想像してみる。意外としっくりくるなと思いつつ、

「そう言えば、蜜村さんの実家って、ウチのじいさんの地元と同じなんだろ？」

と昨日、聞いたばかりの話を振ってみた。

「え？　そうなの？　初耳よ、それ。蜜村さんは何もかもが謎で有名なのに、何でアンタがそんなこと知ってんの」

「消防点検のとき、初恵おばさんから教えてもらったんだよ」

「へえ。お姉ちゃん、どこでそんなこと知ったんだろ？」

「本人に訊《き》いたんだろ？」

「蜜村さんから？　よく、聞き出せたもんね。私がどこに戻るのか訊いても、最後までふにゃふにゃ言って、何もわかんなかったのに。蜜村さんて、いつもああよね。話は下手だし、昨日だって電話で何を言ってるのか、要は店を畳むってことがわかるまで、すごく時間がかかって本当にイライラした。どうしてこんな商いに向いていない人がいつまでも続けるんだろう、って不思議だったけど、それがまさか三十八年間居座り続けるなんてねえ」

その三十八年間、しっかり家賃をもらっておきながらひどい言い草である。

「蜜村さんのギャラリー、今は学生さんに貸しているんでしょ？」

「そう、今日までかな。『それぞれのTOBIRA展』ってやつ。あ、ここに扉って使われてるな……」

「扉？　何のこと？」

「いや、何でもない。こっちの話」

「次にギャラリーを貸す予定は入っていないとかで、蜜村さん、今月でギャラリーを閉めて、整理がつき次第、退去することになったから。ちょっとアンタ、あとで蜜村さんのところに様子を見にいってくれる？」

　ここでいったん言葉を区切り、「さて」と母は急に声色を変えた。

「その後、アンタの小説のほうは、どうなっているのかしら？　いつも賞に申しこんだとかいう話ばかりで、結果のほうをちっとも教えてくれないけど、どんな具合？　そろそろ、デビューできる？」

　よりによって、最悪のタイミングでけしかけられた。机の上には応募原稿が鎮座している。あんなことがあったばかりで、当然、タイトルは決まっていない。この千々に乱れた精神状態から、果たして納得できるタイトルをひねり出せるものなのか。締め切りは今日なのだ。

「もう二年よ？　少しも進展がないって、さすがにおかしいでしょ。私だっておととしから水泳教室に通って、これまで泳げなかった背泳ぎが、結構うまくなったんだから。月に三回の教室でそれよ。一日中、部屋で書いているアンタは、そりゃもう、どんどんうまくなっているわけでしょ？」

　容赦のない追い打ちに、今にも叫びだしそうになる。しかし、ここでいきなり叫んで母にクスリをやっていると確信されるのも癪《しゃく》なので、俺はつとめて冷静を貫きながら、

「この前の空き巣の件だけど、ちょっと問題が起きまして」とこちらの用件を切り出した。窃盗団のメンバーがまたビルに現れたという穏やかならざる内容である。母も言葉の矛をいったん収め、俺の話を聞いた。これから警察に電話しようと思っていたところだと告げると、

「うん、すぐにそうしなさい。アンタもそんな物騒なところは出て、こっちに戻ってきなさい。それで小説なんかやめて、さっさと働きなさい」

と非常に強い調子で訴えてきたので、

「じゃあ、これを切ったら、さっそく警察に電話するわ」

と素直に返し、受話器を置いた。

確かこのへんに、と物が散らかり放題のテーブルの上を探ると、刑事からもらった名刺が姿を現した。警察に電話するなんて、もちろんはじめての経験である。肩のあたりがこわばるのを感じながら、記された刑事課の番号にかけた。ほとんど間をおかず、電話口に出た男性に「外池《とのいけ》」という名刺の名前を告げる。どういったご用件でと訊《たず》ねられ、先日空き巣に入られたビルの管理人だが、窃盗団のメンバーらしき女をまたビル内で目撃して云々《うんぬん》と伝えると、すぐに「お待ちください」と告げられたのち、保留音が流れ、

「あ、どうも、外池です」と聞き覚えのあるざらついた声が慌ただしく登場した。

十分ほど話して電話を切った。黒電話を使ったあとはやけに疲れる。母に加え警察という馴染《なじ》めぬ相手と話したからか、それとも受話器そのものが重いからか、とにかく紅

茶を淹《い》れ一服してから、四階の「ホーク・アイ・エージェンシー」に向かった。

「――つまりですね、下見は下見でも、隣のビルの様子を調べていたんじゃないかというわけです。屋上から隣のビルの窓の位置を確認していたかもしれないって。この前、ウチが空き巣にやられたとき、隣のビルは被害がなかったらしくて。まだ被害の話は出てないから、すぐに隣のビルのオーナーに伝えておくと言われました。夜から明け方にかけて、駅裏エリアのパトロールを強化するとも言ってましたね」

刑事と話したばかりの内容を伝える間、四条さんはデスクの向こうのチェアに深々と腰かけ、折り畳んだスポーツ新聞で太ももを叩《たた》いていたが、俺の報告が終わると、

「なるほどねえ、その考え方は思いつかなかったなあ」

と残念そうな口ぶりで、デスクの上に新聞を放った。

「じゃあ、このビルが狙われてるわけじゃないんだ。ここで寝泊まりして、僕の手でとっちめてやろうと思っていたのに」

「この前だって、向こうにしてみればほとんど儲《もう》けがなかったのに、さらに警戒されているところをもう一度やるなんてあり得ない、って刑事に笑われましたよ」

「何だよ、儲けがないって。二十万は大金だぜ。まったく失礼な刑事だな。そうだ、あの泥棒女から妙なことを言われた話は？　扉がどうとか――。それは警察に言ったの？」

いいえ、と俺は首を横に振る。言えるわけがない。あの言葉とサングラスの奥に隠され

ていたものはセットにして考えるべきだと俺は直感している。つまり、セットで警察に語らなくてはいけない。無理である。

「どちらにしろ、しばらく用心するに越したことはないということです」

だね、と四条さんは軽くうなずき、デスクの引き出しを開け、白っぽいものを一つ、二つとデスクの上に取り出した。俺はしばらく、目の前に現れたものを凝視したのち、

「何ですか——これ」

とようやく口を開くことができた。

「え？　大人用のおむつだけど。知らない？」

「知ってます。そうじゃなくて……、誰のですか」

「僕のに決まってるじゃない」

こともなげに答え、探偵はおむつを手に立ち上がると、

「今日はこれから仕事があるからさ。こっちが替え用で、そっちは今からはく用」

と壁際のハンガーラックに引っかけていたカバンの中に一枚を放りこんだ。なぜ、おむつをはいて仕事に臨まなければいけないのか、そもそもおむつが必要な仕事とは何なのか——、訊いていいものか悪いものか迷っているうちに、

「これ、探偵業務に欠かせない必需品なんだぜ」

と四条さんが真面目な顔で説明を始めた。

「尾行の最中、トイレに行けないだろ？　張りこみのときも、現場を離れた隙に相手が

動いてしまったら終わりじゃない。だから、おむつ。ときに八時間、十時間、同じ場所で相手が建物から出てくるのを待たなくちゃいけないからね。格好悪いとか言ってられない。商売道具だよ」

思いもよらぬ探偵稼業の裏側を知らされ、なるほど、とつい感嘆の声を漏らす俺に、

「僕のオススメは断然これ。ムレないし、お肌にもやさしい。吸水力だってなかなかだよ。まあ、やりすぎると漏れるけど。ちなみに大のほうはまだ試したことない」

と手に残る一枚を掲げ、凜々《りり》しい表情で太鼓判を押した。

「また来月十日に、電気代の明細持ってきます」

といとまを告げる俺に、

「あ、九朔くん、待って」

と探偵がおむつを振った。

「部屋から出ていないって言ってたろ？　たぶん見てないと思うから。今日、出たばかりのやつ」

四条さんはデスク脇のマガジンラックから一冊を抜き出し、「よかったら」と差し出した。やけにぶ厚い雑誌だなと思ったら、俺が送った原稿『トーテムポール』が一次選考を突破したかどうかが載っている文芸誌の最新号だった。いつもなら、気になって前日から眠れないくらいなのに完全に忘れていた。「どうして」と四条さんの顔に視線を戻すも、目を合わせる前にすっとかわされ、

「ちょっと僕、準備あるから」

とおむつを手にトイレに向かってしまった。「じゃあ……、いただきます」とその後ろ姿に頭を下げ、俺は事務所をあとにした。

＊

「飲食十年」

むかしはそう言われたそうだ。

どれほど繁盛している店も、やがてマンネリの足音が忍び寄り、次第に常連客も減り、およそ十年でその歴史を終える、という飲食店の寿命について表した言葉だ。

しかし、すっかり下向きの景気が続き、初恵おばから昨今のテナント事情についてあれこれレクチャーを受けたときに聞いたのは、「飲食五年」なる期間が半減したフレーズだった。さらに最近は状況が厳しくなって、「飲食二年」とまで言われているらしい。一軒の店が興隆し、成熟し、衰退するまでのサイクルを十年かけて満了するのはもはや至難の業。実際のところは、飲食店の五割がオープン後わずか二年で店を畳んでしまうのだとか。

とにかく生き馬の目を抜く世知辛い世界だとテナントビルの管理人を務めながら、どこか他人事《ひとごと》に捉《とら》えていたのだが、かくいう俺がまさに二年で小説家への挑戦の道を閉ざされようとしている。

これまで、誰にも教えたことのない事実がある。

この二年間、小説を書いては新人賞に送る生活を続けてきたが、俺はたったの一度も新人賞の一次選考を通過したことがない。

そもそもが厳しい道であることは承知の上だ。どれほど苦労を続けようと努力賞はないレースだ。何百、何千もの応募のなかで最後の一作に選ばれ、それが本になり、さらに食えるようにならなくてはいけない。一度も一次選考すら通過したことがない、誰からも作品を評価されたことがない俺にとって、それが果てしなく遠い道のり――、もはや妄想に近いイメージであっても、ゴールする日を願い、バベルでの時間を費やしてきた。

どれほど落選を続けようとも、賞に応募し、選考結果を知るまでの間、そこには未来があった。受賞スピーチの想像をして、取材での受け答えを想定して、「あなたにとってプロフェッショナルとは？」とテレビの特集に出演したときの答えをニヤニヤしながら考える自由があった。

窓辺に立ち、バベルの外をぼんやりと見下ろした。窓ガラスには小さな雨滴が気怠《けだる》げに張りつき、だらしのない筋となって垂れ落ちている。

あんなものでは駄目だと、どこかでわかっていたのかもしれない。

でも、今度だけは違うのではないかとも、当然期待していた。

つまり——、新人賞に応募した俺の小説が落ちた。

四条さんにもらった雑誌の後ろのほう、ほんの半ページにも満たない新人賞選考の途中経過を告知するコーナーに、『トーテムポール』の名前はなかった。見逃したのではないかと、何度も目を走らせた。ついにはひとつずつ口に出して、すべての掲載されたタイトルを読んだ。二度繰り返したが、俺の作品はとうとう紹介されることはなかった。一次選考にも受からない。それはすなわち箸《はし》にも棒にもかからぬ作品との烙印《らくいん》を押され、この世に生を享《う》けるはるか手前で死んだということだ。

蜜村さんの次は、俺じゃないのか——？

不意に暗いささやきが耳の底から這《は》い上がってきた。

「ごん」

とガラス窓に額を打ちつけた。どうして、蜜村さんはまったくうまくいかない商いを三十年以上も続けられたのだろう。俺が蜜村さんの立場なら、これから三十年間、日の目を見ることがない何かを続けるなんて絶対に無理だ。どうしたって現実を見てしまう。

「ごん」

ふたたび額を打ちつけた。初恵おばや母のように、蜜村さんの長い挑戦を冷笑的に突き放す真似は俺にはできなかった。なぜなら、そこには己の一部が確かに含まれているからだ。

無性に蜜村さんと話がしたいと思った。玄関脇に立てかけた箒《ほうき》とちりとりを持って、部屋を出た。二日前から休んでいた共用部分の掃き掃除を済ませながら三階へ向かった。

「ギャラリー蜜」のドアは開放されていた。昨日は点検作業があったため顔を見ることができたが、今日はどうだろうと室内をのぞくと、果たして蜜村さんが一人でフロアの中央に立っていた。

「こんにちは……」

俺の姿を認めると、蜜村さんはぺこりと頭を下げた。

「ああ、管理人さん、ども、ども」

「あれ？　学生さんは？」

「みなさん、昼飯に行っちゃったんで、今はボク一人で。今日で最終日だけど、まだちゃんと見ていなかったから、こうして見よっかなって――」

と蜜村さんはぐるりと視線を回した。

バベルのテナントは各階すべて同一の長方形の間取りだ。「ギャラリー蜜」は俺の部屋と同じく、奥に仕切りを設け、そこをスタッフルームにしている。フロアには学生たちの作品が並べられている。絵画もあれば、彫刻もある。天井からつり下げられた電線が空中で絡み合ったようなものもあれば、床に敷いた鏡の中央に実際のドア枠をぽつんと立てただけの作品もあって、なるほど、「それぞれのTOBIRA展」かと改めてテーマを思い出す。今日が展示最終日ということは、実質的にギャラリー営業の最終日でもあるのだ、と母の話を思い出し、そのことを伝えると、

「まあねえ、そうですねえ」

と困ったような笑みを浮かべ、蜜村さんはごしごしと音が鳴るくらいの勢いで頭を掻《か》いた。

「すぐに引き渡しの準備を始めなくちゃいけないから、そうだ、管理人さん。冷蔵庫、欲しかったらあげますけど、どうですか。奥にあるんだけど駄目かな、ううん、小さすぎか。冷凍庫もないしね。あ、パイプ椅子なら結構あって、それなら。いや、硬くて座り心地よくないか。そんなことより、あれだ。知ってますか？　ずいぶん、むかしの話で、聞いてるかどうかわかんないけど――」

おそらく前半部分は俺に話しかけたのだと思うが、途中からぼそぼそとよく聞き取れぬ声になって、ついにはスタッフルームのほうに歩き始め、ドアの向こうに消えてしまった。このまま待つべきなのか、それとも話は終わってしまったのか、判断がつかぬまま、結局その場で待つこと三分、蜜村さんが戻ってきた。何やら手に四角いものを持っている。

「これ、親父に言われて、ずっとここに置いていたもの。ええと、ずっとというのは、このビルが建ったときから。長い間掛けっ放しだったから、ずいぶん色がぼんやりしちゃったけど、むかしはもっとこう、くっきりというかはっきりというか、まあ、すっきりしていたんです。あれ？　でもこれ、何だか色がきれいになっているな。こんなに明るい感じが出ていたっけ？」

おおよその部分について、何を話しているのか理解できなかったが、ずいと目の前に差し出されたものを見て、ようやく主題を理解した。それは小さな額に入った油絵だった。文庫本をひとまわり大きくした程度のサイズだろうか。全体的にもやっとしたタッチなので、何を描いているのか、まったく判然としない。

「とにかく、面目ないのひと言です。約束を守れなくて」

といきなり蜜村さんは頭を下げた。癖の強い、グレーに染まった短めの髪が、絵に覆い被《かぶ》さるように上下する。二十歳くらいで蜜村さんはここにやってきたと初恵おばが言っていたから、そろそろ六十歳を迎えるあたりだろうか。髪の色と質感に、なぜかエアコンのフィルターに詰まった埃《ほこり》のかたまりを想起させられながら、

「約束、ですか？」

と戸惑いながら返した。

「そう、ボクと親父との。お前、くたばるまでここでやれって言われたんだけれど、兄貴が身体の調子が悪くて動けなくて、代わりはいないし、お袋も頼むと言うんで、それで帰ることになりました」

はあ、と一応相づちを打つも、なぜ蜜村さんの御尊父との約束を守れなかったことで、俺が謝られなくてはいけないのか皆目わからない。こうしてまともに蜜村さんと話すのは、実はバベルに来てはじめてのことだ。普段の短い会話を交わすときもだいたいこんな感じの、通じているのか通じていないのか定かではないやり取りに終始してきたが、

長く話しても同じ手応《てごた》えなのが蜜村さんらしかった。

「お父様のことも母から聞きました。ご愁傷さまです」

そうだ、何よりも先にこれを言うべきだった、と頭を下げた。

「いやいや、違うよ、違うって」

突然、蜜村さんの声が跳ねたので、俺は驚いて面を上げた。それまでのぼそぼそしたしゃべり方とはまるで異なる、明瞭《めいりょう》な発声とともに首を何度も横に振った。

「死んだ親父じゃなくて、あなたのほうの親父、いや、そっちも死んでるから、どっちも死んでるわけだけど」

「い、いえ、うちの父親はまだ元気ですけど……」

「そうじゃないよ、あなたの親父じゃなくて、その親父だから——。そうそう、管理人さんのおじいさん」

「俺の祖父ですか？」

突然の大九朔の登場に面食らう間もなく、蜜村さんは人が違ったような早口で言葉を並べたてた。

「ボク、親父に言われてたんだ。オマエはいつまでもここでやれ、それがオマエの役目なんだって。その約束を守ってこれまで続けてきたけど、最近何だかめっきりやる気が続かなくなっちゃってね。年ってやつかなあ。そこに親父の件が重なって——あ、こっちは本当の親父。家のほうもたいへんみたいで、ボクも帰ることに決めて。お袋がね、泣くの。毎日毎日電話の向こうで泣かれて、ボクも根負けしちゃって。本当にこんな終わり方になって申し訳ない。くたばるまでここでやれと言われて、はい、やりますと約束してたのに。うまくいかなくったっていい、オマエはそれで世界の役に立ってるんだ、っていつも励ましてくれたのに――」

「それ、祖父に言われたんですか？」

思わず訊《たず》ね返してしまったのは、これまで俺が育ててきた大九朔のイメージとずいぶん距離のある言葉に感じられたからである。特に「くたばるまでここでやれ」は最も遠い響きがある。さらには、蜜村さんの数々のチャレンジを「世界の役に立ってる」とするのも、さすがに持ち上げすぎだ。母や初恵おばが聞いたら、何を言いだすかわかったものではない。

「そうだよ、もちろん。こんなこと言ってくれるの、親父しかいないよ。ボクと親父の二人だけの約束だった。これまで誰にも言ったことなかった。でも、管理人さんはこのへんが――親父ととてもよく似ているから、懐かしくなってついしゃべっちゃった。やっぱり血筋なんだなあ。うん、そっくりだ」

蜜村さんは指で自分の鼻を中心に丸を描き、「ここの角度とか、特に」と鼻の付け根あたりをトントンと叩《たた》いた。

「約束を最後まで守れなかったこと、親父の代わりに、同じ鼻の管理人さんに謝っておきます、ごめんなさい」

明らかに俺の鼻に視点を定めたのち、深々と頭を下げる蜜村さんに「や、やめてください」と慌てて声をかける。

「そうだ、管理人さん、この絵だよ。これ、誰の絵か知ってます？」

突如、話がスタート地点に回帰したようで、蜜村さんは手にした絵を俺に見えるように胸の前に掲げた。

「さあ……、絵のこととか、さっぱりわからないんで、すみません」

「これ、親父の絵」

「え？」

「このビルが建ったとき、ここは親父の画廊だったの。そのときからボクはいっしょに働いているんだけど、親父がね、これをある日持ってきて、ほかの絵といっしょに壁に掛けたんだ。売り物のつもりだったのかな、どうなのかな。どちらにしろ誰も買う人なんていなかったし、画廊を引っ越すときボクにくれたから、やっぱり売り物じゃなかったのかな。親父がこの絵はここに置いておけって言ったから、ボクもずっと奥の部屋に飾ったままにしてたんだ。どうだろう、上手なのかなあ。ボクは最後までそういうのがわからなかったから――」

今も厳密にはギャラリーを運営しているとは思えぬ言葉を躊躇《ためら》いなく発したのち、

「それにしても、これ、何を描いているんだろう」と蜜村さんは胸元の額縁をのぞきこんだ。それは俺も一見したときから、答えを出しあぐねている問題だった。濃い青の一色で狭いキャンバスのほとんどを使って、何か四角いものを描いているのだが、とにかくもやっとしたタッチなものだから正体をつかめず、

「ううん……、海とか、湖とか。いや、雲に囲まれた空とか？　いや、空や海にしては青の色が濃すぎるか。じゃあ、やっぱり抽象画かなあ――」

と思いつくままに俺が言葉を並べるのを、蜜村さんはふむふむと真面目にうなずきながら聞いている。現役のギャラリー・オーナーに、俺のような素人が講釈を垂れるのもおかしいので、そろそろ話を切り上げようと、

「――に戻っても、元気でがんばってください」

と東北にある、祖父の出身地を出してエールを送ったら、ギョッとするくらいの勢いで相手がこちらに顔を向けてきた。

「ど、どうして、それ知ってるの？」

「え？」

「それ、ボクの地元。今まで誰にも話したことない」

「いや、おばから聞きましたけど……。あれ？　蜜村さんから教えてもらったんじゃないんですか？」

「おばさんって、あの社長さん？」

「ええ……、そうです」

「う、嘘だ。そんな話をあの人としたことない。ボクは今まで誰にも教えたことない」

いったい、地元が知れたくらいでどうしてというくらいの激しい動揺ぶりに、俺のほうまで動揺を覚えながら、

「ひょっとしたら、おばの勘違いで、祖父から聞いたのかも……」

と取り繕おうと試みるも、

「違う、親父は絶対に違う」

とさらに蜜村さんは気色ばんで否定した。

「ボクはむかし人に言えない不義理をしてこっちに逃げてきたの。それを親父に拾ってもらった。ここで働きながら許しをもらって故郷に戻るのに二十年もかかった。でも、そのとき親父はもう亡くなってた。だから、親父が生きていたときは、ボクのことを絶対に人には教えなかったはず。たとえ、娘さんでも言わなかったはず。ボクももちろん恥だから誰にも言わない。帰れるようになってからも、誰にも教えていない」

どう力説されたところで、実際に初恵おばに聞いたのだから返しようがない。妙にぎこちなくなってしまった空気をからかうように、通りに面した窓の向こうから、「カア、カア」とカラスの声が聞こえてきた。それに釣られ、あちこちからカアのあいさつが返ってくる。普段より活発なやり取りに、これはカラスが興奮していることの証《あかし》で、どこぞのゴミが漁《あさ》られているにちがいない、自然に奴らのコミュニケーションが理解できてしまう自分がおそろしい、とカラスに注意を持っていかれたところを、

「どちらにしろ……、これ、ここに置いていきます。親父がそうしろって言っていたか

ら。もし、次のテナントの人が要らないって言ったら、管理人さんが引き取ってあげてください」

との声に引き戻された。

「一度、親父が言ってくれたの。商売がうまくいかなくても、オマエみたいのがここには必要なんだって。ボクのことを必要だなんて言ってくれた人、それまで親父しかいなかった……。そのひと言でずっと続けてこられたの。ここにいること——、それがボクの生き甲斐《がい》だった。だから、いつまでもここでやりたかった……」

とさびしげにつぶやいて、蜜村さんは踵《きびす》を返し、奥のスタッフルームに引っこんでしまった。

今度は一分ほどで戻ってきた蜜村さんの手元から絵は消えていた。

「それじゃあ、ボクはお昼に行ってきます」

と律儀にお腹のあたりをさするポーズを見せる蜜村さんといっしょに踊り場に出た。

「じゃ」と何度も頭を下げて先に階段へ向かった蜜村さんを見送ってから、踊り場の掃き掃除を済ませた。不思議な余韻から抜け出せぬまま二階へ下りようとして、ふと足を止めた。視界の隅に何かが引っかかったような気がしたのだが、あるのはいつもの踊り場である。

いや、いつもと同じじゃない。

殺鼠《さっそ》剤が乱れていた。

隅に固めていた紫色の山から、三粒がはぐれている。息をひそめ、周囲をチェックするが、動くものの気配は感じられない。「SNACKハンター」の千加子《ちかこ》ママにもらった箱には、ネズミが粒を食べても即死するわけではなく、三日後以降に死ぬとの説明が書かれていた。ならば、実際にこのごちそうをネズミが食べたとしても、すぐには効果を確認できないということだ。

そのとき、かすかな音が聞こえた。

反射的に上に顔を向ける。

同じ姿勢でしばらく動きを止めたが、それきり続くものは何もない。

聞き逃しそうなほどの響きながら、耳に届いたのは「キュッ」と「ギュッ」のちょうど中間あたりの、何かが押し潰《つぶ》されたような音だった。スニーカーの靴底が鳴らした音に似ていなくもなかったが、それよりももっと生々しい、どこか動物のか細い鳴き声に近いものがあった。

その場に箒《ほうき》とちりとりを置いて、俺は階段を上った。

四階、異常なし。

五階、異常なし。

さらに階段を上り続け、屋上の踊り場まであと数段というところだった。

「え」

と声が勝手に漏れた。

本当に、そこにネズミがいた。

ゆうに体長四十センチ近くある巨大ネズミが、屋上ドアに続く踊り場の真ん中で横たわっていた。ミミズのように横縞《よこじま》が入った、太くて長い尻尾《しっぽ》が、ぺたりと床に張りついている様がたまらなく気色悪かった。

ひと目で「ミッキー」だとわかった。

これだけ足音を響かせていても、ぴくりとも動かない。おそるおそる近づくにつれ、こちらに尻《しり》を向けていたミッキーの頭部の様子が見えてきた。

ミッキーは血へどを吐いていた。その暗い色合いを見ただけで、粘度まで伝わってきそうな太い血の筋が頭のあたりから前方へ伸びている。

頭蓋骨《ずがいこつ》を砕かれ、ミッキーはくたばっていた。

＊

しばらくの間、凝固したかのように同じ体勢で立ち尽くしていたが、

「この死体をどう片付けたものか」

という管理人的アプローチを皮切りに、次第に脳の働きが戻るにつれ、先ほどの音がミッキーの声だとするなら、まだ絶命して数分も経っていない、という事実に今さらながら気がついた。だが、すぐさま、

「どうやって？」

という疑問が湧き上がる。

　目の前の大ネズミはどういう訳か額を陥没させられていた。目の上のあたり、大きな耳から鼻へと続く曲線の途中で、傘の先端で突かれたかのようないびつなへこみが打ちこまれている。へこみには血が溜《た》まり、何やら黒っぽいものが漏れ出していた。間近で観察するとかえってわかりにくいが、少し引いてみると額の曲線に生まれる唐突な歪《ゆが》みから、「ああ、骨を砕かれたのだな」とはっきりと理解できた。頭蓋骨が砕かれた動物など、これまで一度も見たことがないのに。

　盛大に血へどを吐いてはいるが、外傷は見たところ額の一撃のみである。「どうやって？」と「無理だろう」が頭の中でせわしなく交錯する。つまり、生きていたときのミッキーに俺は会っている。一階の「レコ一《いち》」が空き巣に入られた朝、店長と俺の足元を走り抜ける姿を一瞬目の端に捉《とら》えた。ほとんど影しか見えないほどの、とんでもない速さだった。果たして、あんなスピードで地を這《は》うネズミの額を狙い、過たずピンポイントで砕くことなんてできるものなのか。

　周囲に自ら激突して額に穴を開けてしまうような、危険な先端を持ったものは見当たらない。落下死の線も、もう上階はないので無理である。自然、視線は屋上につながるドアに向けられた。

　慎重にドアに近づいた。

ちゃんと施錠されている。普段は開け放しにしているが、四条さんと屋上を回った帰りに用心のため閉めておいたのだ。ならば確認する必要もないはずだが、どうしてもこの目で見ておかないと気が済まないものがあった。

鍵《かぎ》を開け、ブロックで扉を固定して外に出る。

雨はやんでいたが、雨を吸った物干し台を渡る洗濯紐《ひも》は、いつにも増して薄汚れて見えた。

もちろん、屋上に人の姿はなかった。

一方で、カラスがやけにいた。

俺の登場に合わせ、屋上のへりから二羽が飛び立った。空には別に三羽が移動中だった。さらに給水タンクの上に一羽、最上部のへりに一羽、俺を見たり、見なかったり、好き勝手にのさばっている。ああ、いやだいやだと口の端を歪め、さっさと階段に戻ろうとしたとき、俺を呼び止めるように、給水タンクの一羽が「カア」と鋭い鳴き声を発した。

何だとばかりに睨《にら》みつけてやると、カラスの貧相な黒い目玉と視線が合った。あらゆる部位が黒いその身体から、また下品な「カア」が発せられる。もしも声が色に染まって見えることがあったなら、もちろん真っ黒だろうな、と蔑《さげす》みの気持ちもたっぷりに想像したとき、いきなり視界に影が差すと同時に、ほとんど髪に触れんばかりの位置を何かがかすめていった。

「ワッ」

情けない声とともに頭を引っこめ、よろめいた俺の前で、カラスが大きな羽をばっさばっさと広げ、雨で濡《ぬ》れた屋上の床面に降り立った。でかいカラスだった。何事もなかったように、半開きの羽のままチョンチョンとステップを踏んで、俺に尻を向けたまま動きを止めた。

どこまでもなめたカラスである。何かを投げつけてやりたい気分だったが、手には何もない。そんなことより、ネズミだ。ネズミが死んだままなのだ。ネズミが走り回っているよりもさらに衛生状態がひどいビルということだ。こんな性悪連中の相手をしている場合じゃない、とドアを止めていたブロックに足をかけたが、そのままサンダルの裏に力をこめることを忘れ、俺は呆然《ぼうぜん》とドア枠に切り取られた光景を見つめた。

ネズミがいない。

血の跡だけを残して、きれいさっぱり踊り場から消えてしまっている。

まさか生き返って階段を下りたんじゃないだろうな、とドアを潜ろうとしたとき、

「あなたは、こっち」

というゆっくりとした口調に呼び止められた。

顔を向けるべきではないとわかっていたにもかかわらず、

「ネズミは、ここ」

と同じ調子で続けられたのに釣られ、引き寄せられるように視線を遣《や》ってしまった。

ああ──。

失望のち後悔のち絶望、と瞬時のうちに負の重力を増した感情が、ため息ともうめきともつかぬ音となってのどの奥から漏れ出た。四条さんからもらった文芸誌に自分の名前が載っていないことを確認したときよりも深く、暗い声帯の振動だった。

つい先ほどまで、カラスが跳ねていた、まさに同じ場所にあの女が立っていた。過去二回とまったく変わらぬ出《い》で立ち、黒のサングラスに白い胸元、カラスのようにぬめりを走らせる生地のワンピース、足先まで長々と伸びるタイツに覆われた脚──いやらしいまでの黒を全身に纏《まと》っていた。当然、「いやらしい」の言葉の意味は今や完全に変わっている。どれほど胸元が大きく開いていようと、サングラスの向こうにあの黒目が控えていると思うだけで、相手の上半身に視線を通過させることさえ、目玉が、その奥の眼筋が嫌がった。

代わりに、俺の注意は女の手元に集中した。太ももの横にさげた右手に、女は何の躊躇《ため》いもなくネズミの死体を収めていた。巨大な肉のかたまりに、黒いマニキュアを塗った爪が食いこんでいるのがはっきりと見えた。ぐったりと地面を見下ろすネズミの頭には、血が滲《にじ》んだ陥没した穴が刻印のように開いていた。おまけのように力なく垂れさがった長い尻尾に向かって、「ミッキー」と声に出さず名前を呼んだ。

「ネズミは大嫌い」

女が俺の視線に応《こた》えるように口を開いた。

「あなた、管理人ならば、わかっているでしょ？」

何のつもりか、「わかっているでしょ？」などと同意を求めるかのような表現を使っているが、女の声には徹底して抑揚というものがなく、はじめて会ったときと同じ、積み木が崩れカチャカチャと鳴るような乾いた響きだけを耳の底に残していった。おかげで、何もかもに現実感が伴わない。女がそこに現れることもおかしいし、ネズミを持っていることもおかしい。唯一、俺が認識できる実感は、よく素手でそんなものつかめるな、という生理的な嫌悪のみだった。

「教えて。扉はどこ？」

またである。

渇きかけの口の中から唾《つば》を集め、

「知ら、ない」

と何とか声を発した。

「いいえ、知っている。なぜなら、あなたはバベルの管理人だから」

「ひょっとして、美大生の作品展のことか？　それなら三階だぞ。扉に見えるかどうかは、その人の心次第ってやつだが、扉をモチーフにしたものがいっぱい並んでる。ただし、今日まで――」

いきなり、女がネズミを真横に放り投げた。

どちらかと言えばゆったりとした腕の動きとは明らかに不釣り合いな勢いで、ミッキーの身体が宙を舞う。その軌道の先には当然、この屋上を見下ろすようにそびえる隣のビルの外壁があるわけで、鈍い音とともにコンクリートに打ちつけられたミッキーは、すとんと壁に沿って落下し、あっという間に見えなくなった。

「時間切れが迫っているの。バベルが終わろうとしている。扉は、どこ？」

ネズミの死体から解放された右手で、女は俺の顔をまっすぐ指差した。

完全に、度肝を抜かれた。いっさいトーンの変化が感じ取れない口調に、ストレートに「狂っている」という恐怖を覚えた。パフォーマンスではない。本気の狂気である。

じりじりと開け放したままのドアに向かって移動する。裏手のプラットホームから、上りと下りの電車が同時に発車するのだろう、やけくそ気味にメロディが重なり合って聞こえた。今日は新人賞の締め切りである。まだ最後のタイトルづけが残っているのだ。それなのにどうして、こんな極めつきに頭のおかしい女につきまとわれなくちゃいけない。ネズミの死体を見せつけられ、駆けこみ乗車はやめろとしつこいくらいに繰り返す駅員のアナウンスを聞かされ続けなきゃいけない――。

「扉はどこ？　私が知りたいのは扉の在りかだけ」

「知るかよッ」

考えるより先に、募ったイライラが口からほとばしり出た。

「お、お前のせいで、どれだけ俺が迷惑受けてるのか知ってるのか？　働いていたときから三年もかけて準備して、締め切りに合わせてやっと書き上げた原稿なんだ。俺は短編向きじゃない。長編向きだと内心思ってた。でも、長編は書くのに時間がかかるし、短編は賞がたくさんあって結果も早く出るから、そっちのほうが近道かと思って、短いのばかり書いて送ってきた。でも、いくら出しても駄目だった。一度も、一次選考だって通らなかった。でも、短編を送りながら、やっと長編を、納得できる一本を完成させたんだ。出来上がったものを読んで確信したよ。俺は正しかった。やっぱり、俺は長編向きだった。間違いなく、これまでいちばんの出来で、一皮むけて広いところに抜け出せた感覚があった。今日が、今日がその締め切りなんだ。世の中には、小説の新人賞は山ほどあるけど、俺が書いたやつみたいな、枚数がバカみたいにあって、しかもハチャメチャなストーリーを受けつけてくれる新人賞は滅多にないんだ。その新人賞の締め切りは一年に一回だけ、それが今日なんだよ。これに応募できなかったら次はない。どうしてかって？　せっかくの機会だから教えてやる。俺にはもう、金がないんだ。これが、最後のチャンスなんだ。それをお前みたいなバケモノにつきまとわれて、目茶苦茶にされてたまるかよッ」

胸に満ち満ちたありったけの憎悪をぶつけてやったにもかかわらず、女は微動だにしない。

「扉は、どこ？」

無機質極まりない声質で同じ問いを発した。

「扉、扉、扉——そればっかだな。だから、知るか、そんなもの」

女はゆっくりと首を横に振り、手の位置を下げた。黒に覆われた女の表面を、音もなく銀色のぬめりが移動していく。

「あなたは、バベルの管理人」

「ああ、俺は管理人だよ。でも、特別でも何でもない、本当にただの管理人なんだ。なあ……、お願いだから、俺にからんでくるのは、やめてくれないか。俺が何をした？　俺はただ管理人をしながら、誰にも迷惑をかけず、誰にも必要とされず、ひとりで小説を書いてきた、それだけの人間なんだ」

激しく唾を飛ばしながら、なぜか蜜村さんの言葉が蘇《よみがえ》った。単に励ましの意味だったとしても、祖父から「オマエみたいなのがここには必要」と言われたという蜜村さんのことを、ほんの少しうらやましいと感じた。

「何の結果も出せず、何ひとつ目指したものを実現できず、とことん何者でもない。それなのにどうして、お前みたいなとびきり具合が悪いのにつきまとわれなくちゃいけない？　だいたい、お前は空き巣だろ？　何で昼間から、お天道様の下にノコノコ出てこられるんだよ。何でそんな偉そうなんだよ。扉がどうとか、わけのわからないこと言ってくる前に、俺に謝れ。壊した扉や鍵《かぎ》の弁償と、四条さんに二十万返せ。そのあと警察に行け、この泥棒ッ」

なぜこれほどバケモノ相手に強気に構えているのか自分でもわからぬまま、とめどなく湧き出てくる興奮と怒りに駆られ、わめき続けた。しかし、女はどこ吹く風といった様子で腰に手をあて、長い脚をさらに長く見せようとするかのような嫌味なポーズを取って見せる。

「管理人であるあなたには、最大限の敬意を払っている。その証拠に、あなたには指一本触れていない」

女は急に首の角度をつけて、最上部の給水タンクのあたりを見上げたかと思うと、

「でしょ？」

と誰に話しているのか、ひょっとしてカラスに呼びかけているのか、あさっての方向に声を放ったのち、顔を戻した。

「忘れたのかしら、あなたが教えてくれたのよ」

「俺が？　何の話だ？」

「もちろん、扉のこと。一階から四階は私が確かめた。残った地下とあなたの部屋も、後から確かめさせた。そのときに、あなたが言ったのよ。『扉がまだ完成していない』と。でも、あなたの部屋に扉は見つからなかった」

「デ、デタラメ言うなッ。自分でも知らないことを口にするわけないだろ。だいたい、いつ俺の部屋に上がりこんだ？　知らない奴を部屋に入れたことなんて一度も――」

いや、ある。

昨日、俺の部屋に業者が来た。もちろん、俺の部屋にある火災報知器を点検し、消防点検終了のサインを初恵おばにもらうためだ。

「あ――」

唐突に、階段を点検する最中、初恵おばから発せられる嫌な圧迫感が、ぎりぎりと耳元を締めつけてくるチェロ声とともに蘇った。

「完成じゃない。まだ扉ができていないんだ」

先に部屋に戻ろうとするおばに俺はそう告げた。「扉？」と聞き返すおばを適当に追いやったら、なぜか業者が俺のことを凝視していなかったか。

「ち、違うッ。あれは、俺の話で、送るやつのいちばん最初を扉と言っ――」

「quaaaaaaaaa《クゥアアアアアアアアア》!」

女が口を開け、真っ黒な闇が詰まったその奥から、この世のものではない叫びを放った。痛みが走るほどの鋭い音が鼓膜を貫き、顔がびりりと震えた。給水塔の上から、最上部のへりから、カラスがいっせいに飛び立った。女の叫びに応《こた》えるように、空へと向かう途中、カアとひとつ鳴いたら、街のあちこちからカア、カアという応答が降ってきた。

「わかった、わかったから、ちょっと待て――」

突然の咆哮《ほうこう》に今にも腰が砕けそうになりながら、思わず耳を塞《ふさ》いでしまった手のひらを女に向けた。

「その――、扉ってのは何なんだ？　どうしてそんなもの、見つけたい？」

「バベルの終わりが訪れようとしているから」

「そういうことじゃない。何の扉なのかってことだよ」

「もちろん、バベルへの扉」

「お前、これまで仕事や就職活動で面接受けたことないだろ。お前みたいに、人の話を聞かない、言ってることが支離滅裂で意味がわからない奴、永遠にどこも受からないぞ。だいたい、ここはバベルだ。扉ってのは、入口のことか？　なら一階だ。そこに表札プレートもでかでかと貼ってある。それに何だ、終わりって。こんなぼろビルは大地震が来たときに、ぺしゃんこに倒壊すると言いたいのか？　まさか、耐震補強か何かの新手の営業じゃないだろうな」

　女は無言でサングラス越しに俺を見つめていたが、腰に手を当てたままの格好で、長い足を交差させ一歩踏み出した。また一歩。その中心に位置する、白くて深い谷間が近づいてくるのを視界の真ん中に収めながら、

「お、おい、やめろよ。こっちに来るな」

　と本気でお願いした。

「あなたはあの男から何も聞かされていないのかしら」

「あ、あの男って誰だ」

「大九朔」

　聞き違いかと思った。

「大九朔？」

「あなたの祖父よ、知っているでしょ？」

「そ、そりゃ、知っているけど、聞かされるも何も、ずっと前に——」

「大九朔、バベルの秩序を保つべき者」

単調な発声とともに女が近づいてくる。いつの間にか上空では、これまで知っているどんな朝よりも、カア、カアとやかましくカラスが舞い、黒い羽を広げ、いがらっぽい下品なあいさつをさんざんに交わしていた。

「大九朔、このバベルを築いた者」

手を伸ばせば触れられる位置まで白い谷間が迫っていた。女は歩を止め、ゆっくりとサングラスに手をかけた。

「大九朔、私たちが排除すべきバベルの管理人」

＊

サングラスの向こう側が露《あら》わになる前に、俺は駆け出した。女を置き去りにして階段をほとんど飛び下りながら部屋の前までたどり着き、ドアノブに手をかけた。

警察だ、警察だ、警察だ。

すぐさま110番するつもりでドアを開けかけたとき、ハタと気づいた。電話じゃない。直接、駅前の交番に行くのだ。そして、逮捕してもらうのだ。凶悪な窃盗犯が滞在しているこんな物騒なビル、一秒でも早く脱出するべきである。

頭上でカツーンとヒールが鳴った。俺は脱兎《だっと》の如く階段を跳ね下りた。もしも部屋にいるようなら一緒に連れ出そうと、

「四条さんッ」

と叫びながら、四階の事務所のドアに手をかけたがビクとも動かない。大人用おむつ携帯で仕事に出かけた探偵は戻っていないようだ。

そのとき、階下から足音が聞こえた。ひょっとして蜜村さんか。意外と早食いなのか。それとも美大の学生が帰ってきたのか。誰であれ、ビルの外へ逃げるよう告げないと、とすぐさま下り階段へ向かう。

二階と三階の中間の踊り場で相手と遭遇した。足音のぬしは作業着を着た中年男だった。

「あの――」

と立ち止まるのももどかしい思いで声をかけると正面で視線がぶつかった。

「管理人さんさ、扉はどこ？」

昨日、消防点検で俺の部屋にも足を踏み入れた、コンビでやってきた業者の年配のほうだった。ちょうど俺がおばとのやりとりで「扉」と口にしたとき、こんなふうにシャドーが入った黒縁メガネのレンズを光らせ、俺を凝視していたではないか。

相手がぬっと手を伸ばしてつかみかかってきたのを、反射的にしゃがみこんでよけた。

そのまま床に手をついて踵《きびす》を返し、階段を駆け上った。三階の踊り場に到着して、「それぞれのTOBIRA展」というボードが貼りつけられたギャラリーのドアに手をかける。中に飛びこみ、内側から鍵を閉めた。ギャラリーのドアにはちょうど目の高さに、のぞき窓が設けられている。その向こうに黒縁メガネの男の顔がぬっと現れた。

「蜜村さん、いますかッ」

思わず助けを求めてしまったが、無人のギャラリースペースはもちろん、奥からも応答はない。外からガチャガチャと乱暴にドアノブが回される。完全に袋のネズミとなった今、これは通りに面した窓から飛び降りるしかないだろうか、三階だから下手すれば下手することになるが仕方がない、と覚悟を決めかけたとき、不意に歌声のようなものが聞こえた。

一刻を争う緊急事態であるにもかかわらず、俺はスタッフルームに不審の眼差《まなざ》しを向けた。

なぜ、ここで初恵おばの声が聞こえるのだろう——？

そんなことあるはずがないのだが、この低いチェロ声の持ち主といったら初恵おばしかいない。ドア越しゆえに、くぐもった響きであっても、間違えるはずがない。しかも、何やら楽しげにハナウタのようなものを奏でている。

正面から注意がそれた瞬間、いきなりガラスの割れる音が響いた。

飛び散った破片が足元に降ってきて、反射的に跳び退る。ドアののぞき窓からは金槌《かなづち》のようなものが飛び出し、業者の男が窓に残ったガラスを次々と砕いていた。そうだった。こいつらの本職は空き巣集団なのだ。

鍵《かぎ》を守るため駆け寄ろうとしたこちらの意図を見通したかのように、のぞき窓からスプレーが噴射された。鼻を突き刺す、とんでもない臭いに、俺は慌てて霧に覆われたドアから離れた。

いつの間にか、あのヒールの残響が消えていると気づいたとき、のぞき窓の向こうに女の顔が現れた。サングラス越しに俺を捉《とら》えると、白い歯をのぞかせ、さらに黒い口の奥を見せつけ、「quaaa《クゥァァァ》」と破顔した。

俺は悲鳴を上げ、スタッフルームへと走った。途中、展示物の彫刻にぶつかり、鏡の床に立てられたドア枠を倒し、置物を蹴飛《けと》ばしたが、構うことなく薄っぺらいドアを開け、中に転がりこんだ。閉めるべき鍵を探すが、つるんとした板がドアノブの周辺に広がるのみである。ドアノブを両手で握り、何か固定できるものはないかと見回したとき、またもや初恵おばのハナウタが聞こえた。

三畳にも満たない広さゆえ、あの存在感ある身体がそこにいたら、否《いや》でも応でも視界に入るはずだが、昨日の消防点検でチェックしたときと同じ、小さなガスコンロと流し、冷蔵庫が置いてあるだけで、俺以外の人間がいないことは確かめずともわかる。それでもドアノブを握りしめる手から視線を離し、音の出どころを探ってしまった。

首をねじった正面に、絵が飾られていた。

蜜村さんが大九朔に渡されたと紹介してくれた一枚である。まったく記憶にないが消防点検のときもここにあったのだろう。小さな油絵の額縁が一枚、白壁にぽつんと掛けられていた。

突然、部屋の入口ドアを蹴りつける音と重なるように、ドアが壁に打ちつけられる衝撃が伝わってきた。ドアが突破されたのだ。

ガラス片を踏んで侵入する足音と、それに続くヒールの響きが部屋に充満するのを聞きながら、今すぐ行動を起こさなければならないとわかっているのに、どうしても額縁から視線を外すことができない。

蜜村さんとのぞきこんだときは、何が描かれているか判然としなかったはずの絵に、くっきりと像が浮かび上がっている。

扉だった。

青いもやもやとした抽象画は今や、ほとんど風景画のような精密さとともに、二枚の青い扉が中央で合わさる様を表していた。しかも、左側の扉が少し開いているのか、淡い光のようなものがその隙間から漏れ出ている。

初恵おばのハナウタが、よりはっきりと聞こえた。

間違いなく、目の前の絵画から放たれていた。

もはや薄いドア一枚を隔てた位置まで連中が近づいているにもかかわらず、ドアノブを握りしめた手を離し、フラフラと立ち上がった。

軽やかなチェロ声のハナウタに誘われたのか、それともじかに触れて確かめたかったのか、自分でもよくわからない。一歩、二歩と進み、背後でドアノブが回りドアが開く気配を感じながら、絵画の中央、青い扉の表面に指先をあてた。

次の瞬間、全身に冷たさを感じた。

視界が暗くなり、聴覚が何かに塞《ふさ》がれ、「ぼごぼごぼご」と鼻と口から息が泡となって漏れるのを感じた。

水の中に沈みこむ感覚に、本能的に手を伸ばすが、何もつかむことができない。息ができない。目も見えない。耳も聞こえない。パニックになりながら、息が切れた拍子に口が開いた。途端、顔の周囲を満たす何かが一気に肺へとなだれこみ、「ああ、駄目だ」と頭の隅でつぶやいたとき、俺の意識はぷつんと途切れた。

第四章　階段点検、テナント巡回Ⅰ

たとえば、駅のプラットホームで電車待ちをしているとき、俺は決まってホームの端に移動する。別に電車が好きなわけではない。駅の高架に接するようにして建つ雑居ビルを眺めるのが好きなのだ。しかも、どんなテナントが入っているかをチェックするのではなく、どんなオーナーが最上階に住んでいるかを、こっそりと観察する。

バベルと同じく、駅前、駅近の好立地に雑居ビルを建て、その最上階を住居専用にするオーナーは多い。その様子を人知れずうかがうとき、何とも言えぬ秘密めいた楽しさに心がくすぐられる。なかでも俺が好きなのは、テナント階と最上階とのギャップが大きなビルだ。デザイン重視の外観に、凝った照明が窓ガラス越しに光を放つ、いかにもおしゃれなテナントが四階まで続いているところから、最上階の窓へと視線を移すと、打って変わった雰囲気で、レースカーテン越しに四角張った和室用の天井照明が見える――、そんなときには思わず口元がほころんでしまう。間違いなく、大家が住居として最上階を使っているからだ。

バベルに住むまで、雑居ビルに注目したことなどなかった。ましてや、そこに人が普通に生活しているなんて想像さえしなかった。しかし、こちらが気づかなかっただけで、オーナー用の住居フロアを最上階に備えた雑居ビルは、驚くほどそこかしこに建っている。俺の感触では四階から六階建てあたりの高さのビルに特に多い。十階建てくらいになると、ほとんどお目にかからない。見分け方は、一階から「洋」のテナントが続いているのに、突如最上階のガラス窓に「和」の障子が現れたり、同じく最上階のベランダに必要以上の密度で観葉植物が置かれ、特に多肉植物が多く見られること――、これらがオーナーの生活の存在をひそかに伝えるサインだ。

それはどんな大きな繁華街でも変わらない。都心の百貨店の屋外に設置された連絡通路を歩きながら、何気なしに視線を向けた先にいきなり発見することもある。百貨店と向かい合うように建てられたビルの一階には世界的コーヒーチェーン店、二階、三階にはこれまた有名アウトドアショップが入り、四階はいかにも高級そうなヘアサロンが看板を掲げているにもかかわらず、最上階がこれ完全にご老人のリビングであったときの、うれしい驚き。明らかにバベルとは格が違う雰囲気を放ちつつも、結局は同じカテゴリーの雑居ビルだったことへの勝手な親近感。一階から続くおしゃれな流れをぶった切る、大きな窓に円形の家庭用天井照明という組み合わせが、何とも言えぬ安心を与えてくれる。ちなみに、なぜ「ご老人のリビング」と推察できたかというと、ベランダの物干しハンガーに堂々と白い肌着、肌色のももひきなどが吊《つる》されていたからだ。

あのときは、こんな一等地にこっそり住んでいる人間を探り当ててしまったとゾクゾクしたなあ――、なんてことを思い返しながら、駅の高架の左右を衛兵のように固めている雑居ビルを目で追う。勲章代わりに彼らが胸に貼りつけるのは、消費者金融、スロット、リーチ麻雀《マージャン》、エステ、居酒屋、古本屋、古レコード屋、予備校、自動車教習所、専門学校――、大小さまざまの看板だ。衛兵と言っても、それら雑居ビルのほとんどは築二十年、三十年と思《おぼ》しき建物で、耐震改修や外観のリフォームをしたくてもそんな金銭的な余裕もなく、ただ齢《よわい》を重ねていくだけの老兵ばかりである。

たどり着いたホームの終点、足を止めた途端、

「ちょっと、起きてくださーい」

といきなり、頭の上から声が降ってきた。

「起きなさーい」

電車の到着を知らせるはずのスピーカーから、妙なアナウンスが聞こえてくる。しかも、マイクを握っているのは、なぜか少女のようだ。

「よく、こんな硬いところで寝てられるもんね。こら、起きろ。いつまでも、マヌケ面さらしてるな」

まるで自分のことを責められているみたいで居心地が悪いなと感じ始めたとき、

「起きろッ」

といきなり耳元で音が爆発した。

目の前に、顔があった。

「大丈夫？」

眉《まゆ》のあたりで前髪が揃っている少女が俺をのぞきこんでいる。位置関係をそう判断したのは、少女の顔の向こうで天井の蛍光灯がチカチカと瞬いているからだ。

「起きて。こんなところで寝ていたら駄目だって」

猛烈に身体が重い。吐き気がする。さらには、耐え難いほどの眠気だ。目を開けるのが、とにかくつらい。

「こ、ここは？」

何とか上体だけを起こし、口を開く。

「ここは、バベルよ」

酔っぱらいのように首から上をふらつかせながら、周囲を確かめる。壁のすすけ具合、階段内側の手すり、階段の角の滑り止めカバー、床面の色合い、どれも見覚えがある。さらにはカバーのない剝《む》き出しの蛍光灯、スイッチ紐《ひも》や小さな点灯管の配置――、昨日交換したばかりなのに、またチカチカしてやがる。今度はどの階だ？

「誰なの？　あなたは」

「お、俺？　俺ははんりひんです――」

もはや、管理人という言葉さえまともに発音できない。

「本当に大丈夫？　ひとまず、そこの部屋で寝たら？」

少女が指差すほうに顔を向けると、白い鉄扉が俺を見下ろしていた。扉の脇にはNHKのシールを剝《は》がしたあと。その隣には、都合がいいからと以前契約していたのを貼ったままにしているセコムの赤い四角ステッカー。さらには「勧誘・セールスお断り」のプレート。扉の中央部分には見慣れた黒い汚れの線。ドアノブの下のへこみ。なぜ、自

分の部屋の前で倒れているのかわからぬまま、朦朧《もうろう》とした意識を引き連れ、

「あ、俺、ほほだから。ども、ども、ありはほう」

とよろよろと立ち上がった。とにかく横になりたい。身体ごと押しつけるようにして重い鉄扉を開き、サンダルを脱ぎ捨て、転がるようにして目の前のソファに倒れこんだ。今すぐにでもやらなくてはならない、とても大事な何かを忘れている気がしたが、もはや頭を持ち上げることもできなかった。ソファに横になった途端、問答無用で視界に暗闇が訪れ、俺は一瞬で眠りに落ちた。

＊

やはり、ホームの端に立ち、俺は電車を待っていた。

頭上からは次の電車が隣駅を出発した旨をアナウンスする、いかにもベテラン風の駅員の声が響いている。

ふと空を仰ぐと、大きなカラスが羽を広げ、雑居ビルの影から、レールの上に開いた細長い空間へと姿を現したところだった。

鬱陶《うっとう》しいことに、あれもこの街の住人だ。

言うまでもなく、俺はカラスが大嫌《あき》いだ。

いちばんの理由は、朝方にゴミを漁られ、そこらじゅうに汚物をぶちまけられるから

である。さらには、その後始末を押しつけられるからである。朝まで執筆してからゴミ出しに向かい、すでに出ているゴミ袋がカラスの餌食《えじき》になっているのを発見したときの絶望感。ゴミ収集の委託業者が掃除してくれるはずもないので、その後始末はビルの管理人が引き受けるしかない。眠気を押し殺し、怒りを押し隠し、駅へと向かう通勤客の視線を背中で跳ね返しながら、まき散らされた生ゴミを拾わねばならぬ、あの屈辱感。ビル脇にゴミ捨てスペースはあるにはあるが、たとえば「レコ一《いち》」から段ボールゴミがしこたま出て、ゴミ捨てスペースが満杯になってしまった場合、「清酒会議《きよしゅかいぎ》」と「SNACKハンター」のゴミは歩道にはみ出すかたちで置くしかない。近ごろの雑居ビルは、カラス対策のため四方を覆われたゴミ出し用スペースや、物置タイプの設備をあらかじめ確保しているが、カラス問題など存在しなかった平和な時代に誕生したバベルに、今さら有効活用できる周辺スペースはない。ごちそうがいっぱい詰まった無防備なゴミを連中が見逃すはずがなく、結果、俺がその後始末を任される羽目になる。

てっきり俺は、世の中の人間はおしなべてカラスのことが大嫌い、もしくはその存在を憎んでいるものと思っていた。それだけに四条《よじょう》さんが、まるで散歩中の犬に声をかけるように屋上のカラスに接するのを見たときは衝撃だった。しかし、よくよく考えてみるに、四条さんは早朝のカラスの狼藉《ろうぜき》ぶりを知らない。四条さんだけじゃない、他のバベルの店子《たなこ》たちもそうだ。彼らはゴミを出してバベルを去り、すっかり原状回復が成されたのち出勤するわけで、カラスの悪行を知る機会がない。自然、カラスへのネガティブな感情が募る理由もない。となると駅前の繁華街でカラスと対立関係を維持しているのは、駅前に住み、かつビルの管理を司《つかさど》る、極めて限定的な立場の人間ということになる。

つまり、俺だ。

そうか、それでカラスの連中め、あんな鳥の目玉を顔に貼りつけたバケモノを寄越したわけか。まったく性格までドス黒い、とことん下衆《げす》な奴らだぜ――。

「ジリリリリリリリリン」

突然、発車のベルがホームに鳴り渡った。しかし、肝心の電車が到着していない。それなのに、ベル音は頭の中にがんがんと響いてくる。おいおい駅員、うるさいぞ――。

そこで、目が覚めた。

寝ぼけているのだろうか、まだ「ジリリリン」が聞こえている。

音のありかに顔を向けたら電話だった。黒電話のやつが容赦のない自己主張を続けている。

一分、我慢した。

しかし、鳴りやむ気配がないので、仕方なくソファから起き上がり、電話機に向かった。ずしりと重みのある黒い受話器を手に取った。

「ねえ、どうせ出るんだから、さっさと出なさいよ」

耳に当てるなり、咎《とが》める調子を隠そうともしない、少女の声が聞こえてきた。

「よく寝られた？」

やけに馴《な》れ馴《な》れしい口調だが、相手に心当たりがない。もやがかかったように頭が朦朧としたまま、

「あの、どちらにおかけですか」

と喉《のど》の奥に痰《たん》が絡んで最後のあたりは咳《せ》きこみながら訊《たず》ねた。

「あなたしかいないでしょ。そこにいるの、あなただけなんだから。いい？　そのまますぐ上の階に来て。そこのお店で待ってるから」

「すぐ上の階？」

俺が住むのは最上階の五階だ。やはり、間違い電話だろうと、

「ごめんなさい――、たぶん、間違った番号にかけていると思う」

と子ども向けのなるべくやさしい声遣いで語りかけた。

「じゃ、待ってるから。早く来て」

「いや、待ってるって、あの――」

すでに電話は切れていた。プーという、無機質なくせにどこか親しげな音から耳を離し、受話器を置いた。

何なんだ今のは、と首をかしげながら、テーブルのイスを引いて腰を下ろした。

きれいに片づけられ、何も置かれていないテーブルをぼんやりと眺め、眠気の余韻を

払おうとあくびをする途中で、俺はほとんど跳ねる勢いで立ち上がった。

応募原稿がない。

一瞬で意識が覚醒《かくせい》した。間違いなく、俺はこのテーブルの上に送付用の茶封筒といっしょに、それこそあとは扉のページにタイトルをつけさえすれば完成という状態で置いていたのに、どこへ行った——？

「扉？」

まさに扉が音を立てて開くが如く、そこからは芋づる式に記憶が次々と蘇《よみがえ》った。階段の掃き掃除がてら蜜村《みつむら》さんの様子をうかがい、ギャラリーを出たら殺鼠《さっそ》剤が動いていた。さらにはミッキーが死んでいた屋上ではカラス女に出くわした。その後、点検業者との挟み撃ちに遭って、ギャラリーに逃げこみ、それから——。

しばしの間、立った姿勢のまま考えこんだ。

それから——？

ソファで寝ているという状況に至るまでの記憶がない。なぜか少女がのぞきこんでいる映像がカットインしてくるが、何だろうかこれは。もう少しで引き寄せられそうな、前後が一本の線につながるような、もどかしい感覚を持て余しつつ、壁の時計を確かめようとして、

「あれ——？」

と思わず声を上げた。

冷蔵庫の上の壁に掛けているはずの時計が見当たらない。うろうろ視線をさまよわせるうちに、新たなことに気がついた。

冷蔵庫の隣のラックがない。俺が会社員時代から使っていたもので、そこに電子レンジやオーブントースターや炊飯器や読みかけの本を積んでいたのに、それが丸ごと消えてしまっている。ぽっかり空いたスペースには、見覚えのないホワイトボードが壁に貼りつけられていた。

妙な胸騒ぎに追い立てられるように、奥の部屋に向かった。

今度は布団がなかった。

万年床がごっそり消えている。そこらじゅうに脱ぎ散らかしていた衣類も消えている。代わりにコピー機が一台置かれ、作業用の小さな机が並んでいた。机の正面には、古めかしい時計が掛けられていた。時間は午後四時を過ぎたところ。三時間近く寝ていたということか。

トイレをのぞいた。風呂《ふろ》ものぞいた。確かにここは俺の部屋である。だが、明らかにおかしい。具体的には、俺のものが一つもない。たとえば、クローゼットを開けると保険代理店の書類を詰めこんだ段ボール箱が三つ置いてある。これはバベル入居以前、富《ふ》二子《じこ》おばがこのフロアで営業を続けていた時代の名残だ。処分を忘れたままだったものに俺も手をつけず、さらにその上に私物を放りこんでいたわけだが、俺のものだけがきれいさっぱり失われている。財布もない。通帳もない。替えのパンツ一枚すらない。風呂場から、使いかけの牛乳石鹸《ぎゅうにゅうせっけん》とシャンプーのメリットまで持ち去られている。

まさか、カラス女が根こそぎ奪っていったんじゃ――。

不意に、そんな可能性を思いついたのも、相手が手段を選ばない窃盗集団だからだ。

いや、むしろ、そのほうが説明がつく。蜜村さんのスタッフルームで、俺は追いつめられた挙げ句、連中に襲われた。平気でスプレーをかけてくるくらいだから、薬品か何かで問答無用で眠らされたのだろう。その間に連中は俺の部屋に押し入り、根こそぎかっさらっていった。なぜ、俺のものを奪い、代わりにコピー機を置いていったのかは不明だが、そもそも理解できない連中なんだから、俺がその理由を理解する必要はない。

いや、それより、最大の問題は応募原稿である。

あろうことか、あの女は俺の「大長編」を奪っていったのだ。

俺の部屋なのに、俺の部屋ではない眺めを前に呆然《ぼうぜん》と立ち尽くす。小説新人賞の応募原稿を、締め切り当日に盗まれてしまった――、このあらすじだけで短編小説が書けそうだ。違う、そんなことを考えている場合じゃない。まず警察に通報だ。だが、通報したところで原稿はすぐには返ってこない。今日発送したという消印が必要なのだ。どうにかして、あの女に会えないか。あの女に会えるのなら、すべてを許してやっていい。警察にも連絡しないし、俺の部屋からかっぱらったものを戻せとも言わない。ただ原稿だけを返してほしい。あれは俺の最後の希望だ。あの女が持っていたって何の値打ちもない。あれは、このバベルで過ごした二年間のすべてが詰まった俺の分身なのだ。

「ジリリリン」

黒電話がいきなり鳴ったものだから、俺は跳び上がった。この黒電話のベルはいちいち音がでかい。何かしらこの状況を見越しての電話である気がして、受話器を持ち上げた。

「もしもし」

「ねえ、いつまで待たせるつもり？」

またもや、少女の声だった。

「何だよ……」

思わず、心の声が口を衝《つ》いてしまった。

「何だよ、って何よ。そっちが来ないから、こうしてまた電話しているわけでしょ」

「あの、だから……」

とたしなめるように語りかけた途端、

「だから、じゃない」

とすぐさま遮られた。

「すぐ上の階で待っているって言ったでしょ？　言葉の意味わかんない？　外に出て、階段を上ったらいいだけじゃない。何で、そんなに時間がかかるの？」

受話器越しに、明らかにイライラしている様子が伝わってくる。

「ええと……、そうだね、うん。ごめんなさい。でもね、こっちはこっちでたいへんな状況なんだ。それとだね、そう、これって間違い電話だと思うから、ちゃんと番号を確認してくれるかな」

「間違い電話じゃない。だって、わたしはあなたに用があるもの」

「悪いけど、それを含めての間違い電話だから。俺の住んでいるビルは五階建てで、ここは五階なんだ。もう上の階はないわけ。つまり、君との待ち合わせ場所には行けない」

「ああ、うるさいな、おっさん」

こちらが驚くほど突《つ》っ慳貪《けんどん》な口調で、言葉が叩《たた》きつけられた。

「さっさと来て。私はバベルの話をしてるの。あなたのビルとか、そんなの知らない」

滑舌の具合や揺れ気味な発声から推測するに、相手は小学生くらいだろう。子どもに「おっさん」と呼ばれるのは生まれてはじめての経験だった。予想外にダメージが大きく、すぐに言葉を返せずにいると、

「外に出たらわかるから。すぐ上の階よ。待ってる」

と一方的に念押しして、少女は電話を切った。

受話器を置いた。

一度、深呼吸した。

今すぐあの「外池《とのいけ》」という刑事に電話したかったが名刺がない。まずは交番へ行き、事情を説明しよう。ついでにどこかで金の工面をしなくては。原稿のことは……、少し

考えるだけでも気分が悪くなるので、まずは警察にすべてを話すことが先決だ。

サンダルを引っかけ、ドアの外に出た。

踊り場に出たところで、ちょっと待て、と思った。

上へとつながる階段に自然と視線が引き寄せられる。

ひょっとしたら、まだ屋上にカラス女がいるかもしれない。その場合、直接交渉の可能性が出てくる。いや、むしろこの状況下で、締め切りに間に合わせるための最後の手段かもしれぬ。踊り場の蛍光灯がときどき思い出したかのようにチカチカする下で、サンダルの行き先を上り階段に定めた。そのまま、勢いよく一段飛ばしで階段を上る。踊り場でターンして、さらに次の階段に足をかけたところで、

「え」

と勝手に声が漏れた。

そこにドアがあった。

しかし、本来あるはずの屋上へ繋《つな》がるドアではなく、外枠は木製、その内側がガラス張りという、まったく見覚えのない一枚が踊り場に面していた。

さらには、階段が上へと続いていた。ここが階段の終点のはずが折り返して、上り階段に接続している。

屋上は、どこへ行った。

＊

ゆっくりと、足音を立てず、見知らぬドアに近づいた。

ドア脇には腰の高さくらいの木の板が立てかけられ、

「古美術とカレー　仁平」

と赤い太字で記されていた。

古美術とカレー。およそ見ない取り合わせである。

ドアのガラスをのぞくが、向こう側にレースのようなものが貼りつけられ、中が見えない。だが、そのおかげでガラス面に描かれた白い線のイラストがはっきりと浮かび上がっていた。平皿にカレーらしきものが盛りつけられ、そこから湯気が出ている。皿の下には「Ｎｉｈｅｉ」とアルファベットでロゴが入っていた。「仁平」の読み方だろうか。

ドアを開けるしかなかった。

ドアノブはなかった。木枠をつなぐように金属製のバーが渡っている。「ＰＵＬＬ」の表示に従って引くと、ちりんちりんといたく場違いな、のどかな鈴の音が鳴った。

ドアの先は完全なる室内だった。

すぐ右手に、飲食店のようなカウンターが設けられ、丸イスが並んでいた。しかし、妙なのは入口正面の棚に水晶玉やら、象牙《ぞうげ》やら、壺《つぼ》やら、皿やら、ミニ仏像やらが置かれていることだ。さらには大きな鏡や、透明なケースに収められたフランス人形、日本人形、木製の馬の人形などが雑然と床に並べられている。

左手は一面、カーテンで閉めきられ、おかげで室内はやたらと薄暗い。

「やっと来た」

ギョッとして顔を向けると、カウンターの向こうから、にゅっと頭が現れた。

「真上なんだから、すぐわかったでしょ？」

年は十歳かそこらだろう、華奢《きゃしゃ》な身体つきの少女が肩から上をカウンターからのぞかせている。

「お、屋上は？　屋上はどこへ行った？」

「屋上？　そんなのあるわけないじゃない」

「いや、でも……」

まるで店員のように少女はカウンターの内側に立っている。その上部には、木の板に赤い太字の組み合わせで、「びーふカレー」「ちきんカレー」「やさいカレー」といったメニューらしきものが並んでいる。

「すぺしゃる・にへいカレー」

と書かれた、少し揺れる筆跡ゆえか、やたら味を感じさせるメニュー板から視線を戻す。

「何だ、ここ……?」

「ここ? カレーと古美術品を売っていた店じゃないの?」

「カレーとそんなものをいっしょに売るなんておかしいだろ」

「知らないわよ、実際こうだったんでしょ」

カウンターには、古い英文タイプライターが鎮座している。俺の視線に気づいた少女がタイプライターの両サイドに手を添え、「ん」と踏ん張って持ち上げた。底の部分に値札が貼ってあった。

「売り物」

タイプライターを下ろし、少女は俺の頭上を指差した。天井を仰ぐと、側面をステンドグラスで飾った、大小さまざまな照明が、あちらこちらからぶら下がっていた。

「全部、売り物」

「売り物って……、誰に売るんだ?」

「それは、むかしの話。今はもうない店だから」

何を言っているのか、わからない。

天井から正面に顔を戻した。

視線がぶつかり合った少女の顔をとっくりと拝見するに、そこそこ整った面立ちをしていた。しかし、眉毛《まゆげ》がやたら太く、顔の骨格、特にあご回りがしっかりしていて、美少女と呼ぶには少々難がある。写真で見た程度しか知らないが、眉のあたりで揃えた前髪に加え、耳の外側にごわついた長い髪が広がっているせいで、何だかオノ・ヨーコみたいになっている。しかし、当人はまごう方なき十歳かそこらの少女であるので、見た目の幼さと、妙に大人びた雰囲気がマッチせず、はっきり言って、あまりかわいげが感じられない。それにしてもこの顔、どこかで見たような、とぼんやりと記憶が呼び起こされそうになったとき、

「何で、笑ってるの？」

と少女が訊《たず》ねた。

「あれ？　俺、笑ってた？　いや、でも、そりゃ笑うだろ。おかしいじゃないか。ここは屋上のはずで、こんな店なんかあるはずがなくて……、何だ？　俺は夢を見てるのか？」

頭をごしごしと掻《か》きむしり、目玉をぐりぐりと指で押してみたが、何も変化は起きない。

そのとき、少女が立つカウンターのへりに視線が止まった。カウンターの角に置かれたスプーン差し――、銀色のスプーンが六本、収まった木製の筒に、なぜか見覚えがある。全体が赤に塗られ、側面にインカっぽい太陽のかたちをした顔が彫りこまれた、極めて個性的な作りだ。最近、これと同じものを見かけたぞ。

「あ」

そうだ、四条さん。

探偵に誘われ、二階の「清酒会議」で飲んだ夜、俺と四条さんの前にこれが置いてあった。そのときはスプーンではなく、箸《はし》が束で突っこんであったが、四条さんがあの金色に塗られた、側面のまん丸な太陽を指して、「何だか、僕と似てる」と言いだしたのだ。てっきり頭のことかと思ったら、「この彫りが深い顔がさあ」などとつけ加えるので、「そっちじゃないでしょ」とこらえきれず声を上げてしまった。俺の言わんとするところを察した店長の双見《ふたみ》くんが笑いながら、これはインカの太陽神だと教えてくれた。その流れで、俺は双見くんに訊ねたのだ。全体的に落ち着いた和モダンの雰囲気で店の内装を統一しているのに、何でここだけ南米なの？　と。

するると、双見くんは確かこう答えたのである。

「三年前にこの店を始めたとき、スケルトンにせず、居抜きで入ったんです。その際、前の店のオーナーがこれをプレゼントしてくれて。これはインカの神様だっていうから、縁起いいなと思って置いていて――」

店を畳むとき、内装をすべて撤去して、打ちっ放しの状態に戻すことをスケルトン、カウンターなどの設備をそのままにして次の店に引き継ぐことを居抜きという。居抜きのほうが、去る店は撤去費用がかからないし、新しく入る店も設備費用が浮くので、互いにお得なのだ。

まさに今、気がついた。

この店のカウンターの配置は「清酒会議」とまったく同じだ。あのカレーのメニュー板が並んでいる上部を取り払い、薄暗い内装を和モダンの茶色に変えてみたら、そのまんま双見くんの店ではないか。

「あの——、水を一杯もらっていいかな」

いつから水を飲んでいないだろう。気がつくと口の中が痛いくらいにひりひりとしていた。

少女の頭の位置が急に下がった。今まで台の上に乗っていたらしい。しばらくして、またにゅっと少女の顔が戻ってきた。

「ありがとう」

カウンターテーブルに差し出されたグラスの水を一気に飲み干した。

「あの、このビルの名前ってわかるかな」

ひょっとして、俺は別の建物にいるのではないか？　そんな疑問にふとぶつかった。どういう理屈かわからないが、俺の部屋そっくりに家具が備えつけられ、双見くんの店と同じレイアウトでテナントが入っているビルが存在する、まるで建築におけるドッペルゲンガーのような建物に、うっかり紛れこんでしまった——、なんてことはありはしないか？

「だから、ここはバベルだって」

「いや、ここは断じてバベルじゃない。俺が言っているバベルというのは、五階建てのおんぼろのビルのことで——」

急に少女が右手を挙げ、俺の顔を指差した。まっすぐ伸ばしているはずなのに、肘《ひじ》が内側に入って「く」のようになってしまうタイプの腕だった。

「うしろ」

少女の声に釣られ、思わず振り返る。

「カーテンを開けたらわかる。ここがバベルってこと」

店内が薄暗いのは、まず照明の数が足りないことに加え、ドア左手の壁面がカーテンで閉めきられているからである。

有無を言わさぬ少女の迫力に押され、床に置かれたフランス人形のケースと、いかにもアンティークな脚が反ったスツールの間を触れぬように抜け、青銅のたらいをまたぎ、カーテンに近づいた。

片方のカーテンを一気に引いた。

光がいっせいに部屋に入りこみ、思わず目をそらす。明るさに慣れてから、正面のガラスに顔を近づけ、下をのぞきこむ。

「嘘……だろ？」

眼下には、片側二車線の道路、道路を隔てて向かいのビル、その両隣のビル、さらにその隣のビル――、俺が毎日部屋の窓から眺めている、いや、一階分地表から遠ざかり、本来なら屋上から見える景色が展開されていた。

ロックを外し、窓を開けた。

顔だけを突き出し、左右の様子をうかがう。

バベルの名を悲しき過去の栄光へと追いやった背の高いビルが、両隣から俺を見下ろしていた。

片側二車線の道路をひっきりなしにバスが、車が、バイクが往来している。歩道でも人がすれ違い、ときどき自転車がその間を器用に縫っていく。にぎわいついでに、カラスも飛んできた。一羽、二羽、三羽と連なって、すうと道路を横切り、ちょうどバベルの一階あたりに向かったようだが、窓際に棚が置かれているため、それ以上、のぞきこんで連中の行方を確かめることはできなかった。

悲しき条件反射と言うのだろう。聞こえもしないのに、連中の「カア」というエア鳴き声が頭にこだましたとき、不意に「何かが、妙だ」とささやくように感じた。

音が、ない。

道路を走る車の騒音がまったく聞こえてこない。バスが二台連なって、低いエンジン音が伝わってくるどころが、まったく無音で進んでいる。人の声もしない。この通りだけじゃない。ビルの裏手を走る電車の振動やレールが軋《きし》む音、駅のアナウンス――、いつも壁越しに伝わってくるもろもろの雑音を、部屋のソファで目覚めてから一度でも耳にしたか？　カラスの鳴き声だってまだ聞いていない。もっとも、それは聞かなくていいが。

「ね、わかった？」

振り返ると、いつの間にかカウンターを出た少女が、丸イスに座っていた。先ほどは太い眉にばかり注意が向いたが、よくよく見ると、鼻もしっかりとしたかたちを保っている。もっとも、どれほど個々のパーツが立派であろうと、所詮《しょせん》は十歳かそこらの幼い顔である。しかし、物怖《ものお》じしない態度のせいなのか、それとも少女が纏《まと》う全身黒のワンピースの何とも言えぬ威圧感のせいなのか、もはや子どもと応対しているという感覚がなく、

「音がしないぞ」

と完全に大人向けの声色で語りかけた。

「音？」

「車の音も電車の音も、何も聞こえてこない」

「だから、言ってるの。ここはバベルだって」

「違う、俺が言っているのは、そういう意味じゃなくて——」

まるで堂々巡りで、いつになっても話が進まないので、

「君は俺のこと、知っているのか？」

と質問の方向を変えてみた。

「おっさんのこと？」

少女は無遠慮に俺を指差した。

「知るわけないじゃない」

いとも簡単におっさん呼ばわりされ、やはりしばし言葉を失った。一度、咳払《せきばら》いして、調子を整えてから続けた。

「でも、君は電話で俺に用があると言ってきて——。いや、その前にやっぱり言わせてくれ。俺はおっさんじゃない」

「あなた、何歳？」

「まだ二十七歳だ」

「おっさんじゃない」

完全に黙ってしまった俺に、少女は丸イスの上で身体を揺らしながら告げた。

「言われたの、あなたに会いに行けって。でも、あなた、階段のところで寝ていたから、まず起こしてあげて、また目が覚めるのを待ってた」

「言われたって……、誰に？　まさか、カラス女じゃないだろうな」

「カラス女？」

「いや、『カラス目』女と呼ぶほうが正確かもな。やたらでかいサングラスをかけて、それを外したら、ここにぽつんと小さなカラスの目玉がくっついている」

「それ、どういう意味？」

「そのままの意味だよ。本当に鳥の目玉がここにあるんだ」

俺は両の目玉に人差し指を添えたのち、そこに親指とで小さな丸を作って見せた。

「あの女は、君のお仲間じゃないのか」

「知らない、そんな人」

訝《いぶか》しげに太い眉根《まゆね》を寄せる少女の表情に演技の匂いは感じられなかった。

「行くわよ」

と少女は丸イスから、ひょいと飛び降りた。

「行くって、どこに」

「上に決まってるじゃない」

「屋上ってことか？」

「同じこと何度も言わせないで。上は上よ」

「あのさ、一つだけ教えてくれないか。俺が知っているバベルと、この建物はまったく別のビルだ。こんなわけのわからんカレー屋はテナントには入っていないし、本来ならここは屋上であるはずなんだ。でも、このビルはバベルと同じ場所に建っている。窓から見える、まわりの風景がいっしょだ。これって、どういうことだ？　じゃあ、俺はどこにいる？」

「私はあなたの言うバベルを知らない。お互い知っているバベルが別のもの、それだけのことでしょ？」

「待て待て、そんな乱暴なまとめ方じゃ納得はできない。なら、何で俺の部屋が、あそこまで瓜二つ《うりふた》で用意されているんだ？　このカレー屋だって、妙に俺が知っている店にレイアウトが似ているんだ。階段や、階段の手すりや、踊り場の照明にいたっては完全にいっしょだ。百歩、いや千歩、違うな一万歩譲って、どこか別の街に屋外セットのように、俺が知るバベルが、まわりのビルも含めてそっくりそのまま再現されていたとしよう。でも、何で音が聞こえてこない？　君だっておかしいと思うだろ？　ほら、今だって何も。バスの音ってかなりうるさいんだぞ。五階まで揺れが伝わってくることもある」

彼女は俺の言葉を聞いていなかった。さっさとドアに向かい、表で見たものと同じバーに手をかけた。

「おい、俺の話はまだ終わ――」

自分の声が唐突に途切れたのは、それを視認したからか、少女の悲鳴が鼓膜を貫いたからか、どちらが先だったかはわからない。「キャッ」と少女の短い叫びが発せられたときには、俺はドアの向こうに立つ黒い影を認識し、それどころか無意識のうちに逃げようとして、足元のたらいに足を引っかけ、ぶざまに尻餅《しりもち》をついていた。

後退る《あとずさ》少女の正面でドアが勝手に開き、鈴がちりんちりんと軽やかに鳴った。

黒いワンピースにぴたりと身を包み、腕の先、脚の先まで光沢が躍る黒に染まりながら、見事に均整の取れた肢体が姿を現した。胸元はまぶしいくらいにはだけられているが、そこにありがたいものを感じる余裕など、かけらも持ち合わせなかった。胸元から放散される肌の白は、もはや恐怖に直結した。蜜村さんのギャラリーの扉のガラスが砕け散り、頭蓋骨《ずがいこつ》を砕かれたミッキーが宙を舞うシーンがフラッシュバックする。隣のビルの壁面にぶつかったのち、ミッキーの残像は音もなく消えていった。

真っ黒な布地に、別の生き物が這《は》っているかのような不気味なぬめりを漂わせながら、女は一歩踏み出した。ピンヒールが「コンッ」とくぐもった音を鳴らすのを聞いてはじめて、自分が倒れている床面がフローリングだったことに気がついた。

「わざわざ開けてくれてどうも」

「だ、誰？」

フロアの入口に全身を晒《さら》した黒い影を見上げ、少女は警戒を超え、はっきりと敵意がうかがえる声をぶつけた。

「そ、そいつだ、そいつが俺の言ってたカラス女だ」

カラス女？と女はすうと伸びた首を傾げた。かたちのよい鼻梁《びりょう》が支える巨大なサングラスが、床に転がったままの俺を捉《とら》える。

「嫌な呼び方ね。もう少し、敬意を持ってほしいものね。でも、あなたはとてもよくやったわ。扉を見つけ、私たちをここまで導いた」

相変わらず、積み木の山が崩れたときにカチャカチャと鳴るような奇妙な響きが、滴るほどのグロスが塗られた口から放たれた。

「出ていって」

ピンヒールを履いているせいもあって、俺よりもさらに背が高い相手を臆《おく》せず睨《にら》み上げ、少女は敢然と言い放った。両者はしばらく無言で対峙《たいじ》していたが、カラス女のほう

が急に前屈《まえかが》みになって、

「そうか。あなたはここにいて、ここにいないのね――。お気の毒なこと」

とささやくように告げた。相手の背に合わせ屈んだせいで、胸元の谷間が気味が悪いくらいに露《あら》わに迫って見えた。

「あなたがこれから会いに行く相手に、私もとても大事な用があるの。どこに行けば会えるのかしら？」

「イヤ、教えない」

少女は首を強く横に振った。ごわついた髪が、華奢《きやしゃ》な肩の曲線に沿って揺れた。小さな拳《こぶし》は太ももの横で強く握られ、呼吸に合わせワンピースのすそがかすかに上下していた。

「絶対、連れていかない」

「そう」

吐息のようにつぶやき、カラス女は姿勢を元に戻した。

「じゃあ、私もあなたを連れていかないことにする」

コンッというピンヒールの一歩とともに、唐突に女は長い脚を前に進め、少女との間合いを詰めた。

ほんの一秒にも満たない間の出来事だった。

互いが纏《まと》う黒が合わさったように見えた瞬間、少女の身体が床から浮いた。

そのか細い首を片手でつかみ、軽々と持ち上げたまま、女は身体の向きを変え、開け放された窓の外に、いっさいの躊躇《ちゅうちょ》なく少女を放り投げた。

俺は尻餅をついた姿勢のまま、少女の行方をスローモーションの動きで見送った。脳みその隅で、屋上から投げ捨てられたミッキーの残像が重なったときにはすでに、窓の向こうに少女の姿は消えていた。

悲鳴とも怒号ともつかぬ叫びをのどの奥に爆発させながら、俺は立ち上がり、窓から身を乗り出した。

しかし、少女の姿はどこにも見つけられなかった。

眼下の眺めに何の変化も現れず、人は黙々と歩道を往来し、信号待ちの車の列はやがてゆっくりと流れ始め、極めて穏やかな日常が営まれていた。

ただし、無音であること以外。

第五章　階段点検、テナント巡回II

「外に出て」

ちりんちりんとのどかに鈴が鳴り、女はドアを開けた。あごで促されるままにふらふらと部屋を出た。長い脚を伸ばし、ヒールをドアストッパー代わりにしているカラス女の前を通り過ぎるとき、奴が腰に置いた手を離しただけで、「わ、やめてッ」と情けない声を漏らしてしまった。

「そのまま階段を上って」

と女は涼しい顔で告げた。

「あ、あの子はどこへ行った？　どこへ消えたんだ？　オイ、答えろよ、この人殺しッ」

「彼女なら大丈夫」

何の根拠があってか知らぬが、どこまでも抑揚のない調子で女は言いきった。

「大丈夫？　こんな高いところから放り投げられて大丈夫？」

「あなたは、あの子が落ちて死んでいるところを見たの？」

それは、と言葉に詰まる俺に、

「まだ彼女から、何も教えてもらっていないのね」

と悠然と胸の前で腕を組み、長い指の先をあごに添えた。

「どうやって、あなたはここに来たのかしら？」

「知るか。目が覚めたら、下の部屋で寝ていたんだ。お前がギャラリーで俺を眠らせて、ここまで運んできたんだろ」

「私たちじゃないわ。覚えているでしょ、あの絵を。あれがバベルに繋《つな》がる扉だった。あなたが通ったことでズレが生じたから、私たちも来ることができた。意味がわかるかしら？　いよいよ、バベルが崩れかけている」

女は俺の反応を待つかのように、いったん口を閉ざした。

「俺の原稿はどこだ？」

「原稿？」

「とぼけるな。お前が俺の部屋から盗んだやつだ？　返せ。今すぐ、返せッ」

「ああ――、そういうことね」

いかにもつまらない話題であるかのように、女は組んでいた腕を下ろす。

「お前なんかに、俺がどれくらいあの『大長編』に懸けていたか、わかるはずがないんだ。お前が持っていたって何の役にも立たないし、一円にだってなりやしない。お願いだ――、返してくれ」

無意識のうちに、俺は頭の上で手を合わせていた。

「あなた、本当に何も知らないの？　それとも、フリをしてるだけ？　扉に触れて、ここに来たのはあなた自身よ」

「返してくれたら、俺はすべてを水に流す。いや、あの子のことは水に流せないから、少なくとも俺のことに関しては水に流す。だから、原稿だ。俺の原稿はどこだ？　締め切りは今日なんだ。二十四時間受け付けてくれる特別な郵便局に持っていくから、まだ間に合う。取引だ。お前がしつこく言っていた、扉だか何だかを俺が開いたんだろ？　なら、俺の用は済んだはずだ。替わりに原稿を寄越せ。ギブアンドテイクだ」

唾《つば》を飛ばして主張する俺の顔を、サングラス越しに微動だにせずに眺めていた女が小さく口を開いた。

「そういうこと——、だったのね」

組んでいた腕を下ろし、女はドアに止めていたヒールの位置をずらした。ちりんちりんと鈴が鳴り、ドアが閉まるのに合わせ、女は踊り場にゆっくりと進み出た。

「な、何だよ、近づいてくるなよ。何を勝手に納得してるんだよ」

「上って」

「いや、その前に約束しろ。原稿を返せ」

「上を目指すの。あなたには私を導く大事な役割がある」

積み木が崩れたような平坦《へいたん》な声のまま、いよいよ相手が近づいてくる。女とは常に二メートル以上の距離を保ちたい。奴が下り階段への進路を塞《ふさ》ぐ位置どりをしている限り、俺に残された選択肢は階段を上ることしかなかった。

「クソッ」

壁に向かって吐き捨て、階段に向かった。

本当は、今すぐ女を突き飛ばして階段を駆け下り、一階まで逃げるべきなのかもしれない。だが、その場合、原稿は？　少女と同じ目に遭う可能性だって捨てきれない。少なくとも、「私を導く大事な役割」とやらを担わされているうちは無事でいられる、と安堵《あんど》の気持ちを心の隅に抱いている自分がとことん情けなかった。背中を丸め階段を上る俺の卑屈な気持ちを見透かしたかのように、ヒールの音がこれ見よがしに後を追って響く。完全に心が縮んでしまった俺の鼻先を、不意に、何かの匂いがかすめていった。

どうやら――、お香のようだ。

階段を上った先に、踊り場に面したドアが現れた。これも屋上のドアではない。上り階段は依然続いている。

「あれ？」

なぜか、そのドアに見覚えがあった。

目線の位置に設けられた、特徴的な長方形ののぞき窓と、クリーム色の表面の塗装――、そのまんま「ギャラリー蜜《みつ》」のドアである。

引き寄せられるように、のぞき窓に顔を近づけた。

「あれ？」

心に用意していたものとまったく違う景色に、またしても勝手に声が漏れた。正面に受付らしきカウンターが置かれ、右手には衝立《ついたて》が並んでいる。どう見ても、貸しギャラリーの趣きではない。

「ここ――、ちょっと入っていいか」

と女は階段途中で俺を見上げ、あっさりと許可を与えた。

「ええ、いいわよ」

女に背を向け、ドアを開けた。

入口のすぐ脇に、黒光りする象の置物が控えていた。長い鼻を背中につくまでパオーンと持ち上げ、その背中に皿を戴《いただ》いている。そこに積まれたカードを一枚手に取った。

「タイ古式マッサージ　蜜」

と印字されていた。

衝立の向こうから、さらに強いお香の匂いが鼻腔《びこう》に潜りこんできたとき、不意に初恵《はつえ》おばのチェロ声が耳の奥でねっとりと蘇った。蜜村《みつむら》さんの華麗な店舗遍歴に関する話題のなかで、確か貸しギャラリーの前にタイ式マッサージをやっていたと言っていなかったか。階段にお香の匂いが漏れて臭かったとか何とか――。

そろり、と店に足を踏み入れた。

目隠し用の衝立の間から、奥の様子をのぞく。ベージュ色のシーツにくるまれたマットレスが三つ、床に並べられていた。いかにもアジアン雑貨の店で売っていそうな、こじゃれた照明が同じく床から淡い光を放っている。

「蜜村さん」

いるわけがないとわかっているのに、ついささやき声で名前を呼んでしまった。

もちろん、返事はない。

部屋の間取りは、三階のギャラリーとまったく同じである。奥にはスタッフルームにつながるドアが見える。

ここはかつての蜜村さんの店なのか？

そんなわけないだろうと頭でわかっていても、蜜村さん自らがお客にマッサージしていたのか？　あの不器用そうな蜜村さんが？　とてもじゃないけど、蜜村さんにまともなマッサージができるとは思えない、そうか、だから潰《つぶ》れたわけか——、と失礼な連想を繰り広げながらマットレスの間を突っ切り、奥のドアを開けた。

三畳に満たないスペースの壁際に、小さなガスコンロと流し、冷蔵庫が置かれていた。

俺が知るスタッフルームと完全に一致している。異なっている点は、正面のパイプ机と、そこにうずたかく重ねられたシーツとタオルの山だろうか。

もしやと思い、一歩進んでタオルに触れた。

少し山を傾けて、向こう側をうかがう。

壁に掛かった額縁の端がのぞいているのを見つけたときには、すでに伸びた手が積んだタオルを崩していた。

蜜村さんが、大九朔《だいきゆうさく》のものと言っていたあの油絵が、俺が触れたときとまったく同じ位置に飾られていた。

しかし、はじめて蜜村さんに紹介されたときと同じ、青一色に塗られた単なる抽象画に逆戻りしていた。扉のイメージはもちろん、その輪郭さえも、そこからは伝わってこない。

そっと、表面に触れた。

「何も、起こらないわよ」

ギョッとして振り返ると、フロアの真ん中に立ち、カラス女がこちらに顔を向けていた。

「それはもう扉じゃない。単なる過去の記憶」

「何だよ、過去の記憶って」

「あなたはこの部屋を知っている。でも、知らない。それはあなたの記憶よりも、さらに遡《さかのぼ》る場所にあるものだから——」

「そういう嚙《か》み合わない話は、もう聞き飽きたんだ。いいか、相手がわかりやすい言葉で伝えろ。これは二年間、一次選考で落ち続けた俺が身をもって学んだ金言だ。お前だけしかわからない言葉なんて、言っていないのと同じなんだよ」

女の横を大股《おおまた》で抜け、窓際に向かった。ムーディーなアジアンテイストを演出するために閉めきっているカーテンを勢いよく開ける。

道路に車、歩道に人、正面にビル——。

実にまっとうな景色が広がっていた。さらにまっとうな部分に俺は気がついた。階がひとつ上がったぶん、地表の景色がさらに遠ざかっている。

「そろそろ教えてくれ。これって、どういうマジックだ？　強制的にどこかで俺の実体は横になっていて、VRの映像でも見させられているのか？　理屈じゃ、もう説明できないだろ」

「あなたの理屈ではね。でも、ある一人の理屈なら説明できる」

「どういうことだよ」

「大九朔は知ってるわよね」

「当たり前だ」

俺の祖父、大九朔だ。でも、それが今、何の関係がある？

「彼がつくったの、ここのすべてを。この場所はバベル」

俺はしばしカラス女の巨大なサングラスを見つめた。

「わけのわからない冗談は目だけにしろ」

と言ってやりたかったが、怖くて無理だった。

その代わり、俺は走った。

開けっ放しだったドアから踊り場に飛び出し、階段を一気に駆け下りた。すぐさま「古美術とカレー　仁平」のドアが顔を見せる。息を詰めたまま、サンダルの底をキュッと鳴らして踊り場でターンする。

「コツーン」

と頭の上でヒールの音が鳴った。

さらにスピードを上げ、階段を下りる。俺の部屋もどきの前を通り過ぎ、次の階段に突入した途端、慌てて勢いを止めた。

「嘘だろ――」

目の前で、階段が消えていた。

折り返しの踊り場で突然、壁が進路を塞《ふさ》ぎ、これ以上は進みようがない。

これでは外に出られない。その前に、誰もビルに入ってこられない。あり得ない構造に壁を叩《たた》くが、ビクともしない。

「コツーン、コツーン」

ゆっくりとヒールの音が降りてくる。

行き止まりの壁に身体を預け、息を整えながら、相手が現れるのを待った。

「何で……、こんなところに壁があるんだ。これじゃ、誰も入ってこられないぞ」

「そう。だから、あなたに扉を探してもらったの」

ひとつ上の踊り場で足を止め、カラス女は静かに俺を見下ろした。

「じ、じゃあ、窓から見えている景色は？　あれは何なんだよ？　外につながっていないビルなんてあり得ないだろ」

汗ばんだTシャツの内側に、裾《すそ》をつまんで空気を送りながら、俺は周囲を確かめた。

手すりの古ぼけ具合、壁の材質、床面の模様、壁に畳まれている防火扉の大きさ――、すべてが見慣れたバベルのものだ。でも、ここは俺が二年間を過ごしたバベルとは違う。

「その答えはこのバベルをつくり上げた人間に訊《たず》ねるしかない。彼だけが知ってることだから」

「彼？」

「あなたの大九朔よ。この階段を上った先で、あなたを待っている」

「な、何を言ってるんだ？　お前の言っている相手は、もうとっくにだな――」

「まだ、気づかないのかしら。何の事情も知らないあなたが、どうしてこのバベルに入ることができたのか、やっと理由がわかったわ。あなたは大九朔に招かれて、ここにいるのよ」

カチャカチャと積み木が触れ合い、崩れる、そんな無機質な声色に乗って、黒一色に塗りこめられた威圧感が常に視界上方から降り注いでくるわけだが、それらをすべてスルーしてしまう勢いでぽかんとした。

「わけのわからん冗談は目だけにしろ」

今度はちゃんと言えた。

＊

「紫芋タルト専門店　てぃむどんどん」

「Ｆｏｒｚａ」（サッカーのユニフォームショップ？）

「ドイツビール　独眼流」

「占い館　盟神探湯」

「チャガタイ」（モンゴルのパズル屋？）

「等身大パネル専門店　ＳＵＧＡＴＡＭＩ蜜村」

「バルサスの要塞」（カードゲーム専門店？）

「スナック　帝国」

「笑美花」（造花教室？）

「地球儀専門店　まわる蜜村」

「つっかけ屋」（サンダル専門店？）

「多国籍料理　アレクサンダー」

「ブティック　順子」

「ふぃんらんど」（積み木専門店？）

「食堂おかえり」

「屋内ペタンク広場　ミツムランド」

「桂カク枝」（男性かつら専門店？）

「トレモロ」（ビーズショップ？）

「別荘専門不動産屋　かまいたちの朝」

「健康食品　明るいあした」

「広島東洋カープ・グッズショップ　コイする惑星」

階段を一階上るたびに、新たなテナントが律儀に登場した。しかし、テナントの中身をいちいち確かめる気力はすっかり削《そ》がれ、看守に監視される囚人の如く、ほんの少し中をのぞいてはすぐさま次のフロアへと移動する——、ただそれだけを機械的に繰り返し、階段を上り続けた。

ただし、蜜村さんの名が付されていると思《おぼ》しきテナントが現れたときだけは、店の中をのぞいた。ついでに「蜜村さん」と何のためか自分でもわからないが、名前を呼んだ。もちろん、返事はなかった。他のテナントも人の気配はなく、ひたすら無音に支配された、静けさに沈んだビルの中をカラス女と上り続けた。

「命の水　みつむら」

ドアに記された店名にまたもや蜜村さんが登場したところで、

「少し休ませてくれ。のどが渇いた」

と振り返った。

上がってしまった息を整える俺に対し、「どうぞ」と女は首をわずかに傾けた。俺が試したなら、きっと数歩もまともに進めないであろう、とんでもなく高いピンヒールを履き、「コーン、コーン」といちいち音を響かせ、すでに二十階以上、フロアを上ってきたにもかかわらず、いっさい息が乱れた様子がない。

額に浮かぶ汗をTシャツの袖《そで》でぬぐい、貸しギャラリーのものとまったく変わらぬ、のぞき窓つきドアを開ける。

いきなり天井からぶらさがった巨大なひょうたんに出迎えられた。その表面には「命の水　みつむら」と焼き印が押されている。

いったい、ここは何を売っているのか。

かすかな好奇心を抱きつつ、正面の棚の前で足を止めた。一つあたりの大きさ二十センチほどのひょうたんが、何十個と並べられている。「どれでも一個、三千円ナリ」と紙が貼ってある。どうやら、このひょうたんは売り物らしい。

壁には実に読みにくい筆書きの文字で、店のコンセプトらしきものが表示されている。

「ひょうたんミネラルウォーター専門店『命の水　みつむら』」

かつて、軽くて丈夫なひょうたんは水筒として重宝されていました。自動販売機のない江戸時代や明治時代、行楽地などではひょうたんに水を入れて、こんなふうに店先に並べて売っていたそうです。あのころの心の余裕に満ちた暮らしぶりに戻ってみませんか？　ひょうたんでミネラルウォーターを飲むといつだって上機嫌になれます。みなさんも、サア、ひょうたん生活、はじめましょう！

はじめないだろ、と思った。

店にはそこらじゅう、さまざまな形のひょうたんがディスプレイされ、天井からもへびのようにくねくねしたものや、餅《もち》のように伸びきったもの、赤ん坊がまるまる収まるような巨大な球形のものまで、それが売り物なのか、単なる展示物なのかもわからないカオスな様相を呈している。

「のどが渇いているんでしょ？　飲みなさいよ。中に水が入ってる」

棚の前に立ち、並べられたひょうたんの一つをカラス女が手に取り、振って見せた。

俺は無言で首を横に振って、奥のスタッフルームに向かった。そこにスタッフルームがあると知っていることが、そもそもおかしいわけだが、ドアを開けた先には当然のようにタイ式マッサージ屋で見かけたパイプ机、左手にはガスコンロ、流し、冷蔵庫のトリオが壁際に張りついていた。

正面には、やはりあの「大九朔の絵」が飾られてある。青色でもやもやとしたものが描かれた抽象画に念のため、一秒だけ触れてみたが、何の変化もなかった。パイプ机には、ミネラルウォーターの表示がある段ボール箱が並んでいた。ひょうたんの中身だろうか。どういう状況であれ売り物には手をつけたくないので、流しの蛇口の栓をひねり、直接水道水の流れに口を近づけた。

首を横にひねった格好で水を飲みながら、ふと壁に掛かっているカレンダーに視線を向けた。

水が唇の位置からそれ、耳まで伝っていくのを感じてから慌てて姿勢を戻した。頬から垂れる水滴も拭《ぬぐ》わず、俺はまじまじとカレンダーを見つめた。

中央部分にどこぞの湖を俯瞰《ふかん》した写真がでかでかと載っている、十月のカレンダーである。

なぜ、十三年前の年号がプリントされているのか。

振り返ってパイプ机の段ボール箱に手を伸ばした。封を開け、二リットル入りのペットボトルを一本抜き出し、側面のラベルに賞味期限を探した。

「おい」

ペットボトルを脇にかかえ、スタッフルームを出た。

「何でこんなむかしのミネラルウォーターがここにあるんだ？　賞味期限が十一年前だ。カレンダーも十三年前のものだ」

カラス女は窓際に立ち、外の様子を見下ろしていたが、

「ここが十三年前にあった店だから、そのときのものが残っているだけでしょ。別に、何もおかしくない」

と顔の角度を変えぬまま答えた。

全部がおかしいだろ、と返そうとして、俺は正面の風景に猛烈な違和感を抱いた。

ブラインドがすべて引き上げられているせいで、窓には青空がくっきりと映し出されている。

窓際に駆け寄り、ガラス越しに眼下をのぞいた。しばらく息を呑《の》んだのち、ロックを外し、窓を開けた。窓枠を両手ともに強くつかみ、慎重に顔を突き出した。タイ古式マッサージ屋から見下ろしたときよりも、ぐんと地面が遠ざかっていた。正面のビル、さらには左右のビル、これまでバベルから仰ぐしかなかった巨人たちが、はるか下方、俺が立つ場所の半分にも満たない高さでうずくまっている。これまで一度も見たことがない、いや、見ようがなかった、隣のビルの屋上と給水タンクを俯瞰できた。歩道を行き交う人々の服の色はもはや確認できず、ただの点としか認識できない。

さらに俺は身体をねじり、上方を見上げた。どこまでものしかかるように壁面が続いていた。

「どうなってるんだよ……、これ」

終点をまったく見極めることができない。

一度は終わったはずのビルの成長期が、三十八年のときを経ていきなり再開でもしたのか。もはや頭が現実に追いつかない。あの少女が窓の外へ放り出されたことが、はるかむかしの出来事に、いや、全部ひっくるめて夢だったのではないか……、そんなふうに思えてくる。ならば、今ここに立っていることだって夢じゃないのか？　いっそ、ここから飛び降りたら、いつもの万年床でガバッと起き上がる——、なんていかにもＳＦ

的な展開だって、あり得やしないか。

「このバベルは、すべて過去の記憶が積み重なることによって構築されているようね」

「何なんだよ、その過去の記憶って」

「潰《つぶ》れた順に現れている、ってこと」

「潰れた順？」

「そう、この店も、これまで通り過ぎた店も、すべてあなたのビルにかつてテナントとして入っていたもの。それが出ていった順に私たちの前に登場している。直近のものから始まって、ここは数えて二十五番目のテナントということになるのかしら」

一瞬の間が空いたのち、俺は足元に置いたミネラルウォーターのペットボトルに目線を落とした。十三年前に印刷されたカレンダーに、十一年前の賞味期限が刻印されたミネラルウォーター。初恵おばは、蜜村さんの歩んだテナントの歴史として、貸しギャラリーの前はタイ式マッサージ屋を営み、さらに三十八年間にわたるバベルの歴史のなかで、十回も十五回も商売替えをした、と言っていたが、ならば十三年前、彼はひょうたんミネラルウォーター屋を営んでいた——、のか？

「でも、どうしてお前がむかしのテナントの名前を知ってるんだ。俺だって、知らないぞ」

「もちろん、すべて調べたから」

「その理屈で言うなら、いちばん下に俺の部屋があるのはおかしいだろ。俺はまだバベルを出ていない」

「あれはあなたの部屋じゃない。保険代理店。あなたと入れ替わりで廃業したもの」

あ、と声にならぬ声が漏れた。確かにあの部屋から消えていたラックや万年床はすべて、俺が仕事を辞め、管理人としてバベルに引っ越した際、持ちこんだものだ。片や、ソファやテーブルや冷蔵庫、その他家具は、そのまま使わせてほしいと保険代理店時代のものを富二子《ふじこ》おばに頼んで置いていってもらったのだ。布団の代わりにコピー機や机があったのは、保険代理店が営業していた頃のスタイルということなのか——。

「いやいや、そんなのあり得ないだろ」

俺は強く首を横に振った。

「過去の記憶を積み上げることで、大九朔はこのバベルを築き上げた。今、私たちは彼のバベルを上っているの」

「お前はここに来たことがあるのか？」

「いいえ、はじめて」

「じゃ、何でそんな訳知り顔で、自信満々なんだ？　少しは混乱して、ここはどこなの？　何なの？　ああ、わけわからん、となるのが普通だろ？」

「これまで私たちはいくつものバベルを見てきたから」

「お前が言うバベルって、いったい何だ？　俺が知ってるバベルは、五階建ての築三十八年の雑居ビルの名前だ」

女は妙な動きで、一度首をねじった。

それに合わせ、ヒールのつま先から胸元まで、漆黒に染まった異様にスタイルのよい身体に、嫌なぬめりがサアッと走った。完全にカラスだった。あの黒い羽に銀色の光をぬるりと漂わせ、くいっくいっと首を回すカラスの姿を、かたちはまるで違うのにはっきりと頭に思い描けた。

「本来、あなたのバベルと、私のバベルはまったく違うもの。私のバベルは、ひとつずつ入口の場所も異なれば、あり方もすべて変わってくる。ここは大九朔という管理人が築いたバベル。同時に彼は扉を隠した建物にも『バベル』の名を冠した。でも、それはもう過去の話。あなたと私のバベルは今や同じもの。私の役目はこのバベルが崩壊する前に清算すること。わかるかしら？」

わからなかった。まったく、わからなかった。

しかし、抑揚のない調子で淡々と語られる言葉は、まるで誰もが共有している常識を語っているかのように、一方的に耳に流れこんでくる。「だまされるな」と思う。この女は、少女を平気で窓の外に放り投げるイカれたバケモノなのだ。

「おい、口任せの嘘もほどほどにしろよ。いきなり、そんな降って湧いたような与太話を聞かされて、えー、そうだったんですかー、なんてなるわけないだろ。死人に口なし、って言葉知ってるか？　お前がさっきからやたらと持ち出してくる相手はだな、二十五年前に死んだんだ。俺が二歳のときに死んだから、まったく記憶はないが、母親や祖母やおばからいろいろ話を聞いて、俺は今も祖父を尊敬してる。それが高じて大九朔と呼んでいるくらいだ」

「それで大九朔だったのね。私たちはバベルの管理人に対し、その名前に大をつけて呼ぶ」

「ふざけるなッ。一から十までデタラメばかり、もうウンザリなんだよ。まず、俺に謝れ。それから、故人に謝れ。孫をつかまえて、祖父がマッド・サイエンティストか何かのように吹聴《ふいちょう》しやがって」

「それなら、私がこれから彼に会い、それを排除しても、もちろん何の問題もないわよね。あなたの大九朔はどこにも存在しないのだから」

　無茶苦茶な論理である。「知るか」と吐き捨て、もう一度、窓から顔を出して眼下をのぞいた。すでに二十五階以上の高さがあるだろう。騒音が聞こえないことが、もはや不自然な現象かどうかもわからない地表との距離である。小さな車の列が完全にミニチュアサイズに見える。今さらながら気がついたことだが、五階建てだった建物が何倍にも伸びているのに、誰も反応していない。誰もこのビルを見ていないのか。それとも、俺が見ているものがまやかしなのか――。

「お前の言っていることは、さっぱり意味がわからんが、もしも――」

　窓を閉め、女に向き直った。

「もしも、お前が目的を果たしたら、ここはどうなる？」

「清算を完了させた時点で消える。跡形もなくね。崩壊し始めているものを元に戻すことはできない」

「俺は？　俺は戻れるのか？」

「あなたも消える」

何を当たり前のことを訊《き》くのか、と言わんばかりの簡単さで女は答えた。

完全に虚を衝《つ》かれた俺に、

「もちろん、私も消える」

とさらに簡単につけ加えた。

いつの間にか、女の顔に笑みが浮かんでいた。

巨大なサングラスの下に、やわらかな笑みを湛《たた》え、さらには白い歯が少しだけこぼれたとき、「マズい」と直感した。この女は本気でものを言っている。

「プルルルルル」

突如、脳天気な電子音が鳴り響いた。

音の発生源は壁際のレジカウンターだった。

巨大な蛇のようなひょうたんが天井からにょろにょろと垂れている横を抜け、カラス女はヒールの音を刻み、カウンターに向かう。金色にデコレーションされたひょうたんが小さな座布団の上に置かれている脇から手を伸ばし、コードレスらしき受話器を持ち上げると、音はぴたりとやんだ。

女は躊躇《ためら》うことなく、受話器を耳にあてた。しばらく無言で同じ姿勢を保ったのち、

「あなたに」

と受話器を差し出した。

「俺に？」

「大九朔から。あなたに替われだって」

女は俺の答えも聞かず、受話器をひょいと宙に放った。

＊

受話器をキャッチすると同時に口を衝いた、「大九朔？」という俺の声に、

「そう、あなたの大九朔」

と何も特別なことは起きていないと言わんばかりに、女は平然と告げた。

「冗談はよせ」

「冗談なんかじゃないわ」

しばらく受話器を眺めたのち耳にあてた。

「よく、来たな」

男の声がいきなり聞こえた。

「いろいろ、面倒なことに巻きこんでしまったようだ」

聞き覚えのない声である。歳を取っているでもなく、若いでもなく、実に平凡な声質だ。少なくとも、もしも存命していたならゆうに九十歳を超えている大九朔のものではないことは明らかだった。

「あの……」

ちらりとカラス女の様子を確かめてから、声をひそめ、

「誰に話してるのですか」

と訊《たず》ねた。

「私が大九朔なら、お前は小《しょう》九朔というところか？　もちろん、小九朔、お前にだよ」

思わず受話器を離した。女はカウンターの金色ひょうたんの表面を、つけ爪なのか、本物の爪なのか、とにかく黒く塗られた長い爪の先でコンコンと叩《たた》いている。

「名前でも呼ばれた？　気になることを直接訊いたら？　たくさん、あるはずでしょ」

とまるで話を聞いているかのようにつぶやいた。

受話器を耳に戻し、

「あんた、誰？」

と単刀直入に切りこんだ。

「お前の祖父だよ」

「俺のじいさんなら、とうに死んでるよ」

「それは、そちらの世界の話だ」

「いや、どこの世界でも死んでる。あまり死者を冒瀆《ぼうとく》するような真似はしないでくれるかな」

受話器の向こうから、ふぁっふぁっと妙な笑いが聞こえてきた。それまでの声とちがって、いきなり年老いたような笑い方に戸惑う間もなく、

「そうか。なら、お前の話を一つしよう」

とどこか楽しむような口調が聞こえてきた。

「たとえば、お前の額には傷がある。右のほうだ。傷というより、へこみだな。それはお前が一歳のときに、ウチの庭で転んでできたものだ。歩き始めたばかりのときだった。庭で一人で遊んでいると思ったら、急に泣き声が聞こえて、三津子《みつこ》が大騒ぎしながら血だらけになったお前を運んできた。転んだついでに、小石が額にめりこんでな。大した怪我じゃないが、小さなへこみが残ってしまった」

俺は無言で、右の額に指を這《は》わせた。これまで誰にも教えたことのない、いや、教える必要もなかった、それこそ家族しか知らない額の傷の理由を、電話口の声は正確に伝えていた。

「俺以外のことは？」

極力、声の調子を変えず、あえてぶっきらぼうに告げた。

「お前が知らないことを言っても仕方ないからな――。そうだな、三津子《みつこ》の話は聞いていないか？　あいつが小学生のときだ。ランドセルを忘れて登校したことがあった。家

からバベルに向かう途中に学校があったから、私が教室までランドセルを持っていった」

今も初恵おばが住んでいる母の実家は、バベルから歩いて二十分ほどのところにある。確かに実家とバベルの途中に、母が通った小学校が建っている。そそっかしく、早とちりが過ぎることは母の十八番《おはこ》だが、少女時代の極めつきのエピソードとして、ランドセルを忘れたまま学校へ行ったという事件は俺もこれまで何度か本人から聞いたことがあった。

「お前と共有する記憶を話すのは難しい。なぜなら私はお前とは、生まれたときと、三津子が帰省して、お前が怪我をしたときの二度しか直接会っていないからな。そうだ、いちばん大事なことを忘れていた。私はお前の名付け親だ」

俺はしばし無言で相手の発言を反芻《はんすう》した。内容はすべて正しい。しかし、故人の名をかたるという、根本で戦略が崩壊しているオレオレ詐欺に、いったい何の目的があるのだろうか。俺から何を引きだそうとしているのか。

「俺と二度しか会わず、三度目がなかった理由はわかっているのか?」

「決まっている。私が死んだからだ。お前が二歳のときだった」

それを認めたら終わりだろうという線をあっさりと越えられ、俺は真面目に相手の話を聞くのが一気に馬鹿らしくなってきた。

「なら、その死んだ『私』が、こうして俺に電話できる理由は何だ?」

「それは少し長い話になる。だが、いちばんの理由は、やはり私が死んだから、になるな」

巨大な矛盾を毫《ごう》も感じさせない、穏やかな声が電話口から発せられる。俺は「切」のボタンに親指を移動させ、

「そういう煙《けむ》に巻くようなしゃべり方、もうウンザリなんだ。誰だか知らないが切るぞ」

と宣言した。

「お前は、元の世界に戻りたいか？」

「ああ、戻りたい」

「なら、そこにいる女を消せ」

親指に力を入れる寸前に、一段低さを増した声が耳の底に滑りこんできた。

「招かれざる客には早々に退場してもらう。そのままバベルを上ると、はっぱ、ろくじゅうし、がある」

「はっぱ、ろくじゅうし？」

「そこに青色の段ボール箱が置いてある。それを女に渡すんだ。そして、女が箱を開けたとき、どんなに小さい声でもいい。『去れ』と言うんだ」

思わず女に視線を向けた。ひょうたんの一つの栓を抜き、それを逆さにして、中身の水が床に落ちるのを眺めている。

「そういうあんたはどこにいるんだ？　どうして、姿を現さない」

「女が去ったら、お前を迎えにいくつもりだ」

「あの子は？　あの女の子は誰だ？　あんたが寄越したんだろ？　知ってるのか？　俺のそばには、もういないぞ」

「わかっている。あの子は無事だ」

「どうしてわかる」

どうして？　と男はふぁっふぁっと例の笑いをからめたのち、

「ここのすべては、私がつくったものだ」

とまるで子どもを諭すような口調で続けた。

「はっぱ、ろくじゅうしだぞ」

そこで唐突に通話が途切れた。「プープー」という音に一度「切」ボタンを押してから、110番やら、119番やら、実家やらに電話をかけてみたが、どこも応《こた》えてくれなかった。

「どうだった？　感動的な大九朔との再会は」

女に受話器を投げ返した。こともなげにそれを受け取り、女はカウンターの向こうに戻した。

「ふざけるなッ。あれのどこが俺のじいさんだ。あんな質の低いオレオレ詐欺に引っかかる奴なんて、この世にいないぞ。自分で自分のことを死んでいると言っていたからな」
「あなたは認めたくなくても、正真正銘の大九朔よ」
死者を騙《かた》ったオレオレ詐欺男と、カラスの目玉を隠し持つ女――、お互い排除するだ
消すだ、などとひどく対立関係にある様子なのに、揃って大九朔の存在だけは俺に認め
させようとしてくる。何なのか、この奇妙な三角関係は。
「それで、どこに行けば、大九朔に会えるのかしら？」
「はっぱ、ろくじゅうし――に来いとか言っていた」
少女を遠慮なく窓から放り投げるような奴を味方には到底認定できなかった。女を消
すようにと言われたことはもちろん伝えず、
「とりあえず、そこに来いと言われただけだ。だいたい、何で俺が聞き役なんだ？　お
前が先に電話に出たなら、そっちが訊《き》いておけよ」
と誤魔化すように声を荒らげた。
「お前たちと話すことは何もない――。電話に出るなり、そう言われたの」
「ひとつ訊いていいか？　その『お前たち』の『たち』って何だ？　ときどきお前が使
う、『私たち』の『たち』もだ。消防点検の業者のふりをして俺の部屋に入って、俺を
追いかけるついでに蜜村さんのところのドアを壊した乱暴なお仲間のことか？　そもそ
も、お前は窃盗団の幹部なんだろ？　警察からお前の写真を見せられたぞ。知っている
のか警察は？　お前がそのサングラスを外したら、どんな顔をしているのか」

「彼らは金に従って命じられたとおり動くだけ。バベルのことは何も知らない、ここに来ることもできない。当然、私たちが何を探し、何のために動いているのかも理解していない」

「だから、その『私たち』って何なんだよ」

「崩れかけたバベルを発見し、清算することが私たちの役目。つまり、それを担う者たち」

「何だそりゃ。秘密結社か？　トレジャー・ハンターか？　カルト宗教か？　窃盗団ってことは盗みを働いて金儲《かねもう》けしているんだろ？　お前の言うバベルには、お宝でも眠っているのか？」

女は答えなかった。膝下《ひざした》あたりで交差させていた長い脚をほどき、ドアへと向かった。コーン、コーンと等間隔で響き渡るピンヒールの音は「進め」の号令を無言で伝えていた。

「また階段を上るのか？　情けない話なんだが、毎日座ってばかりの運動不足の生活のせいで、さっきから膝の内側がちりちり痛いんだ。だから、これは提案なんだが、一人で行けよ。ちんたら俺に合わせる必要もないだろ。いくら上っても疲れないみたいだし。俺なら大丈夫。少し一人になって、ゆっくり考えごとでもしたい」

突然、女は口を開け、白い歯を見せて笑った。嫌な予感に心の準備をする間もなく、女はサングラスを外した。

「やめろッ」

俺は咄嗟《とっさ》に両手で視界を塞《ふさ》いだが、眉《まゆ》のない顔の上半分にカラスの目玉がぽつんぽつんと貼りついているのを一瞬だけ見てしまった。

女は音もなく笑いながら、サングラスを元の位置に戻した。

「あなたがいないと、大九朔に会えないの」

今度は、パカッと女の口が開いた。真っ黒な口腔《こうこう》の奥から、俺を馬鹿にしているかのような響きで、

「qua《クアッ》、qua《クアッ》、guaaaa《グアァァァァ》」

と極めつきに嫌な声で鳴いた。

*

階段を上る。

そのたびに、未知のテナントが現れる。

バベルとは五階建ての建築であり、最上階は俺の部屋。さらに屋上。そこで建物が完結していたことなど、もはや過去の記憶として追いやられてしまうほど、階段を上った先に新たなテナントが、テナントの前を通り過ぎた先に新たな上り階段が待っていた。

「純喫茶　イナンナ」

「英國紳士」(蝶《ちょう》ネクタイ屋?)

「EACHOTHER語学教室」

「指人形専門店　サムアップ蜜村」

「日焼けサロン　しげる」

「トリックサイコロ専門店　1ブンノ1」

「葵マークの刺繍教室」

「JA　LA　LA」(携帯ストラップ専門店?)

「オーストラリア料理　くろこだいる・だんでぃ」

「高田楽器店」

「木彫り熊専門店　蝦夷地ミツムラ」

「オーガニック・ハンバーガーショップ　バンクーバー・ハンバーガー」

「革製品・修理　レザー丸」

「四柱推命　アクアマリンのママ」

「鉱石ショップ　ビッグ・あーす」

「おかゆ専門店　みつむら」

「ファミコンショップ　B-DASH」

「休憩だ、休憩」

階段を上りきった踊り場で、膝に手をつき、カラス女の視線も気にせず息を整えた。膝の内側がちりちりと痛かった。コツーン、コツーンと常に同じ拍で床を打つヒールの音が止まる。どういう心肺機能を持っているのか、しゃんと背筋を伸ばし、微動だにせず女は真後ろから俺を見下ろしている。

額の汗をぬぐい、身体を起こした。

表面を甲板のように細長い板を並べて覆い、それを青ペンキで塗ったドアに、正方形の表札が打ちつけられていた。

「8×8」

確かに、「はっぱ、ろくじゅうし」だ。

しかし、「8×8」という表記の下に「e·i g h t　b y　e·i g h t」と小さく書かれている。おそらく、これが正しい読み方だろう。どう見ても、おしゃれ方向にアピールしたいドアの装飾具合であり、この店を「はっぱ、ろくじゅうし」などという、焼酎《しょうちゅう》居酒屋系統の呼び方をしてしまうあの電話の主の感性はだいぶ古いなと思いながら、

「たぶん、ここだな」

と振り返って、ちらりと女の表情を確かめた。胸の前で腕を組んでいるせいで、無用

に谷間が強調されている。身構えているような気配は見られない。俺は女に、電話の相手がここに来いと言っていた、としか伝えていない。ならば、ドアを開けた先に相手が待っている可能性もあるだろうに、どこまでも女は泰然としている。ひょっとして電話で持ちかけられた内容を知っているのか？　と勘繰りそうになるが、女の表情から判断できることなど何もなかった。

なるようになれ、とばかりに勢いよくドアを開けた。

目の前に、Tシャツが浮いていた。

「美髯公《びぜんこう》」

と筆で書かれた隣に、ヒゲの長い武将が艶《あで》やかに描かれたTシャツが天井から吊《つ》り下げられている。店の奥まで視界に収めると同時に、

「何だよ――、かっこいいな」

と思わず感想が口から漏れ出た。

これまで登場したテナントと同じ長方形の間取りだが、大きく異なるのは天井のダクトや配線が剝《む》き出しになっているところだ。天井には全面に白色の金網が巡らされ、あちこちからTシャツがハンガーにかけられぶら下がっていた。売り物はTシャツだけではない。ジーンズのコーナーもあれば、スニーカー、バッグも棚に並んでいる。つまり、この店はおしゃれな服飾雑貨を販売するセレクトショップのようだ。

窓にはカーテンもブラインドもなく、外光を取りこんだ店の雰囲気は非常に明るい。

ドアを入ってすぐの場所にディスプレイされているTシャツには、いずれも幾何学模様やグラフの曲線や化学式のようなデザインが施されていた。壁際のラックにはチラシが置かれ、ライブハウスやらクラブやらの宣伝物が並んでいた。一枚、手に取ってみた。記載されているライブ開催の日付は二十二年前のものだった。

こんな常軌を逸した状況で、何かを信じる必要など何もないのに、無意識のうちに、カラス女の唱える過去のテナントが順に現れているという説を肯定し始めている自分がたまらなく嫌だった。窓際に立ち、ガラスに額を近づけると、眼下に広がる街並みが見えた。もはやバベル前の道路がどう、左右のビルがどうという高さではなかった。ちょっとした展望台の眺めだった。窓の金具を回し、開けてみる。途端、前髪を吹き飛ばす勢いで、とんでもない突風に煽《あお》られた。

「わ、わっ」

慌てて窓を閉めるが、店じゅうからカチャカチャという音が鳴り響いている。天井から吊《つる》したTシャツが揺れているのだ。壁際のラックからも、チラシが派手に吹き飛んでいる。それまでカーテンのように布地が塞いでいたラックの下段のカバーがめくれ上がり、内側が剝き出しになっていた。

金具に手をかけたまま、俺は動きを止めた。

電話で言われたとおりの青色の段ボール箱が、そこに収まっている。

サッカーボール一個が入るほどの、小さくもなく、大きくもない箱だった。

女が奥のレジカウンターをのぞいているのを確かめてから、そろりとラックに近づいた。腰を屈《かが》め、両手で箱を持ち上げる。とても軽い。何も入っていないのではないか、というくらい手応《てごた》えがない。あの電話の主が女に渡せと言ってきたのはこれのことだろうか。だが、これって、空っぽだろう。

近づいてくるヒールの音に、俺はハッとしていったん箱を置き、立ち上がった。

「いないわね」

散らかったチラシを踏みつけ、窓際まで進んでから女はつぶやいた。

そりゃ、いないだろう。女が去ったら俺を迎えにいくと電話で言っていたのだから――

――、とは口にせず、

「なあ、一つ質問していいか」

と声をかけた。

「お前が目的を完遂したとする。つまり、お前が会いたがっていた大九朔を排除するんだ。するとここは消滅し、ついでにお前も、俺も、消えてしまう――、そんな話だったよな？」

「ええ、そうね」

「この場所の何が駄目なんだ？　確かに何から何まで、ここはどうかしているだろうよ。でも、お前はいくらビルで空き巣を繰り返しても、ここに入れなかったんだろ？　俺だって、こんな場所の存在を知らなかった。誰もが知らない。なら、このまま放っておこうぜ。そこまで目くじらを立てなくても、いいじゃないか」

「バベルが崩れる前に清算すること。それが私たちの役目。そのためには、大九朔を排除しなくてはいけない」

「待て待て」

俺は手を挙げ、女の言葉を遮った。

「その大九朔退治のついでに、俺が消えるっていうのか？　わかっているのか？　お前も消えるんだぞ？　死ぬってことだぞ？　誰に頼まれて、こんな狂信的なことに励んでいるんだ？　そもそもお前は何なんだ？　どうして、そんな目玉をしているんだ？」

カラス女は腕を組み、窓の外をのぞいた。グロスを塗られた口元が、まるで別個の陶器のように女の顔に貼りついていた。どうやら、答える気はないらしい。

「よし、切り口を変えてみよう。もし、お前がここでのミッションに失敗したら、俺はどうなるんだ？　やはり、消えてしまうのか？」

「消えないでしょうね。大九朔はあなたの存在を必要としている。だから、このバベルにあなたを呼んだ」

「あと、一つ聞かせてくれ。俺の原稿はどこにある？　このまま上っていけば、手に入るのか？」

「言ったでしょ。ここはあなたが知っているバベルじゃない」

「じゃ、俺がこのままお前といっしょに行動したところで、原稿には出会えないってことか？」

「そうなるわね」

一瞬で、答えが出てしまった。

俺はラックの下段から段ボール箱を持ち上げた。どちらの話を聞くべきか、火を見るよりも明らかだった。そもそも、この女の頭には「戻る」という選択肢がハナから存在しないのだ。少なくとも、あの電話の主は俺に「戻りたいか」と訊《たず》ねてきた。その条件とは、この女を消すことだ。

「これ、お前にやるよ」

窓際に立つ女の正面に進み、箱を差し出すと、女はあっさりと受け取った。

「何かしら」

「実はさっきの電話の相手に、言われていたんだ。青い箱に、お前への手紙を入れてあるから渡してくれって。本当にあるとは思っていなかった。たぶん、この箱だ」

さすが小説家を目指しているだけあって滑らかに嘘が口から流れ出る。女は無言で箱の表面にサングラスを向けていたが、「そう」と警戒する様子もなく上ブタを開けた。

何も、起こらなかった。

「入っていないわね」

一歩足を進め、箱の底をのぞいてみた。

確かに、何も入っていない。空っぽである。

そうだ、ここで何かついでに言うんだった。

「去れ」

電話での指示を思い出すと同時に、唇からほんのかすかな、俺自身ですら聞き取れぬほどの声でつぶやく。

箱の底で、ゆらりと空気が歪《ゆが》んだように見えた。さらには光の粒のようなものが、炭酸水の泡のように浮き上がってくるのが見えたとき、いきなり女の片手が俺の首をつかんだ。

「がっ、ま、待って……」

のどに容赦なく、爪が食いこむ。

声が出ない。その前に息ができない。両足が床を離れ、まさかこのまま窓ガラスに頭から突っこむなんてことないよな、と目の前に迫るガラス越しの青空に底知れぬ恐怖を覚えたとき、俺の身体は勢いよく宙を舞っていた。

きっとあの少女もこんな角度で遠ざかっていく女を見たのだろうか——。そんなことを、ふと思った。

女が叫んでいた。

人の声ではなく、あのカラスの声で。

次の瞬間、爆発が起きた。

フロアが地響きとともに揺れ、商品が片っ端から吹っ飛んでいく。

背中に鈍い衝撃を受け、うめく暇もなく頭に降ってきたTシャツとジーンズを払いのける。何が起きたのかわからず、とにかく顔を上げたら、目の前の風景が消えていた。店の壁面がまるまる破壊され、その向こうにぽっかりと空が見えた。俺はというと、店の奥に転がっているようだった。あの女に首をつかまれ、ここまで投げ飛ばされたのだと理解するまで数秒の時間が必要だった。

フロアに入りこんだ風が竜巻のようにうなりを上げ、天井から吊されたTシャツが引きちぎられんばかりに躍っている。スニーカーが飛んでいく。バッグが飛んでいく。Tシャツもハンガーから引き剝《は》がされ、店じゅうの商品が風に揉《も》まれ、次々と青空へと吸いこまれていった。

「駄目だ……、マズいぞ」

何ということか、壁沿いの棚がゆっくりと動いている。風の力ではない。床が傾いているのだ。ハンガーラックがカラカラと音を立てて滑っていく。まともに目も開けられない風を受けながら、必死で首を起こす。カラス女が立っていた壁一面のガラス窓はもはやそこになく、途切れた床面から、あの青い箱が収められていたラックが倒れて消えていくのが見えた。

冗談じゃなかった。

身体がゆっくりと移動を始める。上半身をねじり、死にものぐるいで何かをつかもうとしても、すべてが滑り落ちているので意味がない。床に爪を立てたくても、腹が立つくらいつるつる素材だ。空が確実に近づいているのか、風がいよいよ生々しく耳を切って暴れている。身体を起こそうと何度も足で蹴《け》るが、サンダルの底が床に引っかからなかった。なぜだと顔を向けたら、何と言うことか、あの「美髯公」Tシャツがからみついていた。

何もできないまま、するすると床を滑り、あっという間にへりまで追いやられた。そんなこと気にしている場合ではないのに、カラス女のことを一瞬考えた。ひょっとしてあの女、俺のことを守ろうとしたのか——。

前触れなく下半身を支える感触が消え、俺は声の限りに叫んだ。

しかし、どれほど叫んでも、断崖《だんがい》となった床の終点から、腹、次に胸とじりじりと落ちていく。前方からレジカウンターが流れるように近づいてきて、一メートル隣の位置でゆっくりと傾き、音もなく落下していった。

今や腕だけが床面に残り、全身の体重を支えていた。どれだけ足をばたつかせようと、悲しいくらい何も触れるものがない。

駄目だ——。

一気に全身から力が抜けたとき、突然、両腕をつかまれた。

「九朔くん！　九朔くん！」

聞き覚えのある声に、いつの間にか強く閉じていた目を開けた。

どういうわけか、俺のよく知るスキンヘッドと、鼻の下の立派なヒゲがほんの数十センチの至近にあった。

四条《よじょう》さんが顔を真っ赤にして、

「九朔くん！　絶対に離すなよ！」

と風に負けぬ勢いで怒鳴っていた。

第六章　避難器具チェック、店内イベント開催

無我夢中で伸ばした指の先が硬い棒のようなものに触れた。

「三、二、一――、よいしょッ！」

説明がなくとも、四条《よじょう》さんの合図に、腕に渾身《こんしん》の力をこめる。身体が持ち上がったタイミングを逃さず、四条さんの手が俺の首の後ろをつかみ、Tシャツごと引っ張り上げた。頭の上のあたりで何ごとか叫んでいるが、風に散らされ聞き取ることができない。とにかく絶対に離すものかと棒のようなものを握り締め、四条さんの力を借りて己の胴体を引き上げた。

つるつるとした床面に頬をこすりつけ、肋骨《ろっこつ》に当たる硬い感触を確かめた。どれだけ斜めに傾いていようと、床に四肢を預けられる安心感は何ものにも替えがたかった。

吹き止むことのない風が髪を乱暴にさらっていく。まだ天井の金網のどこかに引っかかっているのか、ハンガーがカタカタと神経質な音をかき鳴らしていた。顔を上げると、黄色の二本のロープが平行にピンと張られ、その間を俺がつかんでいるものと同じ金属の棒がいくつも渡っていた。つまり、縄ばしごというやつだった。先を追うと、開けっ放しの入口ドアまで続いている。

「手を離すぞ、九朔《きゅうさく》くん！」

首の後ろをつかむ力が消え、俺に覆い被《かぶ》さる格好になっていた四条さんが、大儀そうに体勢を変える。なぜ四条さんがいっしょに床を滑り落ちてこなかったかというと、縄ばしごに足を引っかけ、自分の身体を固定していたからだ。さながら空中ブランコの上の役割を担う人のように、逆さの姿勢になって俺を確保してくれたのである。

背後に広がる清々《すがすが》しいまでの青空はいっさい視界に入れず、ぐらぐらと揺れる縄ばしごを一段ずつ上る。

「もう少しだ、がんばれ」

先にドアに到達した四条さんの手で引き上げられ、倒れこむようにドアを潜った。俺が踊り場に転がると同時に、四条さんは手すりに引っかけたハシゴの取っ手を外し、店に向かって投げ捨て、すぐさまドアを閉めた。

唐突に、風の音が消えた。

踊り場を押し包むシンとした静寂の底に沈むのは、男二人の息づかいだけだった。俺は踊り場中央に仰向《あおむ》けにひっくり返り、上下する胸に手を置いた。天井から注がれる無表情な光に目を細め、心臓の鼓動の数を数えながら、風に叩《たた》かれた肌から、耳から、荒々しい余韻が引いていくのを待った。

「何なの……これ」

最初に声を放ったのは四条さんだった。

首を傾けると、階段に腰を下ろし、ぐったりとした様子で頭《こうべ》を垂れている。汗に濡《ぬ》れた丸いスキンヘッドに、天井の照明の歪んだ光が反射していた。

「ありがとう……ございました」

身体を起こし、のどの奥から声を絞り出す。四条さんは面を上げ、右手で「いいってことよ」とジェスチャーだけで応《こた》えた。

一拍置き、互いに目が合うと同時に、

「どうして――」

という声が重なった。

どうぞ、と手のひらを差し出すと、いやいや、九朔くんから、と四条さんも譲ってくる。

「いえ、四条さんからどうぞ」

じゃ、と四条さんは軽く咳払《せきばら》いしたのち、

「何で、あんなところに引っかかっていたの」

という率直な疑問をぶつけてきた。

難しい問いかけである。これまでの経緯を一から披露するのは時間がかかるし、何より今はその気力が足りない。仕様がなく、

「いきなり爆発したんです。床が傾いて、あそこまで滑っちゃって」

とだいぶ端折《はしょ》って説明したら、

「やっぱり、爆発だよね。地震とは違う感じで、天井の蛍光灯がカタカタ鳴って、床もどどんと揺れて、驚いて下りてきたんだ。ドアからのぞいたら、九朔くんがいたから、

もっと驚いた」

と案外、伝わったようである。

「怪我はなかったかい？」

上体を起こし、あちこち触ったり、動かしたりしてみた。カラス女につかまれた首と、投げ飛ばされたときの背中の痛みがまだ残っているが、言うほどのものではない。

「大丈夫みたいです」

と首をさすりながら、探偵が発した奇妙なフレーズに気がついた。

「今、『下りてきた』と言いませんでした？」

「言ったよ」

「下りてきたって――、どこから」

「そりゃ、上の階から」

「どうして――、四条さんが上の階にいたんですか？」

「わからないよ、そんなこと言われても。あれ？　九朔くんは上からじゃないの？」

「俺は下からです。いや、その前に、どうやって、四条さんはここに？　あの絵に触れたんですか？」

「絵？　何だい、それ？　僕はただ自分の事務所から下りてきただけだけど」

「事務所って――、あの探偵事務所ですか？」

「それ以外、どこがあるの。スポーツ新聞を読み終わって、部屋の空気を換えたくて窓を開けようとしたら、外の景色が何も見えないじゃない。目の前にあるはずの向かいのビルが消えて、いきなり空が広がってるの。わけがわからないまま窓からのぞいたら、こう――見渡す限りだよ、街が全部、下のほうに広がっているんだ」

「ひょっとして……、上にそのまま、四条さんの事務所が残っているのですか？」

そうだよ、とあっさりうなずいて、四条さんは腰に手をあて立ち上がった。いかにも仕事中といった、スーツの下に白のワイシャツという格好である。ズボンのポケットからハンカチを取り出し、四条さんは顔を拭《ふ》いた。シャツもぐっしょり汗で濡れ、下のランニングが透けて見える。

「いやあ、あのとき窓を開けなくてよかったよ。この風の強さだったら、あそこじゃ、どうなっていたかわからない。とにかく、下に行こうと思って、部屋を出たんだ。それからずっと階段で参ったよ。もう膝《ひざ》が痛い。今も無理しちゃって、さらに肩も痛い」

俺を救出する際に負ったダメージを言っているのだろう。大丈夫ですか、という俺の声に、そうねえ、と難しい顔をしながら、四条さんは右肩を回す。

「ちょっと、待ってください」

ハタと気づいた事実に、俺はしばし床面の模様のようにも見える色むらを凝視した。

「てことは――、このまま階段を上ったら、俺の部屋があるんですか？」

「そりゃ、僕の事務所があるんだから」

まじまじと四条さんを見上げた。当たり前じゃないか、という顔で、探偵は首筋をハンカチで拭いている。

「どうしたの、何だか、顔が赤いよ。大丈夫？」

この階段を上り続けると、俺の部屋がある。俺の部屋には原稿がある。ぼんやりとしていた頭が急に回転を始める。だが、考えることなど特になかった。もしも、俺の部屋が上にあるのなら、そこに行くしかない。

「それにしても……、よく、はしごなんか見つけましたね」

「ドアを開けたら、すぐのところにあったから」

「そんなの——、ありましたっけ？」

「グレーの箱が置いてあっただろ？　あれ、避難ばしごが入っている収納箱だよ。落ちずに窓枠に引っかかっていたから、すぐに中身を取り出して、その手すりに引っかけたんだ」

火事になった際の逃げ道を二つ用意しておかなければいけないという消防法の決まりに従い、バベルでは二階以上のテナントに避難ばしごを設置している。確かに俺の部屋にも窓際に箱が置いてある。しかし、中身などのぞいたこともなかった。これまで登場した階下のテナントにも置いてあったのだろうか。思い出そうとしても、普段から無視していた存在だけに記憶に引っかかりもしない。

「箱を見ただけで、はしごを使おうと思いつくなんて、さすが探偵だ」

まあね、と四条さんはハンカチをあてるようにして、スキンヘッドの表面の汗を丁寧に吸い取り、目の前の木の板で装飾された青色のドアを指差した。

「ここまで目茶苦茶になってしまったら、もう営業できないね」

四条さんの太い指の先には「8×8」の表札プレートが掛かっている。

「でも、もう営業してないでしょうから」

胸の動悸《どうき》も鎮まってきて、俺はようやく立ち上がった。何かが足にからむ感覚に視線を向けると、サンダルにTシャツが引っかかっている。手を伸ばして広げてみると、危うく俺の命を奪いかけた「美髯公」Tシャツだった。しばらく立派なヒゲの武将を眺めたのち、汗でべったりと身体に貼りついたTシャツを脱ぎ、「美髯公」に着替えた。少し大きなサイズだったが、すっきりとした着心地である。

「そうだ――、四条さん、『古美術とカレー　仁平』って知ってますか？」

「それ、どこかで聞いたことあるぞ……。確か、双見《ふたみ》くんの前に入っていた店じゃないか？　そうそう、思い出した。ひどい味の店だったんだよ」

「『タイ古式マッサージ　蜜《みつ》』は？」

「蜜村《みつむら》さんの前の店だね。お香の匂いがキツくて、階段を上って事務所の中まで流れてくるから、抑えてほしいとお願いしたことがあったなあ……。何で？」

「どういう仕組みかわからないけど、バベルから立ち去ったテナントが、順にここに登場しているらしいです。ひょっとしたらこの店も、ずっと前に潰《つぶ》れた店――かもしれないです」

「そうか——、じゃあ、ここはお墓ってことだ」

「え？」

「だって、死んだ店が順番に積み重なっているんだろ？　ということは、ここに来るまでに僕が前を通り過ぎたやつも、むかしビルに入っていたテナントだったのか……」

「四条さんも見たんですか？」

「見たよ。いっぱいあったもの」

「いっぱいって——、どれくらい？」

思わず上体を前のめりにして訊《たず》ねる俺に、

「覚えてられないくらいだよ。三十？　四十？　いや、もっとかな。もう果てしなかったよ。ということは……、嫌だなあ、僕も事務所を畳むことになったら、ここにカウントされてしまうの？」

と深刻なのか呑気《のんき》なのかイマイチ伝わってこない口ぶりで、四条さんはハンカチを几《き》帳面《ちょうめん》に畳み胸のポケットに収めた。

「それで、ここが何か、九朔くんは知ってるの？」

「わからないです」

「僕は、知ってるよ」

と正直に首を横に振った。

「何をです？」

「ここが何かということ」

はい？ 脱いだTシャツを丸め、踊り場の隅に放り投げようとした手を止めた。

「みんなの願いが叶《かな》う場所なんだよ——、ここは」

俺はまじまじと四条さんの顔を眺めた。やけに真面目な表情を保ち、いきなり何を言い出すのか。このディズニーランド・マインド探偵は。

「それ、何の話です？」

「実はね、もう試しちゃったんだ」

「試した？」

「ここに来る途中で、教えてもらったとおりにやってみたんだ。本当だったんだよ。ドアの前に立つだろ。それから目をつぶる。たったそれだけで、願いが叶うんだ。馬鹿みたいに簡単なやり方だと思ったけど、本当だった」

汗が引いたばかりだろうに、ふたたび顔を紅潮させ語り始めた四条さんを慌てて制止した。

「あの、すみません——。今、『教えてもらった』って聞こえましたけど」

ああ、そうか、と四条さんは一人うなずいて、

「ここまで下りてくる途中のフロアで会った人に教えてもらったんだ」

とけろりとんでもないことを口にした。

「人に会ったんですか？ ど、どこで？」

「そりゃ、店だよ。事務所からここまで、ひたすらこんなふうに店が続くわけでさ。一応、中をのぞいてみるよね。どれもがらんとして誰もいない、空っぽの店ばかりだったけど、一軒だけ、喫茶店だったかな？　人がいたんだ」

「そ、それって、まさか生きている人ってことじゃないですよね」

「そりゃ、生きているに決まってるじゃない。おじいさんがね、ひとりで座っていたんだ」

「おじいさん？」

「ずいぶん上品な身なりのご老人が、ゆったりとコーヒーを飲んでいてね。そこにおかけなさい、なんて声をかけてきて、僕もこんにちは、とか言って空いている席に座っちゃって。何でも知ってそうな顔をしているから、ここは何ですかって訊ねたら、とても丁寧に教えてくれた。ここは望んだことが叶うバベルという場所だ――って」

俺は穴が開くほど、四条さんの立派な口ヒゲから鼻にかけてのあたりを見つめながら、

「その人の名前、わかりませんよね？」

といつの間にか、からからになっているのどから声を放った。

「わかるよ。はじめに自己紹介してくれたから。ダイキューサク――って言ってた。九朔くんと似ている名前だけど、ダイがつくのは何だろうね？　ひょっとして、お知り合い？」

と四条さんはあっけらかんと答え、口ヒゲの端をどこか偉そうに指でつまんだ。

＊

探偵のあとに従って階段を上った。

フロアごとにテナントが現れても、「ここじゃないから」と中の様子をちらりとのぞく程度で、すぐに次の階段へと促される。なかなか厳しい先導である。


「ｃａｆｅ　蔵」

「ものまねパブ　ア・マネマネ」

「聞香道場　鞠小路」

「ビストロ　もんまるとる」

「蜜村クレープ館」

「五輝」（宝石屋？）

「溝渕模型店」

「月の涙」（スナック？）

「義経クラブ」（乗馬クラブ連絡所？）

「セレクト煎餅ショップ　みつむら」

「アメージング・グレイス」（生花店？）

「もう、そろそろじゃなかったかな――」

腰の後ろに両手を添え、指で押したり、背筋を伸ばしたりしながら階段を上り続ける四条さんには、どうやら目的とするテナントがあるらしい。

「人がいたところですか」

と探りを入れても、

「違う」

と首を横に振る。では、どこを目指すのかと訊ねても、

「行けばわかるさ」

と肩を叩《たた》かれ、はぐらかされてしまう。そこで、こう質問を変えた。

「どうして、そんなに平気なんですか？」

爆発現場の「8×8」を出発してから、階段と踊り場をすでに十階分以上は通過している。その途中、

「やっぱり、普段から運動していないと駄目だな。僕はもう腰に相当きちゃって」

などと頻繁に話しかけてくるくせに、四条さんは肝心なことは何も訊ねてこない。

たとえば、どういう経緯で俺がこの場所にいるのか、あの爆発は何だったのか、大九朔とは何者なのか――、いっさいだ。それどころか、こんな場所に探偵自身がなぜ迷いこむ羽目になったのか、という根本的な疑問さえ口にしない。九死に一生を得たばかり

の俺が平気じゃないのは当然だが、あまりに相手がマイペースな調子を崩さないがゆえに、ついこ「なぜ平気なのか？」となじるようなニュアンスで問いをぶつけてしまったところ、

「いや、平気じゃないよ」

と意外や即答で返ってきた。

階段の途中で振り返った四条さんに、「そりゃ、そうだよな。雑居ビルの四階で仕事をしているはずが、いきなりビルが伸びてしまったのだ。こんな説明がつかないことが起きて内心不安でいっぱいだろうが、年長者として俺に心配させないために、そうと見せず気丈に振る舞っていたのだ」と安心と尊敬の気持ちがにわかに湧き上がったのも束の間、

「こんなしあわせな気分に満たされたの、ひょっとしたら、生まれてはじめての経験かもしれない」

という予想外にもほどがあるコメントが、探偵の口から発せられた。

「しあわせ……ですか？」

何か聞き間違えただろうか。

「うん、しあわせだね。よろこびが溢《あふ》れている感じ。ほら、伝わらない？」

いきなり四条さんは両手を広げ、「来い」と言わんばかりに胸を向けてきたので、すっと一段、後ろに下がった。

「実を言うとね、僕ははじめから探偵という仕事を志望していたわけじゃないんだ。あ

れこれ紆余《うよ》曲折を経て、今の仕事に落ち着いたわけだけど、小さい頃はプロ棋士になりたいと思っていた。わかる、棋士？」

「将棋を打つ人のことですか？」

「あ、違うね。将棋を指すが正しい。打つとは言わない。『将棋指し』とは言うけど、『将棋打ち』とは言わないでしょ？　まあ、駒を打つとは言うけども」

ハア、と何の話かわからず、より困惑の度合いを深める俺に、

「中学生くらいまで、神童って言われていたんだ。あ、将棋の話ね。五歳から、近所の将棋センターに通って、小学生のときには大人と指しても負けなくなったし、大会でもときどき優勝していた。といっても、地方の大会だけどね。でも、中学の途中でやめちゃったんだ。バイクをやるようになってね。ちょうど暴走族がやたら流行《はや》っていた頃だった。田舎だったからさ、兄貴がチームに入って、つられて僕も走るようになって──。将棋だけじゃなくて、身体を動かすことも好きだったし、エンジンなんかの機械をいじるのも得意だった。でも、何より、あのスピードだよね。すっかり運転にハマっちゃって。将棋のほうは、そのまま自然とやめてしまった」

とバイクのアクセルを回す手の動きを何度か見せたのち、四条さんは胸のハンカチを取り出し、額に浮かんでいる玉の汗を拭《ふ》き取った。

「別に後悔はないんだよ。暴走族に入ったことは褒められた話じゃないけど、今の仕事に役に立っているところもある。いい人間にも、悪い人間にも会えたからね。でも、と

きどき思うんだ。あのまま、真面目に将棋をやっていたら、どうなっていただろうって。もちろん、プロの世界がとんでもなく厳しいってことは知ってるよ。あんな駅前の将棋センターで威張っている程度のレベルなら、それこそ掃いて捨てるほどいただろうしね。将棋の道を目指しても、万に一つも、大成することはなかっただろうな、とは思う。ただ、ウゥン……、何ていうんだろうな」

額から耳のまわり、首と拭いて、最後は広げたハンカチを頭頂部にはらりとのせた。

「僕の人生でもっとも、いや違うな。唯一、才能の片鱗《へんりん》があったと言えるのが、将棋だったんだ。ほかにも同じくらいのものがどこかにあるんだろう、と若い頃は思っていた。でも、そうじゃなかった。天は二物を与えない。いや、実際は一物も与えていなかったのかもしれないけど……。今でも、思うことがあるんだ。もしも、あのまま本気で将棋に向かい続けたら、僕はどのへんまでいけただろう、って。ひょっとしてのひょっとして、プロになれたかもしれない。いや、プロは無理でも、いいところまで食らいつけたかもしれない。それとも、全然箸《はし》にも棒にもかからなかったかも……。考えたところで、何にもならないとはわかっているけど、つい頭に思い浮かべてしまうんだよ。トイレで小便しているときや、風呂《ふろ》でシャワーの水があたたかくなるのを待っているときや、一人で食器を洗って皿をすすいでいるときなんかに、フッと——。この年になるとね、わかるんだ。向かい続けることこそが才能だったんだ。しがみつくでもなく、他に浮気するでもなく、当たり前のように淡々と何年も何十年も向かい続けることが立派な才能なんだ、って。あのときは、それがわからなかった。まあ、中学生にわかるわけないよね」

困ったような、照れたような笑いを浮かべ、四条さんは頭のハンカチを回収し、畳んで胸ポケットに戻した。

不意打ちのような探偵の言葉は、ひどく心に沁《し》みた。

なぜなら、まさに「才能」という言葉と睨《にら》めっこばかりしていた、バベルでの二年間だったからだ。

これまで文章を書いて褒められた経験は一度もない。そもそも文章に限らず、才能の可能性を他人にほのめかされたことすらない。小説の新人賞に原稿を送るも、あっさり最初の選考で落選するたびに、心に去来するのは「俺には才能がないのか？」という暗い問いかけだ。才能が自分に宿っているのかどうか、俺にはわからない。もしも、はっきりとそれがあると知れたなら、どれだけ気が楽になったことだろう。

だが、四条さんの告白は、才能という言葉が必ずしも万能の特効薬ではない現実を教えてくれていた。四条さんには才能があった。きっと、多くの人が認めるものだったはずだ。しかし、四条さんは将棋の道を目指さなかった。後悔はないと言うが、今になっても、消し去ることができない想いが、心のどこかで青き種火を保ち続けている。才能の有無にかかわらず、願いを叶《かな》えることの難しさを、四条さんもまた、人知れず噛《か》みしめながら生きてきたのだ。

これほどまで探偵に対し親近感を抱いたのははじめてだった。

太ももを持ち上げ、四条さんとの段差を詰めた。何もかもが中途半端な貧乏探偵だと思いこんでいた己の不明と非礼を恥じつつ、「8×8」でもらったのであろう肩のゴミ屑《くず》を払ってあげようと手を伸ばしかけたとき、

「でもね、願いが叶ったんだ。もしも、あのまま将棋を続けていたらどうなったか、知ることができた」

という声に、「あん？」と腕の動きを止めた。

「そこの場所で」

四条さんの指は階段の先を差していた。黄色と茶色の中間のようなガラスが一面に張られたドアだ。その上部に木の表札が掲げられ、

「けやき将棋クラブ」


と墨でしたためただけの簡素な名前が記されていた。

「将棋クラブだよ。僕が通っていた駅前のセンターもこんな感じの雰囲気だった」

四条さんは階段を上り、ドアを開けた。正面のカウンターに「王将」と彫られた大きな駒が飾られていた。

「どうぞ」

と四条さんに勧められるまま中に入り、カウンターの前へ進んだ。

「平日座料　一般三百円　大学生二百円　小中高生百円也《なり》」

という几帳面《きちょうめん》な筆の文字で書かれた、壁に貼られた料金表を目で追っていると、

「喫茶店で会った老紳士に教えてもらったんだ。ただこの入口に立って、心に思い浮かべるだけでいい。その店を扉にして願いは叶うだろう――」

という声が響いた。

振り返ると、四条さんがドア枠の真下に立っていた。

「そのときは冗談だと思ったよ。でも、ここに将棋クラブを見つけてしまって、ふと、やってみようかなと思ったんだ。いい加減、休憩もしたかったしね。遊びのつもりでここに立ってみた。もしも、あのまま将棋に打ちこんでいたら――。その続きを知りたいとね、願ってみたんだ」

股間《こかん》の前で両手を合わせ、目をつぶり、探偵は何かを祈るかのように、少しあごを上げた。

「それだけで、叶った」

四条さんはゆっくりと目を開けた。フロアに足を踏み入れ、いちばん手前の将棋盤を挟むパイプ椅子の一脚を引き、ギシッと音を立てて腰を下ろした。

「いつの間にか、ここが旅館の一室になっていた。こうして用意された将棋盤の前に座るんだ。僕はなぜか和装で……、でも、すぐにその理由がわかった。これから、タイト

ル戦が行われるのさ。僕が先に座布団に腰を下ろした。しばらくして、相手が現れてね。誰もが知っている、あの有名人だよ。当たり前のように、僕の前に座るんだ。横には立会人が座って、対局が始まる。そう、僕は挑戦者だった。星は五分、この一局をとったほうが勝ち。あと一勝したら、僕はタイトルを獲得できる。駒を並べながら、次々とイメージが蘇《よみがえ》ってくるんだ。あの将棋センターからプロ棋士になって、ここに至るまでの長い道のりがね。僕には選ぶことができなかった生き方を遡《さかのぼ》っていくんだよ。でも、それが決して夢じゃないんだ。だって、対局が始まって、僕はどう駒を動かすか必死で自分の頭で考えていたからね。本当の勝負なんだよ。そのときに、気がついた。ここがね、大きいんだ」

四条さんは両の手のひらをスキンヘッドに添え、その輪郭が広がっていくようなジェスチャーを見せた。

「ずっと大きくて、ずっと広いんだ——。中学生の頃とは比較にならないくらい、たくさんの攻め手を、守りのかたちを一度で考えられる。でも、それは一瞬なんだ。ワッと広がるんだけど、一瞬で収束する。とても静かだけど、熱い。直感だけど、深い。そんな頭の動きを実際に感じるんだよ。とても不思議な感覚だった。頭脳の限りを尽くして本気で戦っている僕がいる一方で、ここまで強く、大きくならなくては無理だったんだ、と冷静に俯瞰《ふかん》している今の僕もいて——、両者が同時にその場にいるんだ。それは何と言うか、とにかく……、最高の時間だった」

駒入れのフタを開け、四条さんは駒を一枚手にして、ペシリと盤の枠の内側に打った。

「それで……、どうなったんですか」

「勝った。九十七手目に7九飛で相手が投了」

ここは「おめでとうございます」と言うべきなのだろうか。どう返したらよいかわからない俺の前で、四条さんは将棋盤の駒をすうと進め、「じゃ、行こうか」と立ち上がった。

「行くって――、どこへ」

「次は九朔くんの番さ」

探偵は俺の肩をぽんと叩《たた》き、

「対局のあと、横に置いてあったオレンジジュースを飲むと、脳に染みこむようにうまかった。何時間も戦ったから、とにかく身体が糖分をよろこんじゃって、勝手に目の下あたりに震えがくるんだよ。あんなにうまい飲み物はなかったね」

とコップを口に運ぶ真似をしながら、ドアに向かった。

＊

疲れはかなり足に来ている。

もはや無の境地に至った気分で階段、踊り場、階段、踊り場、階段、踊り場を繰り返す。ただ足元だけを見つめ一段一段と踏むうちに、整然とした直角が連なるはずの段が歪《ゆが》み、奥行きを持ち、かと思えば眼前にまで迫ってきて、そろそろ頭の具合がどうにかなりそうだ。声を出すのもおっくうで、先を進む四条さんとの会話は途絶えたままである。踊り場に現れたテナントをのぞく興味さえなくなり、ガラス越しに内側をちらりと透かし見るだけで、「行くよ」という四条さんの合図に移動を再開する。その繰り返しである。


「マヨネーズラーメン　四大文明」

「手芸雑貨の店　エヴリデイ」

「at　ワンピース」（ジグソーパズル専門店？）

「ステッキ専門店　みつむら」

「BAR　Mosquito」

「絶叫」（ヘビメタ系Tシャツ屋？）

「藍コーヒー店」


「何ですかね、これ……。四条さんに会うまでも、ときどきこのタイプの入口を見かけたんですけど」

将棋クラブを出発してから、数えて七番目のテナントが現れたときだった。

四条さんに、ひさしぶりにまともに言葉をかけた。なぜなら、テナントの入口が無色透明なガラス張りのドアだったからだ。これまで何度か遭遇した、ドアノブも表札もなく、ただガラス面を押して入るだけの、実に素っ気ない構えである。

「路面店なんだよ」

ドアの前で足を止め、四条さんはあごでガラス扉の向こうを示した。テーブルにイス、一見して喫茶店とわかるインテリアが並んでいる。壁には「薫り高い珈琲《コーヒー》をどうぞ　藍コーヒー店」と書かれた木の札が貼られていた。

「ほら、そっち側は窓だろ？」

ガラス越しに左手をのぞくと、これまで通過してきたテナントと同じく、壁面に窓が横一列に並んでいる。

「『レコ一《いち》』を思い出してごらんよ。一階の路面店なら、歩道に直接つながる入口があるはず。でも、ここでそれを忠実に再現するわけにはいかないから、こうして階段と接続するように入口を移したんだろうね。本当は存在しないドアだから、つくりも適当なんだよ。店の看板もない」

ハハア、と明快な解説に思わず声が出てしまった。

「見事な探偵の洞察力ですね」

「実は、さっき通り過ぎたマヨネーズラーメン——、あれ、僕が大学生の頃に話題になって、一度寄ったことがあるんだ。驚くほどマズくてねえ……。それで、なるほど路面店もこうやって登場するのか、と気づいたわけ。地下のテナントの場合だと、今度は窓がないはずだから、ここに登場するときは適当に窓を壁面にくっつけているんだろうね」

やはり、かつて神童と呼ばれていたのは伊達《だて》ではない。疲れているであろうに頭の冴《さ》えもなかなかである。しかし、ならばどうして、あの「ホーク・アイ・エージェンシー」はああも閑古鳥が鳴き、家賃滞納でスリーアウト直前まで追い詰められていたのだろう、などと余計な疑問を抱きながら、次の階段を上っていると、

「着いた」

といきなり声が響いた。

顔を上げた先に、またもやシンプルな看板も店の表示もないガラス扉が踊り場に待ち受けていた。ここもかつての路面店ということか。

「のぞいてごらんよ」

ドアの前に立つ探偵は、肩で息をしながらも口元に笑みを浮かべ、手招きとともに場所を譲った。

ガラスの向こうには書架が並び、すぐ左手には新刊本をずらりと並べているコーナーが見えた。

疑いようもなく本屋である。

ドアを開けると、こもった匂いが鼻腔《びこう》に潜りこんだ。新刊コーナーに進み、そこに山

のように積んである四角くて分厚い一冊を取る。表紙をのぞくと二十九年前の『現代用語の基礎知識』だった。

「九朔くん」

四条さんの声に振り返った。

「心に浮かべるだけでいいんだ。僕が将棋クラブでやったように。九朔くんにだってきっとあるだろ？　こうしたかったこと、こうなりたかったこと。ここで目をつぶって、それを心に描いてごらん。だまされたと思って一度だけでいい。別に損することは何もないんだから」

なるほど、これが俺をここまで連れてきた理由だったのか。

「本気ですか？」

と笑いながら、俺はごまかすように店内を見回した。

こぢんまりとした店内の雰囲気は、駅裏すぐの場所にあった個人経営の書店を思い起こさせた。「あった」という過去形を使うのは、ほんのひと月前に潰《つぶ》れてしまったからだ。この二年間、何度もあの書店で、応募した新人賞の行方を確かめた。選考結果が掲載された雑誌を見つけ、発表のページを息を止めて探す。名前だけがいくつも並ぶページを後ろのほうに見つけた途端、落ち着こうとする前に目玉が勝手に動いてしまう。しかし、俺の名前はない。きっと急ぎすぎて見逃してしまったのかも、と再チェックするがやはりない。執念深く再々チェック、再々々チェック。結局、十度くらい同じページを確認してから雑誌を閉じる——。

「九朔くん」

ふたたび呼びかける声に、背の低い書架が並ぶ店内から顔を戻した。

「ここに立つんだ。それから目をつぶる」

さあ、と探偵が入口ドアの手前で手で招く。

こうも真剣に勧めてくる相手の熱意が滑稽《こっけい》でもあるが、休憩がてら好きなことを思い浮かべるくらい何の罪にもならないだろう。

「ここですか？」

言われたとおりにドア前の場所に立ち、妙なことになったと心で苦笑しながら目を閉じてみた。

「そして願う」

本屋の匂いを感じながら願うことといったら一つしかない。

しばらく、同じ姿勢で待ってみた。

特に変化は感じられない。

もしも、この本屋がバベルに健在だったなら、一階で賞の結果を知り、肩を落として五階まで戻るということを繰り返したのかもしれない。想像するだけで、あの重油のようにどろりと心に絡みつく、みじめな気分がぶり返してくる。きっと、そのときはあいさつを活発に交わし合う、カラスの鳴き声が最高に癇《かん》に障っただろうな——と思わず心で舌打ちしたとき、急にざわざわとした音が聴覚を押し包んだ。探偵一人の話し声とは思えぬ、奥行きと人の多さを感じさせる、まるで場所が変わったような響きに目を開ける。

いつの間にか、歩いていた。

天井近くまである背の高い書架が左右にずらっと並んだ通路を足早に進んでいる。

書架の先にはエスカレーターが見え、続々と人を運んでいた。どうやらかなり規模の大きな本屋の中にいるようだ。先導役の男性にふらふらと従う俺の隣には、メガネをかけた小柄なスーツ姿の女性が寄り添うように歩いている。俺はこの女性が何者かを知っている。さらには、自分がなぜここにいるのか、どこに向かおうとしているかまですでに了解していた。縁日の屋台で、たらいに似た円形の機械に割り箸《ばし》を差し入れると、そのまわりにふわふわと綿菓子がついていくように、頭の中に情報が勝手につけ加えられていくのだ。

向かう先に人の列が見えた。五十人くらいだろうか、壁際に一列に並んでいる、その横を通り抜ける。本を読みながら列に立っていた若い男性がふと顔を上げた拍子に、お互い目が合った。男性は「あ」という驚いた表情を一瞬見せたのち、ぺこりと俺に向かって頭を下げた。

そのまま先頭まで進むと、書架が途切れ、ちょっとしたイベントスペースが現れた。

そこには人の列と相対するように机が置かれていた。隣のメガネの女性に促され、机の向こうに回りこみ用意されたイスに座った。

「よろしいですか」

女性の声に、俺はおもむろにうなずく。

「それでは、これから小説家、吾階《ごかい》九朔先生のデビュー記念サイン会を始めます。今回は先生にとって、はじめての単行本の刊行、もちろんはじめてのサイン会になります」

先導してくれた男性、つまり書店員の紹介のアナウンスを合図に、俺のサイン会が始まった。

そう、俺はデビューしていた。もちろんデビュー作とは、あの応募締め切りの日に滑りこみで送付した、三年かけて書き上げた渾身《こんしん》の「大長編」だ。ちなみに、先ほど紹介された「吾階九朔」というのは俺のペンネームだ。言わずもがな、五階で書いているから「吾階」である。

「こ、こんにちは、吾階さん。よ、よろしくお願い、します」

かすれた声とともに、見るからに緊張の面持ちで眼前に現れたのは若い女性だった。

「せ、先生の本。とても、楽しかったです。特に、カラスと悪戦苦闘するところ。あの、私も、しょっちゅうカラスに家の前でゴミを荒らされるから、そう、そう、って感じで読んでしまいました。あ、すみませんッ、全然関係ない話しちゃって」

頰のあたりから耳にかけて真っ赤に染めながら、丁寧な感想を伝えてくれた読者に対し、俺は何か気の利いた言葉を返すべきなのだろう。しかし、はじめて面と向かってぶつけられた生身の感想に、カアッとのぼせてしまい、「あ、ど、どもです」というゼロ点の受け答えしかできなかった。不甲斐《ふがい》ない著者に代わり、

「これからもよい作品を出していきますので、応援よろしくお願いします」

と如才ない返事をしてくれたのは隣に立つメガネの女性だ。彼女は俺の担当編集者だった。

目の前に、表紙を開いた本が差し出される。

太マジックのキャップを取り外し、相手の名前をフルネームで書く。しまった、いきなり大きく書きすぎた。俺のサインを書くスペースがなくなってしまったぞ。それを見た担当の女性が素早く「隣のページでいいですよ」と助け船を出す。そうか、と隣のまっさらなページにマジックの先を移し、第一号のサインをする。この日のために準備していた、「5F91」をあしらったオリジナルのサインだ。言うまでもなく、「吾階」からの「5F」と、「九朔」からの「91」の組み合わせである。「朔」は「ついたち」と読むこともあるから「1」というわけだ。

何度も練習してきた成果の見せどころとばかりに、流麗にサインを書いて、日付を添えた。

「今日は、わざわざ、ありがとうございました」

と少しだけ落ち着いた気持ちで頭を下げたら、

「あの、よかったら、握手してもらっても、いいですか？」

と女性が小さな手を差し出した。

「え」

まさか、この世の中に、俺とわざわざ握手したいと思いつく人間がいるなんて想像もしなかったから、かなり面食らった。請われるままに「あ、はい」とシャツの脇腹で手のひらを拭《ふ》いてから握手した。女性の手は、ひんやりとして細く、それでいて少しやわらかかった。今になって気がついたが、俺が着ているTシャツには「美髯公」という文字とともに髭《ひげ》の長い武将の絵が描かれている。ずいぶんラフな格好で、記念すべき最初のサイン会に挑んでしまった。

「ありがとうございました。次の方どうぞ」

冷静な担当編集者の声に、人の列が一つ進む。また一冊、サインする。それを自分の母親くらいの年齢の女性に手渡す。会社時代の部長によく似た男性に手渡す。カップルできてくれた人に、子連れの人に手渡す。そのうち、四人に一人と握手する。クッキーをひと箱もらう。よくわからない根付を、手ぬぐいを、ファンレターを二通もらう。写真を撮りたいというオファーは、恥ずかしいからやめてくださいと断った。

「いやあ――、大盛況だね。改めて、デビューおめでとう」

聞き慣れた声の登場に「おや」と顔を向けると、スーツ姿にスキンヘッドの探偵が立っていた。

「あ、四条さん。仕事はいいんですか？」

「九朔くんの栄えある門出だよ。休業だよ、休業」

「四条さんなら、いつでもサインしますけど」

「何、言ってんの。こうやって、サイン会でやってもらうというシチュエーションが大事なんだよ。でも、本当によかった。僕は信じていたよ。君は必ずデビューする人だって」

いやあ、と照れながら、俺は表紙を開いて差し出された本にマジックを添える。

「どうだい――、この世界は？」

「え？」

ペン先が一瞬紙に触れたところで、俺は面を上げた。

「ずっと、ここにいることだって、できるんだ。この場所なら、九朔くんが望むことが、何でも叶《かな》う。このまま作家として、もっともっと、有名になることだってできる」

口元にとてもやさしげな笑みを浮かべ、四条さんは口ヒゲをちりちりとつまんだ。いきなり、何の話かと訝《いぶか》しむ気持ちと、すでにその意味を十分理解している気持ちとが同時に湧き起こる。まるでテレビに映っている自分を、どこかで眺めているような奇妙な感覚に襲われながら、俺は四条さんをぼんやりと見つめた。

「僕は、ここにいる」

探偵は低くささやいた。

隣には担当編集者が立っているし、サイン会とは関係のないお客も書架の前を行き来している。四条さんの後ろには、まだ順番待ちの列が残っている。しかし、まるでこの場には、俺と四条さんの二人しかいないかのような静寂が、机のまわりを包んだ。

「今の言葉を口に出して言ってみるんだ。それだけで、すべてが叶う。厳しい現実とは、おさらばさ。君がこれまで注ぎこんできた情熱を、時間を、本当のものにすることができる。だから――、言ってごらん」

俺はマジックを手に、固まった姿勢で四条さんの慈しむような眼差《まなざ》しを受け止めた。

「この場所なら、どこまでだって成功することができるし、すべては思いのままさ。だから、『僕は、ここにいる』と言うんだ。それだけで、この世界は君のものになる」

どこでだったろうか。こんなふうに、言われたとおりにセリフを口にしたことが、最近あった気がする。

「去れ」

不意に、耳の底のほうで誰かの声が、いや、俺に似た声が聞こえた気がした。同時に、爆発とともに壁面が丸ごと吹っ飛び、フロアになだれこんできた強い風が顔を容赦なく叩《たた》く感触が、さらには首と背中の後ろあたりに走る嫌な痛みが、畳みかけるように蘇《よみがえ》った。今のは何だ？　どこでの出来事だ？　俺の直接の記憶か？　それともテレビで見た映像か？

「あの――、四条さん」

「なんだい？」

「この店、知っていますか？　俺が着ている、この『美髯公』Tシャツを売っていた店なんです」

自分でもなぜこの質問を投げかけたのかわからないまま、本当ならばサインをすべき、本を開いた場所に、手にしたマジックで「8×8」と書いた。

「これが、店の名前です」

ふむ、とうなずき、四条さんは口を開いた。

「はっぱ、ろくじゅうし、かい？　いやあ、知らないなあ。どうして？」

その瞬間、何かを理解した。とても大事な、何かだ。マジックの先で、トントンと「8×8」の上を叩いた。だが、理解したはずの何かをかたちに組み上げることができない。これからサインを書かなくてはいけない四条さんの本に乱れた点が増えていく。不意に現れた裂け目の向こう側に、一瞬、引っかかっていたものの正体を見た気がしたのに、つかみ取ることができないまま、裂け目があっという間に閉ざされていく——。

「さあ、言ってごらん」

机に両手をつき、四条さんはのぞきこむように顔を近づけた。その声はとても甘美な響きを引き連れ耳の穴から滑りこんでくる。声に合わせて、まるで水飴《みずあめ》のようにどろりとしたものが目の奥あたりに流れこみ、サイン会の途中だというのにまどろみが襲ってきた。まあ、いいか、と思った。俺は小説家を目指してきた。許されるなら、これからも小説家であり続けたい。あのバベルの五階で、か細く放ち続けた声が届き、長く閉ざされていた門が開いたのだ。俺が今いる場所は、小説家を志望するすべての人間が目指してきた頂だ。これからもここにいて何が悪い。

俺はマジックのキャップを閉めた。

四条さんが声を出さず、口の動きだけで、

「僕は、ここにいる」

と透明な言葉を発した。

四条さんに向かってうなずき返し、口を開こうとした。

そのとき、いきなり右の手首をつかまれた。

マジックが弾《はじ》かれるように机を転がり、落ちていく。驚いて顔を向けたが、そこにいるはずの担当編集者の姿はなかった。

「駄目よ」

代わりに、黒いワンピースを纏《まと》った少女が立っていた。

「絶対に言っては駄目。永遠に元の世界に戻れなくなってしまう」

太い眉《まゆ》の下から刺すような視線を放ちながら、少女はさらに強く俺の手首を握りしめた。

＊

この少女は誰なのだろう。

おそらく、サイン会に並びにきたわけではないのだろうな、とひどく動きが鈍くなっている頭に、

「戻る、って言って」

という少女の声が届く。イスに座る俺よりも、少し低いくらいの背丈から見て十歳くらいだろうか。目の前に小さな顔が位置しているにもかかわらず、その声はとてもか細く、遠くからのものに聞こえた。

「おい、未来の大先生」

四条さんの呼びかけに俺はふらりと視線を戻す。

「そう、こっちを見るんだ。『僕は、ここにいる』と言うんだ」

探偵の表情は見たことがないくらい真剣で、その眼差しの力強さに導かれるように、投げかけられた言葉はストレートに頭の中にこだました。

「君が願っていることは何だ？　挑んできたものは何だ？　たったひと言、口にするだけで、君はすべてを得ることができるんだよ」

思わず引きこまれ、尻《しり》を浮かしそうになったところへ、手首に鋭い痛みが走った。机の上の手に、少女が容赦なく爪を食いこませたのだ。

「な、何だよ、いったい」

なぜだろう、少女ははっきりとそれとわかる悲しみの色を瞳《ひとみ》に浮かべながら、さらに

爪を立てた。

「目を覚ますの。ここはあなたの世界じゃない。ここはバベル」

少女の「バベル」という言葉に、心の内側で何かが跳ねた。一瞬のライトの明かりを受け、浮かび上がった文字のように、「はっぱ、ろくじゅうし」というフレーズが蘇る。たった今、聞いたばかりのはずなのに、それが何を意味するのか、思い出すことができない。しかし、思い出すべき大事な何かが含まれていると、確かに頭が知っていた。この少女が誰なのかという答えと同じくらい、すぐそばに転がっている予感がある。まるで、正解を持ち去ったまま、もう一人の俺がほんの数センチずれた位置に重なっているかのように、わかっているのに手が伸ばせない。

「さあ」

と四条さんがまっすぐな目で右手を差し出した。自らの意思で、少女による縛《いまし》めをほどくよう求めているのだ。俺は四条さんの無骨な指を見つめた。指の背の部分にしっかりと毛が生えているさまが、いかにも俺の抱く探偵のイメージを守っていた。

俺は少女の手の甲に左手を置いた。

「ありがとう」

とうなずいて見せた。少女は揺れる表情を宿したまま、しばらくの間、俺の顔を見つめていたが、これ以上、訴えることをあきらめたのか、それとも何かを覚悟したのか、立てていた爪を収めた。

「言葉よ。このバベルでは言葉にすることで決まるの」

と託すように告げ、小さな手を引き抜いた。

俺はイスから立ち上がった。

四条さんはやさしげな笑顔を浮かべ、右手を差し伸べ、待っている。

「四条さん」

「ウン」

「間違っている」

「え？」

「何が間違っているのか、はっきりわからないけど、たぶん、四条さんは正しくない」

目元のしわが細かく変化して、一転、困ったような笑みが探偵の表情を覆う。俺の右手が机に残されたまま動かないのを見て、四条さんはいったん手を引っこめ、それを口ヒゲへと持っていこうとしたとき、不意に、その背後に黒い影が立ち上るのを見た。

カラスだ。

刹那《せつな》、そう思った。

どこからどう見ても人なのに、全身黒一色を纏《まと》い、長く伸びた脚もまた黒で覆われ、さらには顔の上半分を覆うほどの巨大なサングラスをかけているせいか、なぜかカラスを連想してしまった。とんでもなくスタイルのよい女性だった。胸元が大きく開かれ、谷間がくっきりと露《あら》わになっているが、それよりも足を進めるたびに全身に浮かび上がり、表面をすり抜けていく銀色のぬめりに注意が引かれ、やはり「カラスだ」と心で口走った。

カツーン、カツーンとフロアにヒールの音を響かせながら、女は四条さんの背後で足を止めた。

大きすぎるサングラスのレンズに、表情が固まっている俺の顔と四条さんのスキンヘッドの裏側が映っていた。女は四条さんの肩に手をのせ、耳元に唇を近づけた。

「残念だったわね、時間切れ」

その瞬間、女の腕が巻きついた。

声をかける暇もなかった。一瞬の動作の滞りもなく、なめらかに四条さんの首に腕がからみつき、スキンヘッドが唐突に別の方角に曲がった。

「ゴキリ」

と不自然な音が響いた。女が手を離すと、四条さんは糸が切れた人形のように机の向こうに崩れ落ちた。

「よ、四条さんッ」

机を押し出す勢いで、探偵の身体を追った。

「あれ――？」

たった今、崩れ落ちた四条さんがいない。そんな馬鹿なとさらに乗り出すが、大の大人ひとりの身体が完全に消えている。

「い、今、ここにいた人――」

助けを求めるように少女に顔を向けた途端、突き上げてくる強烈な視線にぶつかった。何かをこらえるように口元をきつく閉じ、少女は俺を睨《にら》み上げていた。太い眉毛《まゆげ》の下で光をたたえた瞳が何度もまばたきするのを見て、ひょっとして、この子は泣いているのかと気づいたとき、

「戻る、と言って。夢を見るのは、もうおしまい」

と揺れる声が聞こえた。

フロアを見回した。今の騒ぎを知ってか知らずか、相変わらずサイン会は続いている。俺の読者は静かに列を作って順番を待っているし、担当編集者はどこかに行ってしまったようだが、書店のエプロン姿の男性は今も脇に控えている。でも、俺は知っていた。楽しい時間は終わりだ。

「目をつぶって」

言われたとおりに、まぶたを閉じた。

短く息を吸いこんだとき、ふとタイトルは何だったのだろうと疑問が湧いた。担当の女性がページを開いてから差し出してくれたため、自分の作品の表紙をまだ一度も見ていない。俺はあの「大長編」にどんなタイトルをつけてデビューしたのだ？　これは確認しておかなければ、と思いついたときには、

「戻る」

とすでに口が声を放っていた。

聴覚を押し包む、空間の広さを伝えていたぼやけたざわめきが、すっと消えた。

「もう、いいわよ」

正面から積み木が崩れるような声が聞こえても、しばらく目を閉じたまま突っ立っていた。急速に戻ってくる記憶に、いや、戻るというよりも、目隠しを外され、塞《ふさ》がれていた視界を一瞬で理解するような勢いで、止まっていた時間が復活するのを感じながら、いま起きた出来事を反芻《はんすう》した。

「こんな簡単な手に引っかかるなんて、どうしようもないわね」

ゆっくりと目を開けた先に、カラス女が立っていた。

「今のは……、夢か？」

「あなたが望めば、それがあなたにとって現実になる世界。つまり、罠《わな》ね」

無機質な声色が、よりいっそうの冷たさを添えて鼓膜を打った。その言葉がすべてだった。俺は引っかかったのだ。何者かに利用され、コントロールされ、おそらく非常に危険な状況に身を投じようとしていた。

目を閉じる前と寸分違《たが》わぬ位置に、俺は立っていた。サイン会を開くための机さえ置くスペースがなさそうな狭い店内に少女の姿はなく、また四条さんの気配もどこにも感じられなかった。

「よ、四条さんは？　まさか、本当に死んだわけじゃないだろうな？」

「あなた以外に、この場所へ、外の世界から入りこめる人間はいないわ」

静かに断言して、女は胸の前で腕を組んだ。たった今、四条さんにからみつき、その首をへし折った腕に銀色のぬめりが走り、それが全身へと伝播《でんぱ》する。

「じ、じゃあ、あれは誰だったんだ」

すでに答えを知っている気がしても、訊《たず》ねずにはいられなかった。

「大九朔」

ひんやりとした言葉が鼓膜を打った。

その表情、その語り口、スキンヘッドに滲《にじ》んだ汗――、あの四条さんが本当の四条さんではなかった、というのがすぐには理解できない。いや、一日じゅう考えたって理解できないだろう。だが、偽者であってくれないと困る。本当の探偵は、今もあの閑古鳥が鳴く事務所で、退屈そうにスポーツ新聞を読んでいてくれないと困るのである。

「どうだったかしら？　水入らずのひさしぶりの再会は。あやうく取りこまれてしまうところだったようだけど。いえ、とうに取りこまれていたわよね。だって、私を殺したんだから」

何の前置きもなく、いきなり核心を衝《つ》く言葉に、俺は息を呑《の》んだ。

「い、いや、違う。違うんだ。俺は言われたとおりにやっただけで、まさか、あんなことになるなんて――」

「そう。やはり、あなただったのね」

ハッとして口を噤《つぐ》む。余計なことを言ったと気づいたが、もう遅い。

コンッと鋭くヒールの音を鳴らして、カラス女は一歩を踏み出した。腕を組んでいるせいで、より強調された、街の本屋にはどこまでも場違いな白い谷間が近づいてくる。

「待って――、待ってくれ。すまなかった、申し訳なかった、謝る、ゴメン。本当にゴメン。でも、俺も死にかけたんだ。もう少しで落ちそうだったところを助けられたんだぞ」

「大九朔は、あなたを死なせない。あなたが必要だから」

かすかに首を横に振るのに合わせ、女の髪がしゃらしゃらと揺れるのを見てはじめて、髪形が変わっていることに気がついた。後ろに束ね、固めていた髪が、肩口あたりまでの短さになっている。いつ、髪を切ったのか。いや、そもそも、壁面が根こそぎ消失するほどの爆発を受けてどうして平気だったのか、と疑問が重なったとき、

「私を殺した？」

と今ごろ、女が口にしたおかしなセリフに気がついた。

「だって、こうして平気で歩いているじゃないか」

思わず、火傷《やけど》どころか、かすり傷の一つも見えない、なめらかな肌が淡い光を放つ谷間のあたりを指差してしまったとき、入口ドアの手前に立っていた俺の真後ろで、いきなり扉が開いた。

「わッ」

と跳び上がって身構えたが、扉の向こう、踊り場に立っていたのは少女だった。

「き、君——、無事だったのか」

あの高さから放り投げられて無事な人間などいるはずないのだが、そう訊ねるしかなかった。

無愛想な表情のまま、少女はこくりとうなずいた。

カラス女と同じと言えば同じ、黒のワンピースを纏《まと》っているが、こうも印象とは異なるものかと、その華奢《きやしや》な身体を改めて見下ろした。

「仲直り……したのか？」

俺を挟むようにして立つ少女とカラス女を、おそるおそる交互に見比べた。自分を窓から放り投げた殺人未遂犯が目の前に立っているのである。

「この人、違う人だから」

「え？」

「わたしのことを窓から放り投げたのとは違う」

何を言っているのかわからず困惑している俺に、

「この子に感謝するべきね。先に裂け目を見つけて、あなたの夢に入ったのよ。あなたを引き戻すために。自分の手を見なさい」

と逆サイドからカラス女の声が聞こえてくる。

視線を落とすと、右の手首にくっきりと爪の痕《あと》が残っていた。よほど強く爪を立てられたようでさすっても消えない。まさか、あのサイン会は夢ではなかったのか。いや、間違いなく夢だ。だって、俺はこれっぽっちもデビューしていない。

「さっきは、その、ありがとう」

何が起きたのか、まったく把握していないが、少女には礼を言っておいた。あのまま作家になった世界に身を浸すのも悪くはなかったが、やはり、俺には帰らなければいけない場所がある。

「知らない」

ごわついた長い髪が覆う向こうから、くぐもった声が届いた。続いて、かすかに洟《はな》をすする音が聞こえた。

「泣いて……いるのか？」

と思わず訊ねてしまった。

「君、あの夢の中でも泣いていなかったか？　でも、あれは俺がでっち上げた馬鹿みたいな夢物語で、君とは別に何の関係も――」

「父、だから」

「父って――、誰が？」

「あなたが、夢の中でずっと話していた相手」

俺はぽかんとして、垂れ下がった髪を搔《か》き分けもせず、やっと面を上げた少女の充血した眼をのぞいた。

「ま、まさか――、四条さん？　四条さんが君の父親？」

「違う」

少女は即座に首を横に振った。

「大九朔」

「はい？」

「さっきから、あなたたちが大九朔って呼んでいる相手」

あまりに予期しない出来事にぶつかったとき、人間はのどを動かせない。つまり、肺が空気を送ってくれない、声帯も何ら震えてくれないことをはじめて知った。

「ち、ちょっと待ってくれ――。君の名前は？」

しばらく視線をぶつけ合ったが、断ち切るように少女は顔を背けた。

「九朔初恵《はつえ》」

なぜ、ここで初恵おばと同じ名前が飛び出すのか、と思った。

ふと、少女の横顔の一点に視線が止まった。その鼻梁《びりょう》のかたちに見覚えがある。どこで見たものだったか、と心で首を傾げたが、すぐに記憶の中に答えを見つけることができた。

俺だ――。

小学校中学年の頃に撮った写真の俺にそっくりだった。今も実家のタンスの上に飾ってある、運動会の応援席で赤い体操帽をかぶって大声を上げている一枚――。その横顔、特に鼻のシルエットが瓜二《うりふた》つだった。どうして、今まで気づかなかったのだろう。十歳そこらの骨格も未発達な少女ゆえ、鼻梁もそこまで自己主張を激しくしていないが、初恵おばの「魔女の鼻」の萌芽《ほうが》が確かに感じられるではないか。母は以前、この鼻は代々受け継がれたラインだと言っていた——。

俺の鼻、つまり九朔家の鼻だ、これ。

第七章　全テナント内覧完了

混乱する頭を鎮め、落ち着いて話し合う場を持ちたいと提案したところ、少女がそれならば少し上のほうにある店で食事ができると言った。この果てしない階段上りをスタートさせてから、ときどき水分を補給するだけで、何も口にしていない。すぐさま賛同の意を表明した俺は、本屋を出て、またぞろ階段を上り、

「多肉植物専門店　サボ十」
「ギター工房「To Be With You」
「日傘のみつむら」
「β専門レンタルビデオ　エスオニー」
「中華　アルデバラン」
「クアトロ・アイスクリーム店」
「アルプスまくら蜜村」

を経て、

「山びこ」

という店にたどり着いた。踊り場に面した看板には、

「日本初　二十四時間流しそうめんができる店！」

という説明書きが添えてある。

ドアを開けると、落ち着いた民芸調の内装が俺を迎えた。六人がけのテーブルが奥に向かって四つ並んでいる。

腹は減ってはいるが、それよりも聞きたいのは、怪我ひとつなく生還した九朔初恵《きゅうさくはつえ》と名乗る少女の話である。しかし、そうめんを茹《ゆ》でてくると言って、少女はさっさと奥の厨房《ちゅうぼう》に向かい、必然、残された俺とカラス女がテーブルの一つを使って相対することになった。

「ええと……、その、お前は――」

と歯切れ悪く言葉をひねり出そうとする俺を、

「過ぎたことは、もういいから」

と女はあっさりと遮った。

「大《だい》九朔のことだけを教えて。なぜ、あなたは夢に裂け目を作れたの？」

女は優雅に足を組み、目の前にあった水道の蛇口の栓を開けた。ちょろちょろと流れだした水は、まず下に置かれた木製の盥《たらい》に溜《た》まる。盥の底には小さな穴が穿《うが》たれ、そこから逃げ出した水がテーブルの中央部分に設置された竹レーンへと流れ落ちる。

「もうわかっているでしょうけど、あれは大九朔が用意した舞台。そこにあなたが取りこまれた。あなたにしてみれば、夢を見たと言ってもいいし、そうね、夢に溺《おぼ》れたと言ったほうが正確かも。もう少しで、あなたは沈んだまま二度と浮かび上がれなくなるところだった。でも、あなたは裂け目を作った。だから、あの子と私が入りこむことができた」

盥の底の穴から落ちた水の流れが、竹のレーンを経て排水溝へと吸いこまれていくのを目で追いながら、そうか、これは流しそうめんをするための装置なのだ、と今ごろになって理解した。この商売を二十四時間営業でやっていたとしたら、まさしく狂気の沙《さ》汰《た》である。さぞ早々に潰《つぶ》れたことだろう。

「夢の中で、あなたは何かほころびを見つけた。そのまま沈みきれなかったものが、何かあったはず」

「それって――、はっぱ、ろくじゅうし、のことか？」

口にした瞬間、「しまった」と思った。何も気づかぬふりで相手の様子をうかがうが、女は組んだ膝《ひざ》の上に両手を重ね、微動だにせず俺を見返している。

「覚えて……いないのか？」

あまりに反応がないので、自分から踏みこんでしまった。

「あれ、があった場所だぞ？」

「それで？」

といっさい感情を表すことなく先を促す女に、テーブルの表面に指で「8×8」と描いて見せた。

「店の名前だ。電話でこの店まで上ってこいと呼び出された。お前がその……大九朔と呼ぶ相手にだ。そのとき、電話口で店のことを『はっぽ、ろくじゅうし』と言ったんだ。でも、普通はそんなふうに言わない。見るからにオシャレな店だったからな。そこで爆発があった。おい、本当に覚えていないのか？」

どこまでも無反応を貫く女を前に、少女が言っていた「違う人」という言葉を思い出す。肩口あたりまでに短くなった髪形に、

「髪、切った？」

とストレートに訊《たず》ねてみたが完全に無視された。

「仕組みはわからないが、でも、その、爆弾だったんだ……。騙《だま》されて爆弾を、俺がそれを爆発させてしまって。それは、つまり、電話で教えられた言葉を口にしたら、いきなりドカンときて、壁が吹っ飛んで、床が傾いて、店はメチャクチャになった」

そうだ、電話の相手は、女が去ったら俺を迎えにいくと言っていたではないか。その予告どおりに探偵が現れたのだ。

「もう少しで床のへりから落ちそうになったとき、四条《よじょう》さんが助けてくれた。その四条さんがサイン会で、いや、夢の中で『はっぽ、ろくじゅうし』と言ったんだよ。それだけだ。何か確信があったわけじゃない。自分でも無意識のうちに、ちょっと引っかかっ

た、変だと思っただけだ」

「そのとき、一瞬だけ裂け目が生まれた。あの子はそれを逃さなかった。あの子のおかげで、私もあとに続くことができた。でも、大九朔は逃した」

「逃した？　思いきり首の骨を折っておいて？」

「もしも、本当に排除していたら、こんなところで、あなたから話を聞く必要なんかないでしょ」

窓の外の青空に視線を送り、女は冷たく無機質な調子を保ったまま淡々と言葉を連ねる。その横顔に向かって、

「あの子が言っていたが――、お前はその、これまでいた奴とは別なのか？」

とおそるおそる訊ねた。

ええ、と女はあっさりとうなずいた。

「やっぱり……、本当に、死んだのか？」

壁が根こそぎ消えるほどの爆発だったとはいえ、何しろ相手は目玉が鳥のそれのバケモノである。

「死んだわ。このバベルに到達するために、扉に飛びこんだ大勢の私たちと同じように。爆発のあと、壁が壊れたところから私は入ることができた。おかげでだいぶ階段を上る手間が省けた」

「入ったって……、どうやって」

「もちろん、飛んで」

何の躊躇《ためら》いもなく女は言い切った。飛ぶって何だ、と訊《き》き返そうとしたとき、

「できたわよ」

という声が聞こえた。

厨房入口の、のれんの向こうから少女が姿を現した。重そうなパスタ鍋《なべ》を両手で持っている。急いで席を立ち、鍋を受け取った。鍋の中にはザルが置かれ、たっぷりのそうめんが湯気を上げていた。少女は厨房に戻り、今度は薬味を入れた小皿、箸《はし》、器を並べたお盆を運んできた。少女は俺の隣に座り、割り箸を器の上に重ね、

「あなたは？」

とカラス女に訊ねた。

「いらない」

脚を組んだ姿勢をいっさい崩さず、女は首を横に振った。残飯ならどれだけ散らかっていようと嬉々《きき》として漁《あさ》るくせに、と言ってやろうとしたとき、極めて重要なことに気がついた。

「ちょっと訊くけど、このそうめん、どこから持ってきたんだ？」

「どこからって、そこにあったものだけど」

「厨房ってことか？」

「ここ、そうめん屋だから。いくらでも置いてある」

少女はめんつゆのビンの封を開け、俺の前に置かれた器にとくとくと注いだ。

「いや、そういうことじゃなくて……。このねぎも、生姜《しょうが》も？」

冷蔵庫にあったから使った、とうなずき、ビンを俺の前に置いた。

一言外に俺が伝えたい懸念を、何一つ感じ取っていないようなので、ビンを手に取り、賞味期限を確かめた。三十一年前の日付が印字されていた。

「作ってくれたあとに、こんなこと言うのはよくないとは思うが、さすがに古すぎないか？　製造してから余裕で三十年が経っている。このラベルにある『かつおだし』を提供してくれた鰹《かつお》は、俺が生まれるよりもずっと前に海を泳いでいたことになる」

「大丈夫よ」

「冷蔵庫にあったものは、さらにまずいだろ。まあ、その割には妙に水気があるように見えるけど――」

少女はめんつゆを入れた器に生姜をほんの少し、ねぎは多めに箸で移し、

「ここにあるものは変わらないから。そういう心配はいらないわ」

とさらりと告げ、薬味の小皿を回してきた。

「変わらない？」

「ここにあるものは、いつまでも変わらない。気づかない？　窓の外の明るさが変わらないって」

テナントに置かれている時計はどれもハチャメチャな時間を指しているため、はっき

りとした時間はわからないが、階段を上り始めてゆうに五時間は経っているはずだ。ランチに出ている最中の蜜村《みつむら》さんのギャラリーから、この得体の知れない世界に迷いこんだのだから、ソファで寝ていた時間も挟んで、とうに夜が訪れてもおかしくないはずだが、窓の外は変わらず青空のままである。

「ねえ、その盥《たらい》にそうめんを落としてくれる？」

少女が俺の前に置かれたままのパスタ鍋に視線を向けた。

腹はひどく減ってはいる。

だが、これを食べるのには抵抗がある。

何せ俺が生まれる前に延ばされたそうめんだから――、と断りの文句を心に浮かべる途中、ふと、三十一年前というのは大九朔が存命していた時期だと気がついた。当時はこんな店がバベルに入っていたのだ。ということは、この階にたどり着くまでに、母がバベルを相続してから二十五年の間にテナントとして入った店がすべて登場したということになるのか。まともな店もあるにはあったが、まともではない店のほうがずっと多かった。あれでは到底安定したビル経営など望めなかっただろう。長続きする店を入れろ、という初恵おばのアドバイスは至極まっとうなものだったのだ。

俺が薬味の小皿を手にしたまま、不動の姿勢を保っているのを見て、

「あなたがやって」

と少女はカラス女に身体の向きを変えた。

「やるって、何を？」

カラス女はこくりと首を傾けた。

「その盥に、少しずつ、鍋の中のそうめんを入れていくの」

しばらく女はパスタ鍋を眺めていたが、無言で腕を伸ばした。俺でもずしりとくる重さだったにもかかわらず、竹レーン越しにへりを指でつかんだだけで、軽々と鍋を持ち上げ、自分の前に持っていった。そのまま湯気が立つ鍋に手を入れようとするのを、

「これでやって」

と少女が箸を差し出し、制止した。

逆さに受け取った箸を、女はそのまま鍋に突き刺した。箸が単なる木の枝に見えた。

少女はふたたび「ちょっと待って」と声をかけると、席を立ち、厨房《ちゅうぼう》から麵《めん》用のトングを持って戻ってきた。

「何で、君はそんなにへっちゃらなんだ？」

手渡されたトングで二度、三度、つかむ練習をしているカラス女を横目に、訊ねずにはいられなかった。

「何が？」

と少女が顔を向ける。

「前の奴と代替わりしたのか知らんが、見た目はそっくりじゃないか。俺なら、あんなふうに窓から放り投げた奴と、死んでも同じ席につきたいなんて思わない。ましてや、

自分が食うものを流してもらうなんて」

箸を手に持ち、少女はしばらく器のめんつゆに浮いたねぎを見つめていたが、

「わたし、たぶん、うれしいんじゃないかな」

とつぶやいた。

「うれしい？」

「こうやって、人とごはん食べるの、はじめてだから」

しばらくの間、少女の太い眉《まゆ》と奥二重になった目のあたりから焦点を動かすことができなかった。

「はじめてって……、じゃあ、これまでどうやって食べていたんだ？」

「一人で。こんな風に、いろいろな店を回って、そこにあるものを勝手に食べてた」

「親がいるだろう」

「父のこと？　あの人とは、いっしょには食べない」

「お母さんは――？」

「ここにいるのは、わたしとあの人だけ」

「妹は？　君に妹は、いないのか？」

咄嗟《とっさ》に、これまで確認したかったが、怖くて言い出せなかった質問を挟みこんだ。

「二人いる。富二子《ふじこ》に三津子《みつこ》」

少女は正確に、もう一人のおばと母の名前を口にした。

「でも、ここにはいない」

急に暗い表情が目元を漂い、少女は萎《しお》れたように背中を丸めた。

「どうして、そんなこと訊くの？」

「い、いや、君の名前、初恵と言っていたから、長女なのかな、と思って」

無理やり誤魔化しながら、この華奢《きゃしゃ》な身体つきが、ざっと五十年後にはあんな貫禄《かんろく》のある姿に変わってしまったのかと初恵おばの記憶と重ねてみるが、当然のようにいっさいフィットしない。

「君は今、何歳なんだ？」

「わからない」

「え？」

「わたしはずっとこのまま。ここに夜が来ないように、歳も取らない」

「ちょっと待って。背も伸びていないのか？」

少女は無言でうなずいた。

話を聞けば聞くほど、異常な何かが彼女を覆っているのを感じずにはいられなかった。それはそのまま、この場所がどうしようもなく異常だという結論に容易に結びつく。

「これ、入れるわよ」

急に割りこんできた声に顔を向けると、ちょうどカラス女がトングでそうめんをつかみ、盥に溜《た》まった水に落とすところだった。盥の中でほどけた麵は、底に開いた穴から竹のレーンへ、水の流れとともに滑り落ちてきた。竹の曲面の内側を白い糸の束となって滑るそうめんの絵に、素直に腹が鳴る。さんざん階段を上り続け、空腹は限界に達している。我慢できず、薬味の小皿を鼻に近づけ、慎重に匂いを確かめた。生姜とねぎの新鮮な香りが鼻腔《びこう》を衝《つ》く。思いきって生姜をつまんで舐《な》めた。ぴりりと刺激が舌を走る。毒の刺激ではない、食欲をそそる刺激だ。

少女が流れてきたそうめんを箸《はし》で止め、ちらりと俺を見た。迷いながら器を持つと、少女はすくい上げたそうめんを入れてくれた。

「ありがとう」

覚悟を決め、箸を手に器の中に漂う麵をすすってみた。舌の上で転がすのは怖かったが、味わいは悪くない。ごくりと飲みこむと、よいのどごしで胃袋へと送られていった。もう、どうにでもなれと思った。指で生姜とねぎを適当に器に入れ、新しく流れてきたそうめんのかたまりにエイと箸を突き刺し、高々と持ち上げ器にカップインさせた。

＊

しばらくの間、そうめんに没頭した。

カラス女は無言で盥に麵を補給し続け、俺と少女はそれを黙々と回収した。

まだ、腹は痛くならない。

もう少しいただくかといったん器を置き、めんつゆのビンに手を伸ばしながら、俺は少女に話しかけた。

「その……、ちょっと訊《き》きたいんだけど、どうやって、君は戻ってきたんだ？　窓の外に放り投げられたよな？　その後を……、よかったら教えてくれないか」

「気がついたら、別の部屋にいた。そこから、あなたを探しに階段を下りてきた」

答えになっていない答えとともに、少女は俺の前に素っ気なくめんつゆのビンを回した。

「どうも。いや、でもだな、君は窓の外に投げ出されたはずで……」

「仕組みなんてわからない。いつも、そうだから」

「いつも？」

「うん、どこから飛び降りても同じ。もっと上の階から飛び降りたことだってある。でも、何も起こらないの。気がついたら、どこかの部屋で目が覚めて、わたしはどこも怪我していない」

「飛び降りたって……、まさか、自分から？」

「そう」

「ど、どうして、そんなことを――」

「ここから出られないから」

少女は箸の動きを止め、「何でそんな当たり前のことを訊くのか」と言わんばかりの、不思議そうな表情で俺の顔を見返した。その隙を縫って、そうめんのかたまりが竹レーンの終点まで流れて落ちていく。箸を反応させるも間に合わず、「あ、あ」と慌てるその仕草は、彼女がまだほんの子どもであることをひどく印象づけた。

「ねえ——」

レーンの終点に置かれたザルを持ち上げ、逃した麺を自分の器に移しながら、少女は次の言葉がまだ出ない俺に質問をぶつけた。

「わたしからも訊かせて。あなたは、誰なの？」

あまりの直球に、俺は嚙《か》んでいた途中の結構な量のそうめんを、ごくりと飲みこんだ。

俺は誰か。

君の甥《おい》にあたる男かもしれない。

とは言えなかった。

ここで俺が九朔家の人間であると打ち明けたところで、この狂った状況でお互いの現実が寄り添うことはない。俺の知る初恵おばは六十五歳を超えた、存分にとうが立った、貫禄たっぷりのやり手女社長だ。どうひっくり返ったって、この少女とは重ねられない。いくら鼻筋が似ていて、母のことを知っていて、幼いながらも発せられる威圧感にどこか懐かしいものがあろうと、違うものは違う。大九朔に至っては、二十五年前にこの世を去った。俺に平然と電話をかけてきてはいけないのだ。

咀嚼《そしやく》するものがなくなった口の中に、三十一年前のめんつゆの味が漂っていた。ひどく、水が欲しいと思った。

「あなたは外の世界から来たの？」

「外の世界？　ああ、そうなるのかもしれない」

「あの、たくさんの人がいて、車が走っている世界から？」

そうか、テナントの窓からのぞく、決して届かぬ街頭の風景だけが、この子が知り得る「外」のすべてなのだ――。そう理解したとき、彼女が何度も飛び降りたという理由が胸に差しこむ勢いで迫ってきた。

「ひょっとして、俺は君がここに来て、はじめて見た、その――、他人なのか？」

少女は無言で俺を見つめている。

「はじめてしゃべった、親父さん以外の相手だったのか？」

ほとんど動かないくらい、かすかにうなずいた。

「これまで、誰かと遊んだり――、友達も一人もいなかったのか？」

少女の目が急に潤むのを見て、慌てて「違うんだ」とむやみに首を振って誤魔化した。

「あなたは、誰なの？」

ふたたび少女は訊《たず》ねた。

「俺は――、ただの管理人だよ」

俺はテーブルに器を置き、箸をその上に重ねた。

「俺が住んでいる雑居ビルは五階建てで、名前はバベル――」

九朔と続けそうになるのを、すんでのところで飲みこむ。

「そう、俺の雑居ビルもバベルって名前なんだ。どういう仕組みかわからないが、その雑居ビルから出ていったテナントがここへ移ってきている。この建物のいちばん下の部屋があるだろ？　あそこは保険代理店をやっていたところで、それが店じまいになって、代わりに俺が引っ越してきた。外の世界で、俺はあの部屋に住んでいる」

「あなたはそのビルで、何をしてるの？」

「だから、管理人の仕事だよ。階段を掃除したり、電気代や水道代を集めたり、カラスに漁《あさ》られたゴミを掃除したり……。まあ、そんなとこだ」

「それが、やりたかったことなの？」

え？　思わず裏返った声が口から漏れた。

「いや、そういうわけじゃない」

「じゃあ、何がやりたいことなの？」

何で突然、こんな突っこんだ質問を受けているのだと思いつつ、

「俺がやりたいことは……、小説家になることだよ」

と正直に答えてしまった。

「本を書く人ってこと？　おっさんが？　だから、あんな夢を見ていたの？」

少女は心の底から驚いたように、目を見開いて俺を見返した。

「な、何だよ。俺が目指したら変か？　それに、俺はおっさんじゃない」

「だって、全然、そんなふうに見えないもの。小さい頃から、なりたかったの？」

「本を読むのはそこそこ好きだったほうだけど、書こうと思ったことはなかったな」

「それなら、どうして自分で本を書こうと思ったの？」

それは、と口を開いたところで、しばらくの間、思い返していない記憶を掘り起こさなければいけないことに気がついた。

「まあ、いろいろと、きっかけがあったんだ」

「話して。聞きたい」

少女も器を置いて、俺に身体を向けた。カラス女も、まさか興味があるわけではないだろうが、トングを持ったまま、サングラスに俺の顔を映している。

「きっかけと言ってもだな、たとえば卵が割れて、真下にぽとんと中身が落ちる、そんなふうにわかりやすい筋道で生まれるわけじゃなくてだな、何というか、たまたまの結果が重なって……」

「いいから、話して」

面倒だなと思いつつも、あれは大学を卒業し、会社に入って三ヵ月目くらいのことだったか、と記憶のページをめくる。

「大学を卒業して就職した会社で、社内報のコラムを書くことになったんだ」

「シャナイホウ？」

「会社の中で読む、学級新聞みたいなもんだよ。毎年、新入社員のなかから一人が編集委員に任命されるんだ。それにたまたま俺が選ばれて、校正を担当することになった。ああ、校正ってのは、字や文章をチェックする仕事で、文章自体は書かなくていいんだ。そう、書かなくていいはずだったのに、先輩が急な海外への出張を命じられて、俺が巻末のコラムを一回だけ担当することになって。文章なんてまともに書いたことがないって断ったのに、『何でもいいから、好きなことを適当に書いてみ』って無理矢理押しつけられた」

「それで、何を書いたの？」

「人類ではじめてマヨネーズを作った人間はすごい、って話を書いた。普通、卵に酢を入れようなんて思いつかないだろ」

「何それ」

「むかしから、はじめて変なことをした人間に興味があるんだよ。たとえば、はじめてナマコを食べた奴は何を考えていたんだろう、とか」

「それが、きっかけなの？」

「遠い遠いきっかけだな。ずっと思いこんでいたんだ。自分は文章を書くのが苦手だって。小学生の頃は、読書感想文とか大嫌いだったし。それなのに社会人になって書いてみたら、不思議とすらすら書けて。おまけに、とても楽しかったんだ。何だかそういうの、はじめての感覚で。もっと書いてみてもいいかな、と思うようになって、少しずつ会社が終わってから、空いた時間に小説みたいなものを書き始めた。あくまで暇つぶしだったはずなのに、そのまま妙に本気になってしまって、気がついたら会社を辞めて、今は管理人をしながら――」

そこで唐突に気がついた。

そうだ、俺の原稿だ。会社時代から書き連ね、三年越しで完成させた「大長編」はどこにある？　四条さんの事務所が上階にあると聞いたときは心が跳ね上がったが、今やその証言には何の信憑性《しんぴょうせい》もない。本当にこの建物を上り続けた先に、俺の部屋はあるのか。少女に訊《き》けば容易に答えがわかるかもしれないが、「ない」と答えられたときのことが怖い。なぜなら、それは「帰る場所がない」という最悪の結末へと一直線につながってしまうからだ――。

「すごいね」

一瞬、意識が離れたところへ少女の声が耳に飛びこんできた。

「すごいよ。そんな、一生懸命、目指しているなんて」

「いや、何もすごいことなんかないんだ。いろんな賞に応募したけど、たったの一度も一次選考に通らなかったから」

「一次選考？」

「いちばんの作品しか認められないルールなんだよ。予選を戦って、勝ち抜いた作品だけが決勝に進んで、さらにそこでいちばんを決める。そのレースで俺はいつも予選落ちだった。つまり、俺が言いたいのは――、俺は何一つ特別な人間じゃない。勝負をかけて会社を辞めたのに二年間、何の結果も残すことができなかったし、もう貯金もなくなって次の仕事を探すときが来ている。自分がこの場所にいる理由だって、もちろん何もわかっちゃいない。どうして君の親父さんが俺に用があるのかも――、さっぱりだ」

すまない、と別に謝る必要はないのに、俺は頭を下げた。

顔を上げると、少女の視線とぶつかった。オノ・ヨーコのように真ん中で分けた、ごわついた長い髪の間からのぞく瞳《ひとみ》の向こうで、急に光が失われ、暗いものが澱《おり》となって沈んでいく音が聞こえたような気がした。どういう訳か、彼女が激しく失望していることがはっきりとわかった。

「それでも――、ちゃんと約束は守って。その人から聞いたから」

ほとんど聞き取れないような声で、少女は唇をわずかに開いた。約束とは何だと訊ね返そうとしたとき、

「もう流すものがないわよ」

と見計らったかのように、カラス女の声が滑りこんできた。

少女はすぐさま立ち上がり、

「もう少し、茹《ゆ》でてくる」

と空になった鍋《なべ》を受け取り、振り返ることなく厨房《ちゅうぼう》へと消えた。

「ずいぶん、頼りにされているのね」

トングの先端部分をこれ見よがしにカチャカチャと合わせながら、カラス女がつぶや

いた。

「お前——、あの子に何を言った。約束って何のことだ」

「あなたのことを助けたら、このバベルから外の世界に出られる。あなたにはその力がある。だから、大九朔につけ狙われている——、まあ、そんなところかしら」

「な、何を勝手に……、全部嘘じゃないか」

呆気《あっけ》に取られる俺に、何ら悪びれる様子もなく、女はトングの先を無遠慮に向けた。

「私たちの役目は、大九朔を排除すること。ここが消えたら、当然あの子もいなくなる。私が何を言おうと結果は同じ。それにすべてが嘘というわけではないわ。大九朔はあなたを必要としている。それは間違いのない事実。ねえ、どうしてあんな夢を見させられたのか、その理由を理解している？」

俺の願望をそのまま具現化しただけの、あまりに享楽的で刹那《せつな》的な夢ゆえ、きっとよからぬ狙いがあったのだろう、つまりは罠《わな》だ、と直感するところはあったが、俺をデビューさせて何の得があるのか、という根本の疑問は残る。

「あなたはテストされたのよ」

「テスト？　俺のみじめな願望まるだしのサイン会を開いたことが？」

「本当にこのバベルで力を使えるかどうか試されたの。あの夢はあなた自身が描いた世界。正確には、大九朔がそれをすくい取って用意した舞台を、あなたが自分の意志で動かした。ただの人間にはできないことよ。あなたには力があるの。そもそも、このバベルに無事に入った事実からして、そういうことだけれども」

　何を言っているのか、まったくわからなかった。俺に力がある？　これまで霊感を持っていると思った経験など一秒もない。運もない。特別な才能もない。ただの一度も一次選考を通過することがなかった男だぞ？

「何だよ、その力って。どっから、どうやって、どのくらい、湧き出てくるんだ？　断言していいが、俺にそんな力はこれっぽっちもない。だいたい、お前が言っているバベルって何だ？　チェーン店みたいに、あちこちにあるものなのか？」

　女はトングの先をカチャカチャと合わせながら、サングラスのレンズをじっと俺に向けている。

「何で黙ってるんだ」

「あなたには知る資格がないから」

「知る資格がない？」

「ええ、あなたはバベルの管理人じゃないでしょ」

　一瞬、呆気に取られたのち、急激に頭に血が上っていくのを感じた。

「こ、これだけ延々階段を上って、生まれる前のそうめんを食べさせられて、資格がない？　ふざけるなッ。いったい、俺が何をした？　こんなわけのわからん話に巻きこまれた挙げ句がこのバベルの存在は許されない、排除する、ここは消滅する、お前はルールに則《のっと》っていっしょに死んでくれ、人柱になってくれ、くたばってくれ、でも詳細は資格がないから教えられません――。そんなことを一方的に告げられて、どこの誰が、ああそうですか、って納得するんだよッ」

厨房の少女の存在も忘れ、俺は唾《つば》を飛ばし、声を荒らげた。

しかし、相手はいっさい動じる様子もなく、

「バベルの崩壊を防ぐ。それが私たちの役目、何よりも優先されるべき使命」

とトングの先をマイペースに交差させている。

「崩壊する、崩壊する。何かと言っちゃ、そればかりだが、ここのどこが危ないんだ？あんな爆発があっても、揺れ一つなく立派に建ってるぞ」

「管理人によるコントロールが完全に失われ、手遅れになる前に、それを排除し、バベルを清算することが私たちの目的」

永遠に嚙《か》み合うことがなさそうな、お決まりの回答に、このやり方じゃラチがあかないことを思い出し、

「なあ――、そんなカリカリするなって。リラックスしようぜ」

と俺は声色を変え、作戦変更を試みた。

「これまでだって、その排除とかいうやつにすべて成功してきたわけじゃないだろ？失敗したときだってあるだろ？」

「ええ、ときにはあるわね」

「何だ、こっちの切り口なら、話ができるじゃないか。前任者はバベルが崩壊したら、

たいへんなことが起こるなんてやけに脅かしてきたけど、別に世の中は今も平和にやっているんだ。つまり、大げさに言ってるだけで大したことは起きないんだろ？」

「このバベルの場合だと、そうね——。崩壊とともにこれが現実になるかしら」

「現実？」

「私たちが今いるこのバベルが現実の世界に、つまりあなたが住んでいた街に出現するってこと」

「そ、そんなことあり得るわけないだろ。もう優に五十階だか六十階だかは上ってきたぞ。こんなビルが突然、現れてみろ。あたりが大パニックだ。あり得ない」

「そう、あり得ない。だから現れた瞬間に消されることになる。バベルのかたちは管理人によって任せられているから、崩壊とともに巨大な穴となって現れるときもあれば、湖や海となって現れるときもあれば、山や遺跡になって現れるときもある。かたちとしては現れず、絶望だけがまき散らされるときもある。こんなふうに建物を直線に積み上げるバベルを見たのは、私もはじめて。これだけ巨大なバベルをつくってしまった以上、少なくとも街ごと消されるでしょうね」

「街ごと？　おいおい、どんどん大げさになっていくな。そんなの、なおさら無理だろ。できっこない」

　ことさら唇の端をねじ上げ、鼻で笑ってやった。

「そう？　隕石《いんせき》を落としたら簡単よ。そのときは、消えるのはひとつの街くらいでは済まないでしょうけど」

カラス女は俺と表情を合わせるように、口元に笑みを浮かべた。冗談を言って笑う相手ではないことは、これまでの経験から十分承知している。ならば、この笑いは何だ。まさか本当のことじゃないだろうな、と急に背筋が寒くなるのを振り払うように、俺は器に残っためんつゆを捨て、蛇口の下で二度すすいでから、溜《た》まった水を一気に口に含んだ。

「いい？　これは夢じゃない。すべて現実よ。そろそろ、逃げるのはやめにしたら？」

「俺は別に逃げちゃいない」

正確には逃げたくても逃げようがないわけだが、正面から言われるとムカっ腹が立ってきて、縮みかけた心が急に膨らんできた。

「お前のほうはどうなんだ？　バベルの大ボスを逃がしておいて、ずいぶん悠長に構えてるな」

「あなたがいるところに必ず大九朔は現れる。時間がないのは向こうも同じ。こちらから探しにいく必要はないわ」

そのとき、厨房のほうでごとりと音がした。ふと顔を向けると、今度は明らかに積んでいたものが崩れたとわかる大きな音が続けて聞こえてきた。

「おい、大丈夫か？」

俺が呼びかけた声に合わせ、カラス女も厨房に身体の向きを変えたときだった。

「ひゅい」

という風を切る音が聞こえた。

鈍い音とともに、ぐらりと女の上半身が揺れた。

飛んできたものを確かめるまでもなかった。先端を鋭く斜めに削いだ太い竹の筒が、女の白い胸元を正面から貫いていた。

女はしばらく己から突き出た竹を見下ろしていた。血は流れなかった。まるで粘土に棒を突き刺したかのような無機質さで女と竹が一体化していた。黒い生地の表面を銀色のぬめりが移動し、うしろに傾いた女は派手な音とともに床に倒れた。

「お、おいッ――」

舌をもつれさせながら、思わず相手の身体をつかもうと手を伸ばしたとき、

「そう、探しにいく必要はないよ」

という、よく知っている声が聞こえた。

弾《はじ》かれるように、顔を向けた。

厨房の入口にて、両手に持った太い竹をコン、コンとぶつけて音を鳴らし、

「やあ」

とスキンヘッドの四条さんが快活に笑った。

探偵の後ろで、黒いワンピースのすそが頼りなげに揺れたとき、不意に「ぬばたま」という言葉を思い出した。そうだ、これまで体形が違い過ぎたせいで一度も連想することがなかったが、初恵おばと言えば年中黒ずくめの服を着る「ぬばたま」習慣の持ち主だったではないか。

＊

厨房《ちゅうぼう》入口の暗がりに立ち、少女は四条さんの腰のあたりから顔だけをのぞかせ、床のカラス女を凝視していた。「裏切った」とは思わなかった。何しろ自分を躊躇《ちゅうちょ》なく窓から放り投げた連中である。いつ、また同じことをされるか知れたものではない。だが一方で、少女が警戒を解いて、カラス女に接していたのも確かなはずだった。相手を安心させる細工として、そうめんを流させていたとは思えない。彼女はこの結末が訪れることを前もって知って、カラス女にトングを渡したのだろうか。女に向けられた少女の目は真っ赤に充血していた。俺の視線にぶつかると、逃げるように厨房の奥に姿を隠した。

「これが何本も裏に積んであったから、使わせてもらったよ」

目の前のレーンと同じくらいの長さに切り取られた、まだ半分に割られていない竹をコン、コンと打ち合わせ、リズムを奏でながら四条さんが近づいてきた。

「邪魔者はいなくなったし、やっと落ちついて話ができるかな」

夢の中のサイン会で着ていたものと同じ、くたびれ気味のスーツの上下という格好で、四条さんは女の手前で足を止めた。少し崩れた着こなしから、間抜けと飄々《ひょうひょう》が6：4で混ざり合うその話し方から、窓から注ぐ外光を反射させるスキンヘッドの脂の滲《にじ》み具合から、どれも俺がよく知るダメ探偵の風体である。しかし、四条さんをかたち作る、核の部分がまるで異なる。いくら相手がバケモノであっても、相手を串刺《くしざ》しにして平然としている男ではない。バベルの屋上でハシブトガラスにさえ朗らかに声をかける友愛ぶりこそが、四条さんなのだ。

いつでも追い打ちができると言わんばかりに、探偵は斜めに切り取った竹の先端を女に向けた。床の女はぴくりとも動かなかった。血も流れていない。ふうと息を吐き、探偵は両手の竹を下ろした。そのまま窓際に向かい、薄い色合いの青空が広がる窓を一枚、何の躊躇《ためら》いもなく開けた。「8×8」での暴風の記憶が蘇《よみがえ》り、思わず身構えたが、開けたかどうかもわからないほど部屋は静けさを保っている。

「風はないよ」

俺の動きを目ざとく察し、四条さんは笑いながら、窓の外に二本の竹をぞんざいに投げ捨てた。

「あのときの風は僕が作ったんだ。普段は外に風なんてない。だって、窓があるのに風を吹かせても意味がないだろ？」

独特の気安さが滲み出る、その声を聞けば聞くほど、彼という存在を冒瀆《ぼうとく》しているように感じた。こんなうわべをなぞっただけのまがいものを認めるわけにはいかなかった。もっとも、それは必然、もう一つのより認めたくない存在を受け入れざるを得ないことになるわけだが。

「四条さん——、じゃないわけだよな？」

「もちろん。僕はそう、君が言うところの大九朔というやつさ」

「その話し方を真似するのはやめろ。気色が悪くて仕方がない」

「きっと君も話がしやすいだろうと思って、この探偵を選んだんだ」

「まったく話しやすくない。今すぐ替えてくれ」

「なら、三津子はどう？　試してみるかい？」

「ふざけるなッ」

こんなところで母と面と向かい合うなんて、絶対にゴメンだった。思わず声のトーンが高まると同時に、探偵の不用意な発言にハッとして厨房へ目を向けた。厨房の入口からは、「三津子の姉」であるはずの幼い顔がふたたびのぞいていたが、会話の内容に気づいた様子はなく、むしろ俺の視線に触れた途端、サッと奥に引っこんでしまった。

「冗談。冗談だよ」

探偵は口角の片方をねじ上げ、いかにも芝居じみた表情を作って窓際を離れた。

「僕ははじめからこうして静かに話し合う場を設けるつもりだったんだ。そのために娘を迎えにいかせたのに、連中が現れたせいでとんだ目に遭ってしまった。見ただろ？

あいさつもなしに、いきなり首を折られた」

探偵は顔をしかめ、首のあたりをさすった。どこまでもいつもの四条さんであることが耐えられず思わず顔を背ける。

「あんた、この女が何者かわかっていて、こんなことをしたのか？」

探偵に対しどう呼びかけるべきか考える間もなく、「あんた」という言葉が口を衝《つ》いた。互いの間に漂う距離感、緊張感に相応《ふさわ》しい呼び方だった。そもそも、「じいさん」であれ「グランパ」であれ、俺には祖父の呼び方の基本形が存在しない。言うまでもなく、口が利けるようになる前に大九朔がこの世を去ったからだ。

「もちろん。僕にこのバベルをつくらせた張本人たちだよ。はじめは僕に近づいて、バベルをつくれとけしかけておいて、用済みになったら、すべてを葬り去りにやってくる。どこまでもズルくて卑劣な奴らさ。ごらんよ。とうとう、君まで駆り出してきた」

「俺が聞いた話とはずいぶんニュアンスが違うな。俺は、あんたが連中に隠れて、ここで好き勝手にやっていると聞いたぞ」

「好き勝手？　僕はあくまで奴らの言うとおりにしただけだ」

「彼女は？　あの子は何だ？　なぜ、ここにいる」

声を落とし、目線だけで厨房のほうを示した。

「九朔初恵と名乗っていたぞ。俺が知っている初恵おばさんとはどういう関係だ？　まさか、本人とか言わないよな」

「本人だよ。連中によって、ここに引きこまれたんだ。君と同じくね」

とんでもない内容をさらりと語られ、しばし頭の動きが停止した。

「俺と同じくって何が？」

「人質として、連れてこられたってことだよ」

「俺が人質だって？」

「そうさ。君は自分の意思で、このバベルに来たのかい？」

「まさか。あの女に追いかけられて、わけもわからないうちに、ここに放りこまれたんだ」

探偵は眉間《みけん》にしわを寄せ、いかにも深刻そうな表情でうなずいた。

「完全に同じ状況だよ。あのときも、僕にバベルを無理やりつくらせるために、連中は娘をここに引きこんだ。もしも、協力しなければ、娘は置き去りにすると言ってね。そのときはまだ、ここはただの暗闇だった。このまま光のない場所で、娘はひとり永遠に取り残される——、そう脅されたんだ。だから、僕はバベルをつくった。少しでもまともな場所につくり変えたんだ。これが連中の手さ。人の弱みにつけこんで、思うままにコントロールする。今度も君の存在を利用して、僕を従わせようとしているわけだ。連中の要求は一つ。このバベルを引き渡すこと。僕がここまで大きく広げたものを奪う魂胆だ。娘のときとまったく同じやり方だよ」

「ちょっと、待ってくれ」

思わず手を挙げ、探偵の言葉を遮った。

「何で俺が人質になるんだ？　俺がここにいることが、あんたにとって何の弱みになる？　お互い、まったく関係ないだろう」

「君をここに置き去りにして、君の人生を台無しにする。そのことの責任をお前は取れるのか――？　そういうメッセージさ。正確には、脅しだね」

俺は四条さんの顔をまじまじと見返した。オセロのように白だったものが、黒へとぱたぱたと変わっていく感覚が頭を駆け巡るが理解が追いつかない。

「遅かれ早かれ、隠しておいた入口が見つかって、連中が乗りこんでくることはわかっていた。娘にも、もしも君以外に何かが現れた場合は気をつけろと言って迎えに行かせた。君が現れたことは、すなわち連中からの最後通牒《つうちょう》だからね」

穏やかな口調とともに四条さんは屈《かが》み、カラス女の身体を軽々と持ち上げた。黒に包まれた腕が、脚が、だらりと垂れ下がる。あれほど生き生きと布地の表面を走っていた銀色のぬめりが完全に消え失《う》せていた。竹に胸を貫かれていることよりも、そのことが女の命が失われた事実をはっきりと伝えているように見えた。そのまま女を抱え、開いている窓の前に進んだ。どうするのか訊《たず》ねる気にもなれなかった。窓のへりから、まず頭だけを外に出し、ぐいと腕を持ち上げた。傾いた漆黒の身体が探偵の腕を離れ、一気にずり落ち、最後は黒いピンヒールが空を向いたのち、音もなく窓の向こう側にカラス女の全身が消えた。

「じゃ、行こうか」

窓ガラスを閉め、探偵は手をぱんぱんとはたいた。

「行く？　どこへ」

「ずっと、そこに座っているつもりかい？　元の世界に戻りたくはないのかい？」

イスが倒れた音を聞いてはじめて、自分が立ち上がっていたことに気がついた。

「戻れる、のか？」

「もちろん、君にはじめて電話したときから、僕はずっとそのつもりだよ。あのときも訊《き》いただろ？『元の世界に戻りたいか？』って。だから、行くのさ」

「行くって、どこへ」

「いちばん上の階だよ」

「いちばん上……？　ひ、ひょっとして俺の部屋があるのか？」

「行けばわかるよ。そこに、君が戻るために必要なものがある」

探偵はよれよれのスーツの襟を引っ張り、ドアへと向かった。それは何だと俺が訊ねる前に、ドアの前でくるりとターンした。

「そう、扉だよ」

＊

ぺたん、ぺたんとサンダルの音がこだまする。

どこまでこの階段は続いているのだろう。

残響を漂わせ、吸いこまれるように舞い上がっていくゴムの靴裏が叩《たた》く音を追って、頭上を仰ぐ。されど、そこにあるのは、煤《すす》けた天井とそれを照らす剝《む》き出しの蛍光灯の白々とした光のみ。二年間、俺の毎日のバベル内上下移動を見守り続けたであろう、いつもの景色だ。


「世界のナッツ専門店　京極NUTS堂」

「自動車電話専門店　MOSSY」

「エリマキトカゲグッズの店　ミツムラ」

「近未来世界パソコン通信研究所」

「ミロミロ」（石膏《せっこう》像専門店？）

「おふくろ居酒屋　みすゞ」

「蜜村剝製館」

「スペード堂」（文具店？）

「時代劇ブロマイド　地雷也」

「乗馬鞍　タタール」

「ゴルフ会員権ショップ　アルバトロス」

左手を手すりに、右手を膝《ひざ》に、ときどき「ふう」と息を吐きつつ先を進む探偵の丸まった背中に向かって、俺は言葉を投げかけた。

「あんた、そうめん屋で言ってたよな。連中の要求は、このバベルを引き渡せということだって。でも、こんなヘンテコビルの何が欲しいんだ？　客は一人もいない、誰からも家賃をもらえない、空っぽテナントばかりがひしめく、似非《えせ》バベルの塔を独り占めして何の得がある？」

「連中が欲しいのは、この中身じゃない。連中の求めは、バベルそのものなんだ」

途中に「よいしょ」と息継ぎをする間を挟みながら、前方の背中が答えた。

「もしも、これが連中の手に渡ったとき、すべてが消し去られる。建物も、娘も、もちろん私もね――」

「あんた、いったい……、何なんだ？　俺のいた世界で、祖父は二十五年前に死んでいる。これは事実だ。あんたも電話で自分が死んだことを認めていた。なら、こんなふうに他人に化けて、首の骨をへし折られてもへっちゃらなあんたは幽霊か？　それとも、妖怪《ようかい》か？」

ふふ、とかすれた息と混ざり合った疲れた笑い声が階段に響く。

「ここに来る途中、ミツ坊の店があっただろ？」

「ミツ坊って……、蜜村さんか？」

「その名前、ひさしぶりに聞いたな。このバベルにはミツ坊の店が全部で十八あるんだ。今でもよく覚えているよ。ミツ坊のクレープ屋に、電気代と水道代を受け取りにいったときだった。店に入った途端、急に舌がもつれて、言葉が出なくなってね。あれ？　変だな？　と思っているうちに視界が歪《ゆが》んで、意識がスーッと遠ざかっていくんだ。何だろう、脳味噌《のうみそ》の中を冷たい水が流れていくような感覚だった。身体が勝手に傾いていくのを感じながら、自分に何が起きているかがわかった。床に頭を打ちつける寸前に、ここに自分を飛ばした。僕がいないとバベルを維持することはできなくなる。娘を一人ぼっちのまま置いておくことは、できなかった。四日後だったかな。脳出血で僕は死んだ」

よっこらせ、というかけ声とともに踊り場にたどり着き、手すりに触れたまま、半円を描くようにして、四条さんは次の階段へ向かう。

「君も知ってのとおり、僕にはもう戻るべき身体がない。だから、このバベルから出ることは永遠にできない。いわば囚人のような――。そうだね、君のいう幽霊や妖怪のようなものかもしれない。でも、僕は生きていたときのように意識がある。それをどう説明すべきかわからないけど、これが僕の正体だよ」

本人がわからないと言っているとおり、まったく要領を得ない説明である。だが、この場所に迷いこんでから、すっきりと納得できた説明なんて、ただの一度も受けた覚えがないため、もはや反発心すら湧いてこない。

「なら、バベルは？　あんたがここのボスなんだろ？　いい加減、まともな説明をしてくれないか。ただし、俺のわかる言葉で頼む」

「そうだね……」

少し休もう、と四条さんは足を止め、振り返った。ずいぶん汗をかいている。俺も汗をかいているが、比べものにならない玉の汗が額に浮かび上がっていた。「大丈夫か」と一瞬、訊ねようと思ったが、こうして四条さんになりきれるなら、汗を掻《か》いた四条さんにもなりきれるだろう。ならば、心配すること自体無意味だと思い直し、「美髯公」Tシャツの肩口あたりで己の頬の汗を拭《ぬぐ》った。

「バベルとはつまり――、器ということになるのかな。僕はそう理解している」

取り出したハンカチを押し当てるようにして額やこめかみの汗を吸い取り、探偵は「ふう」と大きく肩で息を吐いた。

「器? この建物がってことか?」

「いや、そうじゃない。穴は下に掘れば掘るほど、大きくなるだろ? 僕はこの建物を上へ上へと伸ばすことで、バベルを大きく育てた。膨らんだバベルには澱《よど》みが集まる。それが連中の目的なんだ。雨が降って地下の下水に流れこむように、街の、社会の、そこに住む大勢が垂れ流す澱みが集まってくる。バベルはそれを集め続けるための器なんだよ」

「ここにその澱みとやらが、集まってるって言うのか?」

今も肌に触れるこの空気に何か妙なものが漂っているのかと左右を見回す俺を、

「見えないよ。僕にも見えない」

と探偵は薄く笑った。

そんなものを集めて何になるのか、と見返す俺の疑問を汲《く》み取ったかのように、

「澱みというのは、地中に眠る石油みたいなものなのだと僕は理解している。連中には、それがお宝に感じられるらしいね」

と首筋にハンカチを移動させた。

「連中は今も世界中あちこちにバベルをつくっている。大勢の人間を使ってね。このバベルも、僕をさんざん利用してつくらせた挙げ句、必要がなくなったら抹殺しようと乗りこんできた。君は僕に会うまでに、このバベルが崩壊寸前で、だから清算しなくちゃいけない、とでも連中から聞かされていたんじゃないか？」

まさに図星の指摘である。思わず視線を外した俺の意図を見透かしたように、

「でも、ここのどこが崩壊寸前って言うんだい？」

と広げたハンカチを頭の上にはらりと載せ、探偵は両手を広げて見せた。

「僕の望みはひとつだけ。この場所で娘と平和に過ごしたい。それだけなんだ。君も知ってのとおり、実体のない僕は、このバベルを失うと生きることはできない。もちろん、娘もだ」

「あの子は――」

そのまま「初恵おばさんは」と続けようとして声が詰まった。

めた。

「あの女の子は……、どれくらいここにいる？」

スキンヘッドにハンカチを載せたまま、四条さんは遠いものを見定めるように目を細めた。

「連中に目をつけられて、僕がバベルの管理人になることを求められたときだったから、彼女が十一歳のときだ。ちょうど僕が画廊をやり始めた年のことだよ。そのときから、彼女はここにいる」

「まさか……、ずっとこのビルの中にいるとか言わないよな？」

「ずっとだよ。五十年以上になるだろうね。もちろん、君の感覚の五十年とは違うものだけれど――」

返ってきた数字の大きさに、しばらく言葉を失った。

「あの子と……、これまであの子と、いっしょに食事をしたことはあるか？」

「ないね。そもそも、ここでは僕も初恵も腹が減るということがないから。食べるたのしみはあっても、食べる必要がないんだ」

二十四時間営業の流しそうめん屋を出る際、厨房《ちゅうぼう》の様子を確かめたが、入口に少女の姿を見つけることはできなかった。五十年というとてつもなく長い時間を想像しようとしたが、できるはずがなかった。この狂った世界に閉じこめられ、誰とも一度も食事をしたこともないまま、あの少女は半世紀もの日々をこのビルの中で、たった一人で過ごしてきたのだ。

「あんた……、あの子が何度も窓から飛び降りたこと、知っているのか」

探偵は頭の上のハンカチを畳み、「ああ」と小さくうなずいた。

「でも、向こうの世界に帰すことはできない。僕にはやり方を見つけることができなかったんだ。すべては連中のせいだよ」

行こうか、と沈んだ声のつぶやきとともに、探偵の背中がふたたび視界に戻ってきた。

これまでも踊り場の掃除をしながら、何度、このくたびれた背中が探偵事務所へと帰る姿を見送っただろう。そう、俺は管理人なのだ。バベルというボロ雑居ビルを管理するために、月々の電気代や水道代を計算し、共用部分を掃除し、カラスに漁《あさ》られた生ゴミを掃除し、踊り場に殺鼠剤《さっそ》をまき、部屋でひたすら芽が出ない小説を書き続ける——。

ただそれだけの、平凡極まりない時間を送っていたはずの男が、どうしてこんなところに立っているのか？　何ひとつうまくいくことがなくても、まともで平凡な日々を生きていたことが、はるかむかしの記憶に感じられた。


「ミツムライト」

「ハンドベル教室　マリア」

「ラクダ革製品　楽田」

「山高帽専門店　クラウン」

「CAFE　MEETS」

「チャーシューメン」(ゴルフショップ?)

「ミラノ美容室」

「木工イスの店　みつむら」

　ドアの前を通りがてら中をのぞくと、古色蒼然《そうぜん》と言っていいほど、明らかに時代を感じさせる内装に、今どきお目にかからない字体のポスターが貼られている。俺が生まれる前の、バベルという雑居ビルが歩んできた歴史が、空間が、積み重ねてきた時間が、当たり前のような顔をして扉の向こうに佇《たたず》んでいた。初恵おばから聞いた照明専門店と思しき「ミツムライト」が登場し、さらには「CAFE MEETS」が現れた。限りなく、「MEETS」は蜜村さんの「蜜」である可能性が高かった。なぜなら、踊り場の壁に立てかけられた、一枚板で作られた立派な看板の「C」の下には、うっすらと「K」のアルファベットのプレートを貼りつけた跡が見えたからだ。蜜村さんが当初「KAFE」で営業していたという、初恵おばの証言どおりだった。さらには木工イス屋までが俺を迎えた。初恵おばから聞かされた昔話がすべて現実として目の前に登場したのである。

　いつの間にか、先導の足音が聞こえなくなっていることに気づかなかった。

「ここだよ」

　驚いて顔を上げたら、階段先の踊り場で四条さんが立ち止まっていた。

腰に手をあて、荒い息づかいとともに階段を上りきる。

「ない――」

思わず声が漏れたのは、階段が終わっていたからだ。折り返しの上り階段はなく、急に広くなったように感じられる踊り場はまぎれもなく屋上フロアの眺めだったが、見慣れた磨りガラスが嵌《は》められた屋上へつながるドアだけが見当たらなかった。替わりに、

「画廊　九朔」

と白い頑丈そうなドアに木の表札が掲げられていた。

「これまでいくつのテナントの前を上ってきたか、覚えてるかい？」

「そんなこと知るか……。六十？　いや、七十か？」

「ちょうど九十だよ。すべて君がよく知るバベルから立ち去ったテナントだ」

あの「俺の部屋もどき」から始まって、そんなにも階数を経てきたのか。いったいどれだけ太ももを持ち上げ、何百段、いや何千段もの階段を上ってきたのか。

「これが九十一番目――、最後の一つ。つまり、このバベルに最初に現れたテナントになる。と言っても、テナントとして営業したのは半年くらいかな。ミツ坊にフロアを譲ったから」

三十八年前、もともと画廊があった場所に地上五階、地下一階のバベルが建てられたとき、大九朔は自らの画廊をスタートメンバーのテナントとして入れた。その後、画廊の手伝いをしていた蜜村さんにフロアを譲り、画廊は外に移転したわけで、それがこの

バベルの入居一号になったということか。

「ここが目的地か?」

「そうなるね」

「本当に元の世界に戻れるんだろうな」

額から頭にかけてまんべんなく汗を浮かべながら、四条さんは「入ったら、わかるよ」とやさしげな笑みを浮かべ、うなずいた。

几帳面《きちょうめん》な筆文字で記された「画廊 九朔」の表札正面に立った。

ドアノブに手を伸ばし、ぐいと扉を前に押し出す。

視界に飛びこんできたのは、見覚えのある風景だった。

蜜村さんの貸しギャラリーそのままの眺め——、正確には、借り手がいないときの壁にもフロアにも何ら展示がない、すっからかんの眺めが広がっていた。

いや、一枚だけ、正面の壁に絵が掛かっている。

無人のフロアを横切り、引き寄せられるようにその前に進んだ。

絵画の展示があるときは、横一列に作品が並ぶ壁面の真ん中に、何も描かれていない、ただの無地のキャンバスがぽつんと飾られていた。もしも、重厚な雰囲気漂う金色の額に囲まれていなければ、壁面の白に溶けこみ、存在に気づかなかっただろう。

「何だ、これ。真っ白だぞ」

「まだ、何も描かれていない。つまり、何でも描くことができる一枚だよ」

背後から近づいてくる軽い足音に、「あん？」と振り返る。

「ただの落書きみたいな絵に、何十億円も値がつく、わけのわからん現代アートの類《たぐい》ってことか？　でも、これ、落書きすらないぞ」

「その絵の前に立って願えば、どんなものでも実現させることができる。あらゆる望みを叶《かな》え、すべてを手に入れることができる。これは、僕がこのバベルでつくり上げた最高の作品なんだよ。この絵を、君に見せたかった」

探偵は汗を拭《ぬぐ》ったハンカチをスーツのポケットに収め、ちょうど股間《こかん》のあたりで両手を合わせた。虚空に想いを馳《は》せるように、少しあごをあげるその姿勢には見覚えがあった。そうだ、将棋クラブで夢の続きを語っていたときだ――。

「悪いけど、絵のことなんてどうでもいい。俺は帰りたいだけだ。扉は？　扉があるんだろ？」

入口ドアのつくりは変わっていたが、フロアの間取りは「ギャラリー蜜」や、これまで登場した蜜村さん関連と思《おぼ》しきテナントと同じゆえ、スタッフルームへとつながる奥のドアを、

「あれか？」

と指差したが、四条さんは反応することなく、

「ここに現れたとき、すぐにわかった。君は娘といっしょだって」

と両手を前で合わせた姿勢を崩さず、静かに声を発した。

「このバベルにあるものは、言ってみれば鏡に映しだしたものを吸い寄せた結果なんだ。現実の世界ではとうに消えてしまったもの、失われてしまったものでも、ここではこうして変わらずに残っている。九十一個のテナントもそう――」

白の絵画に背を向け、俺は四条さんの正面に立ち位置を変えた。

「早く、俺を帰してくれ」

「娘は連中に引きこまれ、ここに連れてこられた。これまで君が見てきたテナントが現実の世界に戻れないように、彼女も戻ることはできない。でも、現実の世界には初恵がいる。君がよく知るとおり、成長して、今を生きている」

「それはわかった。でも、俺が知りたいのは帰るための扉のこと――」

「君もいっしょなんだよ。鏡に映された君が、ここに連れてこられた。連中の手によってね。向こうの世界では、本当の君が今も何事もなく日々を過ごしている。初恵のように」

頰の肉が嫌な具合にひきつるのを感じながら、無理に笑って返した。

「おいおい、何を言いだすんだ、急に」

「君は帰れないんだ。君の身体は向こうの世界と切り離されている。とても残念なことだけど」

「嘘だ」

「もちろん、君には何の罪もない。娘と同じくね」

「嘘だ」

「一度、君をテストしただろ？　あの本屋でのことだよ。あれだけの夢を見ることができたなら、この絵の中で望むがままの人生を描ける。その力がなかった娘は、永遠にこのバベルのなかで生き続けるしかなかった――」

右の側頭部あたりから発生した痺《しび》れが、こめかみへ、頬へと広がっていく。

「あ、あんた、電話で元の世界に戻りたいなら、女を消せと言ったよな。そうめん屋でも、元の世界に戻れる扉があるって言ったよな。あれは何だったんだ？　まさか、元の世界というのは夢の国の話でしたなんて、超絶ブラックなオチじゃないだろうな？」

俺の正面からの視線を、四条さんは揺れる瞳《ひとみ》で受け止めた。

「元の世界に戻る扉なんて、はじめからありませんでした――とか、今さら言うなよ」

先に目をそらしたのは探偵のほうだった。合わせていた手をほどき、「すまなかった」と深々と頭を下げた。丸い頭頂部がこちらに向くのを見下ろしながら、じりじりと胸の底から迫《せ》り上がってくるものの気配を感じた。それはこの狂った建物に放りこまれたときから、あえて向き合うことを断り、逃げ回っていた感情だった。

「絶望」という二文字が、今や正面で俺の視線を待ち受けている。

九十一階分の階段を上り続けたせいで、サンダルの鼻緒に触れる指の皮、足首、膝《ひざ》、腰、背中――、身体じゅうが痛みを訴えていたはずなのに、いつの間にか感覚そのものが消えていた。顔の痺れも遠ざかり、手足すらも、まるでそこにない、他人のものになったかのようなよそよそしさを伝えていた。

「ただ、その絵の前に立って願うだけでいいんだ」

「初恵おばさんのように、俺が元の世界にもう一人存在している、って言うのか？」

「君ならできる、絵の先に望むままの世界を描ける」

「今、この瞬間も、俺の部屋の机には『大長編』の原稿が置かれているのか？　それとも、俺がここにいることなんてかけらも気にしていない、もう一人の俺が無事、タイトルをつけて勝手に応募してる、って言うのか？」

探偵はとてももの悲しそうな眼差《まなざ》しを向けたまま、返事を寄越さなかった。

汗を吸った「美髯公」Tシャツの、肌にぴたりと貼りつく冷たい感覚が、ゆっくりと戻ってくるのを確かめながら振り返った。

金縁の額に収まった真っ白な絵が、俺を待ち受けていた。

なぜ、このバベルに招かれたのか？

これが答えであり、結末だったのだ。

つまりは精神的安楽死を自らに課すこと。

この場所で。

第八章　バベル退去にともなう清算、その他雑務

胸の赤いリボンを指先でいじっていたら、

「そろそろ、会場入りの時間です」

とメガネをかけた小柄な女性が声をかけてきた。わかりましたと立ち上がり、スーツの袖口《そでぐち》をピンと引っ張る。

控え室を出てふかふかの絨毯《じゅうたん》をおろしたての革靴で踏みつけながら進む間、頭に浮かぶのは「これから、何を話そうか」であり、「ついに、この日が訪れた」であり、「こういうとき、むかしの苦労話なんかしちゃうのは、きっと野暮なんだろうなあ」などと考えを巡らせているうちに、会場の入口に到着してしまった。

すでに集まっていたスーツ姿の人々が、自然な動きで道を空ける。なかには軽く会釈してくる人もいる。天井から吊《つ》り下げられたシャンデリアがとにかくゴージャスな光を放っていた。ビール瓶と空のグラスが中央に並ぶ、立食パーティー用の丸テーブルの間を縫うようにして、いちばん前に用意されたイスに向かう。

よいしょと腰を下ろすなり、

「それでは時間になりましたので、始めさせていただきます」

と控え室から俺を案内した先の女性が司会者台の前に立ち、マイクを使ってアナウンスを始めた。

会場を覆っていた、ざわざわとした喧噪《けんそう》の波がすうと引いていく。

「これより、弊社の社長から、あいさつがございます」

小太りの見事な禿頭《とくとう》の男性が壇上に立ち、マイクを手に話し始める。低い声で敬語を巧みに操り、集まった人たちへ感謝の気持ちを長々と伝えるのを聞きながら、おお、社会人の集いだ、と感心していると、次に「選考委員を代表しまして」というアナウンスとともに、黒縁メガネをかけた銀髪の小柄な老人が壇上に上がり、「今年は激戦だった」だの、「一つに絞るか、複数に受賞させるか、最後まで議論があった」だの語り、「ぜひ、これからも大いに活躍してほしい」と話を締めくくった。

「みなさま、お待たせしました。それでは、本日の主役に登壇していただきましょう」

という紹介とともに、「吾階九朔《ごかいきゅうさく》さん、どうぞ」と名前をコールされ、俺は恥ずかしいくらいにガチガチに固まった足を叱りつけ、壇上に向かった。

マイクを受け取り、ぎこちない動きで一礼する。

「あ、どうも、はじめまして、吾階九朔と申します。今回はこんな身に余る、新人賞という栄誉をいただきまして、ええと、まことに光栄至極に存じます。先ほども、ええと、社長様や、選考委員の先生様からも過分のお褒めの言葉をいただき、ええと、勝ってかぶとの緒を締めよ、なんてガラにもないことを真面目に考えてみたりする次第でありまず。ええと、実はわたくし、長らく雑居ビルで管理人を務めてまして、その業務の傍ら、まあ、業務と言っても、それほどたいへんだったわけではないのですが、いや、それでもネズミが出たり、泥棒が入ったり、家賃を払わない店子《たなこ》がいたり、厄介なオーナーや、口やかましいその姉がいたり、いや、その話はいいか——、とにかく、それなりにせわしない日々のなかで書き上げた小説がこうして世に出る、認められる。今回賞をいただいた作品は、会社で働いていたときから書き始めて、三年かけて完成させた、『大長編』と呼んでいた作品でして、ええと、それを自分以外の人に読んでもらえるときがくるなんて……、心の底では実はひそかに思っていたような、いや、本当は思っていなかったような、まあ、そんな不安と期待が常に日替わりでやってくる、会社を辞めてからの二年にわたるエブリデイ。こんなふうに体言止めでそこに英語なんか使っちゃうと、一気に頭が悪いように聞こえてしまいますけど、とにかく、やっと明るいところに出られたことがうれしいです。でも、何よりうれしいのは、これからも小説を書いていけること。それを生活の糧としていると胸を張って人に言えること。まだ一人前の作家と呼ぶにはヒヨッ子であることは重々承知していますが、これから待ち受けているだろう険しい道のりでさえ、そこを歩けることがうれしい、そんなフィーリング。あ、また使っちゃった——」

しゃべっている途中、あちこちからフラッシュが焚《た》かれる。何がおもしろいのか、ときどき、俺の言葉に反応して小さな笑い声が起きる。大勢の視線を一身に受けているとほんの少し意識するだけで、ただでさえ支離滅裂なスピーチ内容が空中分解してしまうので、なるべくコック帽を見つめ、心の平静を保とうと努めた。そう、会場の真ん中には、立食パーティーのための食べ物がビュッフェスタイルで置かれ、ところどころにずいぶんのっぽなコック帽を頭にのせた料理人がスタンバイしていた。会場を覆い尽くす人の波間から、にょきにょきと突きだした計四本のコック帽に交互に視線を置きながら、何とかスピーチを終わらせると、思いの外、ぶ厚い拍手が会場から湧き起こった。

「続きまして、賞状と記念品の授与を行いますので、写真をお撮りになる方、どうぞ前のほうにお越しください」

先の禿頭の社長から、「おめでとう」と賞状を差し出される。ここぞとばかりに、フラッシュが放たれる。続いて登場したのは、選考委員の黒縁メガネの大先生である。いかにも高級そうな生地のスーツに蝶《ちょう》ネクタイという、実に品のある格好とともに、大先生は銀髪を撫《な》でつけ、ホテルの係員が押し頂くように運んできた記念品の盾を受け取った。

「どうだね。この世界で、やっていけそうかい？」

小ぶりではあるが、ずしりと重量がありそうな盾を手に、大先生がにこりと笑った。

「やっと手にできた切符なんで、できる限り、書き続けていきたいです」

ウン、そうだね、と大先生はうなずくと、

「じゃあ、ぜひ、この言葉を聞かせてほしいな」

と急に声を潜めた。

何かを含んでいそうな雰囲気に、思わず一歩間を詰める。

「僕は、ここにいる」

さあ、と大先生は盾を差し出した。

ずいぶん唐突な求めだとは思ったが、これも今後待ち受けているであろう困難への覚悟を表明しろ、という意味なのだろう。

「言ってごらん」

「は、はい」

盾を受け取るべく、さらに一歩前に出て、

「僕は――」

と手を伸ばしたとき、盾の表面の「吾階九朔殿」という文字が目に入った。

激しい競争を勝ち抜き、新人賞を受賞した結果、今この場に立っている。その証明として、当然、盾には自分の名前が刻まれているわけだが……、俺の受賞作のタイトルは何だ？

「どうしたのかね？」

盾を差し出したままの格好を強いられている大先生が、不審そうな眼差《まなざ》しを向ける。

「いや、緊張で何だか度忘れしてしまったみたいで」

もう一度、盾の文面を確認するが、受賞作の記載はない。脇に抱えていた賞状を広げても、俺の名前とそれに続く文章しか見当たらない。そうだ、上だ、と視線を持ち上げる。宙に掲げられた、白い大きなプレートには、

「吾階九朔　小説新人賞授賞式」

とだけ太い文字で書かれていた。

「さあ、受け取りたまえ」

苛立《いらだ》ったような大先生の声に、慌てて顔を戻す。取りあえず、盾を受け取ろうとふたたび手を伸ばしたが、やはり――、気になる。

「あの……、信じられないくらいどうしようもない質問なのですが、俺の受賞作のタイトルって何でしょう？」

「今ごろ、何を言っているんだね？」

「俺の受賞作のタイトルを教えてくれませんか」

あまりに間抜けな質問にもかかわらず、大先生はふぁっふぁっと笑い、

「おもしろい。前代未聞だよ。授賞式で自分の作品の名前を忘れるなんて。きっと、十年経っても、二十年経っても、名エピソードとして語り継がれるぞ、これは。でも、それはもちろん、君が作家として生き残っていたらの話だ。なおさら、君を選んだ私に約束してほしい。『僕は、ここにいる』と――」

と仕切り直しとばかりに盾を持ち直し、大先生がどこかいたずらっ子のような笑みを口元に浮かべささやいた。

「これは、秘密の言葉なんだ。僕の前でこの言葉を誓った新人は、全員が人気作家の階段を駆け上っていった。効果は絶大だよ。だから、君も彼らのあとに続いてほしい。僕

はとても、君に期待しているんだ。どうか、この世界でずっと書き続けてくれたまえ」

なんていい響きなんだろうか――、ずっと書き続ける。それだけを生業《なりわい》にできる。まさに、これこそが、俺が追い求めていたものではないか、と身体にじわじわと熱が回り始めるのを感じながら、

「あ、ありがとうございます」

と直立の体勢を取り、大きく息を吸った。

「僕は、ここに――」

ふと、大先生の顔の真ん中に視線が止まった。黒縁メガネのフレームを支えている鼻に、なぜか意識が吸い寄せられる。とても馴染《なじ》みのあるワシ鼻というか、魔女っぽい鼻というか――、というより、俺の鼻のかたちにそっくりじゃないか。

「知っている」

という声が不意に、頭の中で響いた。

無意識のうちに、次に放つ予定だった続きの言葉を吞《の》みこむ。

俺は目の前にいる人物を知っている。

天下の大ベストセラー作家だから、という知識としてではなく、うまく説明できないが、もっと本質的な意味で、この上品な出《い》で立ちの老人を知っている。

「ほら、司会が困っているじゃないか。あれは君の担当編集者だろう。次の進行が詰まっているようだぞ。『僕は、ここにいる』だ。強い気持ちをもって、僕に約束してほし

い。それで、君は立派に独り立ちできる。きっと、この世界でもうまくやっていけるよ。間違いない。さあッ」

最後は思わぬ強い調子で促され、身体がびくりと震える。

しかし、口を開ける代わりに、なぜか目をつぶった。

今すぐ、何かに気づかなければならない、という焦りの気持ちと、この不明瞭《ふめいりょう》な感覚に漂いながらここに立つこと自体、すでに承知済みだったという予言めいた気持ちが交錯している。そうだ、俺のタイトルはどうなった？　あれほど苦手だったタイトルづけを見事クリアし、何百、何千もの応募作のなかの競争を勝ち抜いてこその受賞なのに、肝心のタイトルを忘れるなんて――。

思い出せ、思い出せ、と頭のなかで叱咤《しった》する。何とか連想を働かせようと眉間《みけん》を力一杯寄せてみる。しかし、ぽっかりとその部分だけが記憶から欠落し、ヒントすらこぼれてこない。

身に余る栄誉を授かったせいで、俺はどうかしてしまったのか。これからさらなる活躍を求められているにもかかわらず、分不相応な高みに登ったことを見咎《みとが》められ、お天道様からペナルティを喰《く》らい、ついでに記憶まで奪われてしまったかのような不様な門出じゃないか。

それって、まるでバベルの塔の逸話のような――。

不意に、そんなことを思った。

かつて人間が天まで届かんばかりに塔を築き上げたのを見て、調子に乗りやがってと怒った神は、それまで世にひとつしか存在しなかった言葉を人間から奪った。結果、互いに意思疎通ができなくなった人間はバベルどころではなくなってしまった、という話だが、新人賞を受賞し、デビューという頂上にたどり着いた途端、タイトルを忘れてしまった俺は、さながらこの話に登場する、身の程知らずの人間たちのようではないか？

「どうしたのかね？」

「どうしても、タイトルが出てこなくて……。これって、まるでバベルみたいだなって」

「バベル？」

やけに驚いた、いや、むしろギョッとした表情すら含む勢いで見返してくる大先生に、「授賞式で浮かれたスピーチを放って完全に調子づいているところを叱られて、タイトルを奪われてしまった。何だかこのへんが、身の程をわきまえぬ野心を持って天に近づこうとした神話のなかの人間のような――って。いや、違いますよね。これは単に俺の記憶力がどうかしているだけでして」

としどろもどろになりつつ、「いいんです、いいんです」とよくわからぬ締め方とともに、大先生が差し出す格好が続いている盾にようやく手を伸ばしたとき、己の右手の甲に目が留まった。

そこにくっきりと残る爪の痕《あと》を見つけたと同時に、

「言葉よ。このバベルでは言葉にすることで決まるの」

という、か細い少女の声が蘇《よみがえ》った。

「誰？」

と思わず口から飛び出してしまうほど、その声は生々しく、俺の鼓膜をダイレクトに
撲《う》った。

「バベル――」

「君、その言葉はどうにも不吉だな。この場で口にするのはやめておこうか。それより
も、君に授けたい言葉があるんだ」

「バベル」

「やめなさい、ここは授賞式だぞ。カメラマンたちもみんな見ている。さあ、言うんだ。

『僕は、ここにいる』だ」

「バベル」

三度目を発したとき、

「カンッ――」

と甲高く硬質な音が会場に鳴り渡った。

大先生の斜め後ろから、背の高い女性が近づいてくるのが見えた。全身が黒に包まれ、
顔の上半分を覆うほどの完全に場違いな巨大サングラスをかけている。さらには、胸元
を大きくはだけているせいで、光を帯びた白い肌が隆起し、めいっぱいボリュームある

谷間を見せつけていた。

ヒールの音を遠慮なく響かせながら、女は俺に向かって白い歯を見せた。

「たった今、裂け目ができた」

さらにくわっと開いて見せたその口の中は、この世の澱《よど》みを詰めこんだかのような漆黒に塗りたくられていた。

＊

積み木を崩したときのカチャカチャという音に似た不安定な声が、間違いなく背後から届いているだろうに、大先生は微動だにせず、

「『僕は、ここにいる』だ。それだけでいい」

と俺の目をまっすぐに捉《とら》え続けた。

「それは、言え――ません」

「なぜだね」

「たぶん、ここは俺がいるべき世界じゃないから」

俺と同じかたちをしている鼻の横で、大先生の頰がぴくりと震えた。大先生は合掌するように両手を合わせ、指の先を鼻の頭にあてた。唇の端をぐいと持ち上げ、「カッ」と「ガッ」の中間あたりの荒々しい声を発し、顔を歪《ゆが》めた。唇の間から一瞬だけ見えた、

黄ばんだ歯の並びがやけに生々しく、まるで別人のような表情で俺に刺すような視線を突きつけてくる。苛立ち、あきらめ、怒り、悲しみ、さまざまな感情がその顔に表れては消え、最後に残ったのはおそらく「さびしさ」だった。メガネの奥のたくさんのしわを背負った切れ長な目は、ひどく疲れた色をたたえているように見えた。

奇妙な静けさにふと顔を横に向けたら、段の前に一列で並んでいたはずのカメラマンの姿が一人残らずいなくなっていた。さらには、その背後に大勢詰めかけていた俺の受賞を祝いに訪れた人々も掻《か》き消えている。背の高いコック帽も見当たらない。だだっ広い会場の真ん中では、手のつけられていない食事の金属プレートが整然と並び、孤独に銀色の光を放っていた。

「いや、ここはお前がいるべき世界だ。なぜなら、お前が唯一生きることができる、残された場所だからだ」

一語一語、嚙《か》みしめるように発せられる大先生の声が聞こえる。マイクを使っているわけでもないのに、その言葉は会場じゅうに響いた。

「俺は――。俺は、これまでタイトルを決めるのが、とても苦手でした。たぶん、今だって苦手なままです。つまり、俺自身は何も変わっていない。それなのに、勝手に自分が変わったことになって、デビューしている。やっぱり、それっておかしいと思うんです」

「お前は、間違っている。お前には力がある。だから、ここに立っているんだ」

老人の声を打ち消そうとするかのように、コツーン、コツーンとヒールの音をめいっぱいこだまさせながら、女は大先生の斜め後ろの位置まで近づいてきた。

「もう、自分の姿を変える力も残っていなかったみたいね」

腰を屈《かが》め、女は老人の耳元でささやいた。身体のラインに沿った黒の生地の表面を、まるで生きているかのような銀色のぬめりがサアッと走り抜ける。

「とうに承知でしょうけど、あなたは管理人としての力をほとんど失っている。バベルを隠し続けることもできなくなって、とうとう私たちに発見された。それでも、あなたはバベルを保つことを望んでいる。今すぐあなたを排除して、このバベルを清算してもいいけど、ここまでしぶとくしがみつこうとする、その秘密を知りたいわ」

腰を屈めた姿勢のまま、女の声はどこまでも平板な調子で大先生に語りかける。

「このバベルの源は何？ 過去の記憶だけで、これほどの大きさを築くことはできない。きっと、むかしの仲間たちは知っていたんでしょうけど、あなたが根こそぎ殺して、入口まで隠してしまった」

何の話かまるでわからなくても、「根こそぎ殺して」の部分で、自分の肩が勝手にビクリと震えるのを感じた。

「だから、教えてちょうだい。このバベルの源は何？」

ほとんど触れる位置に女が近づこうとも、大先生は決して背後を振り返らなかった。まるで相手が存在していないかの如く、声にすら反応しない。ただし、その顔色はひどく悪く、額にじっとりと汗が浮かび上がっている。

「あなたがこの男に訊《き》いて」

しばらく間が空いたのち、女のサングラスがこちらに向いていることに気づいた。

「え、俺？」

「そう、あなた。なぜなら、あなた自身に直接関わることだから」

どうして俺が引っ張り出されるのか、まったく理解できずとも、不思議と女の言葉に強い説得力を感じた。その声質に何の感情もこもっていないだけに、言葉の中身に響くものが隠されているらしい。

「この世界の半分は、あなたが描いたもの。ここでは、あなたの言葉が結果を導くのよ」

改めて周囲を見回すに、もはや会場は無人の空間と化し、司会者台の前に立っていた担当編集者の女性すらどこかへ行ってしまった。頭上の授賞式のプレートは取り払われ、大先生の手元からも俺が受け取るべき表彰盾が消えている。ビュッフェの金属プレートも見当たらず、いったいどんなご馳走《ちそう》が並んでいたのだろう、ひと口でもいいから味わいたかったな――、と何だかがっかりした気分で、大先生の顔に視線を戻した。

「で、そのバベルの源って何なんだ？」

言われたとおり、ぞんざいに問いかけた。

その瞬間、電流を押し当てられたかのように、大先生の身体が大きく震えた。

ほとんど痙攣《けいれん》に近い筋肉のこわばりとともに、老人は目を剝《む》き、開かれた口の奥から「やめ――」という声が漏れた。

驚いて一歩退こうとしたときには、口の中へ飛びこんでいた。

正確には吸いこまれたと言うべきか。空間がねじれ、視界が歪み、わけがわからぬまま、己の身体が絞ったぞうきんのようにきりもみしながら、大先生の口の奥へと吞《の》みこまれていく。

目を開けると、部屋の真ん中に立っていた。

広さ八畳ほどの、家具が何もない、いかにも殺風景な小さな部屋だった。

ほんの数秒前、何かの目的を持ってここに到着したはずなのに、早々に思い出すことができなくなっている。鈍い頭の動きに従ってその場で立ち尽くしていると、ドアが開き、若い男が入ってきた。男は脇に四角いものを抱えていた。壁の前まで進み、それを掛けた。ああ、絵を持ってきたのだ、と気がついた。

どこか沈みがちな表情で男は無言で部屋を出ていった。すると、壁の絵がかさかさと砂に様変わりして、床に落ちた。

それからも、絵を携えた人々が続々と部屋を訪れた。たいていが男だったが、ときどき女もいた。男女ともに、みんな若かった。誰もが一様に暗い表情を引っさげドアの向こうから現れ、絵を置いて無言で去っていった。壁に掛けた絵のほとんどは砂となった。床に落ちた砂は、いつの間にか黒い染みのような色むらとなって床に広がっている。

何十人もの訪問を経て、ようやく部屋の壁が絵で埋まった。

どうやら、ここは画廊らしい。

小さな間取りながら、絵が四方に揃い、画廊として様になるのを待っていたかのように、いきなり部屋が広がった。フロアが倍の広さに膨らみ、さらに上方向へとぐんと空間が成長する。途中、仕切り板のように床が生まれ、階段が脇に備わるのを眺めながら、「ビルが建った」とすんなりとその変化を受け入れることができた。

今度は、階段の踊り場に突っ立っていた。

そこへ、ふらりと二十歳くらいの髪の癖が強い、若い男が現れた。階段の下から登場し、目の前を通り過ぎたのち上階へと向かう。また一人、上ってきた。さらに、また一人。誰も絵を持っていない。手ぶらである。若い男女が多いが、年齢の幅は少し広がったように見える。階段の先には何があるのだろうか、と疑問を持ち始めたタイミングに合わせるかのように、今度は上から人が下りてきた。

下方からは上る人、上方からは下りる人。

何やら忙しい。

さして広くない踊り場の隅に所在なく立ち続けながら、

「あれ？」

と気がついたことがある。

階段を下りてくる人が、階段を上ってきた人と同一ではないか。

そんな簡単なことを把握するのに時間がかかったのは、上りのときとは登場の順番がバラバラだったからだ。さらには、見た目がすっかり変わってしまっていたからだ。

ある人はエプロン姿で、ある人は調理師の格好で、ある人は店員の制服の格好で、ある人はスーツ姿で、誰もが変装してきたかのような外見で下りてくる。さらには人相がひどく疲れたものへと変わっていた。上ってきたときとは別人のように、彼ら、彼女らはどこか虚《うつ》ろな表情でとぼとぼと下りてくる。

なかには、何度も階段の上下移動を繰り返している男性がいた。下りてきたときのエプロンに「蜜村《みつむら》クレープ館」とプリントされていたので、「蜜村」が彼の名前なのかもしれない。俺の目の前を通り過ぎて、階段を下りていったかと思うと、すぐに上りのメンバーとして現れる。いちいち数えていなかったが、軽く十回以上は反復していたのではないか。しかも、登場のたびに少しずつ老けていた。青年だった姿がいつの間にか、六十近い風貌《ふうぼう》に変わっていた。髪形は同じでも、癖の強い髪質はグレーに染まり、エアコンのフィルターに詰まった埃《ほこり》のかたまりを連想させられた。ひょっとしたら、いちばん先頭で階段を上ってきた癖っ毛の青年は、この男性だったのかもしれない。

気がついたときには、足元が砂で埋め尽くされていた。それは彼ら、彼女らが落としていったものだった。上りのときには落とさないのに、なぜか下りのときだけ、足元から砂をまき散らし、階段を気怠《けだる》げに下りてくるのである。

やがて、上りの列が途切れ、下りの列もぱたりと人影が見当たらなくなった。

もう終わりかと思ったとき、ふらりと男が階段を上ってきた。

ギョッとして、反射的に踊り場の隅に跳び退《しさ》った。

正真正銘、俺自身だった。

軽やかと言ってもいい足取りで階段を上り、こちらに気づくことなく、もう一人の俺が目の前を通り過ぎていく。

足音が消え去っても、踊り場の隅でしばらく壁に貼りついていた。

待てども、下りてくる気配がない。

踊り場に、階段に、たっぷりと積もった砂が変質し始めた。砂がどす黒い澱《よど》みとなって、踊り場を満たす。と思ったら、音もなく床面に吸いこまれ、黒い染みを残してあっという間に視界から消えてしまった。

「コツーン、コツーン」

と下の階からヒールだろうか、床面を派手に叩《たた》きながら誰かが上ってくる音が聞こえた。

現れたのは女だった。

足元からすべて黒の衣装で固めているため、まるで先ほど床面を満たしていた澱みが、人の姿を纏《まと》って立ち昇ったかのような眺めだった。水墨画のように黒に覆い尽くされた視界の真ん中で、やけにはだけられた胸元だけが、ぼうっと光を帯びているかのように浮かんでいる。

「あなたはまだ下りてこないわよ。だって、あの雑居ビルの中に今もいるでしょ?」

それだけを告げ、俺の前を通過して階段を上っていった。自然と身体が動き、女のあとを追った。踊り場で折り返し、さらに上ると、視界が歪《ゆが》み始め、身体がぞうきんのようにねじれ、何かから絞り出されるような感覚に放りこまれた。

正面に、老人が立っていた。

言わずもがなの大先生である。

その真後ろに、黒ずくめの長身の女が影のように控えていた。

「あなたはあのビルで、彼らにずっと無駄を見させていたのね」

女は老人の首もとから蛇のように長い腕を這《は》わせた。品のいいスーツの真ん中で、映えた色をアピールしている蝶《ちょう》ネクタイに触れるまで腕を回しても、大先生は微動だにせず、俺の顔を見つめている。

土気色を通り越して、ほとんど死人のような白さに覆われたその表情から、これまでの泰然とした雰囲気は消え去り、代わって虚ろで気怠げな眼差《まなざ》しが注がれていた。わずかな合間に、十歳以上、相手が老けたように感じられた。

黒縁メガネの向こうで、力なく、ただぼんやりと開いているだけの眼《まなこ》に向かって、

「さっきの言葉——、やっぱり俺には言えません。俺はここにいるべきじゃない。だって、ここは空っぽだ。誰もいない」

と無人の広間を指差した。

しわに覆われた唇のまわりの筋肉がわずかに震え、大先生は何か言いたげに口を開きかけたが、結局、何の声も発せられなかった。

背後から回した女の手が、老人の胸にぴたりと押しつけられる。ちょうど心臓の部分に手のひらを広げ、

「何か言っておきたいこと、ある？」

とどこまでも無機質な響きを添えて訊《たず》ねた。

「終わりだな」

俺を見つめながら、大先生は静かにつぶやいた。はじめて女の存在を認め、放たれた反応だった。

「ええ、そういうこと」

女は大先生の胸元から、深いしわの刻まれた頰へとゆっくりと手を移動させた。さらにもう片方の手も添え、両の頰を包みこみ、

「さようなら」

とやさしく告げた。

次の瞬間、女の手に挟みこまれた大先生の顔がおかしな方向に曲がり、

「ゴキリ」

という嫌な音が聞こえた。

両の手足からいっせいに力が抜け、身体がずるりと崩れ落ちそうになったが、

「今度は逃がさない」

と首に手を回し、頭ごと搦《から》め捕るように、女は小柄な老人の身体を抱きしめた。さらに老人の顔を自分のほうへと持ち上げ、ほとんどむさぼるような強引さで口づけした。

その瞬間、銀髪の頭も、蝶ネクタイがきまっていたスーツも、つややかな革靴も、黒縁メガネも老人のすべてが砂と変わった。

地面に流れた砂は、床面に黒い染みのようなものを残し、何となく四散して、気づいたときには染み自体も跡形もなく消えていた。

人の気配を感じ、顔を横に向けると、そこに少女が立っていた。

華奢《きゃしゃ》な身体に黒いワンピースを纏い、長い髪を持て余し気味に垂らし、呆然《ぼうぜん》と砂が染みとなって消滅したあたりを見つめている。

いったい、いつからそこに立っていたのだろう。

「き、君は?」

「戻る、と言って」

少女は顔を上げ、まっすぐに俺を見つめた。

「心に浮かべ、言葉にしたことが真実になる。それがバベルのルール」

怒っているのか、悲しんでいるのか。虚脱しているのか、俺を突き放しているのか。いずれにも聞こえる、宙ぶらりんな声が血の気を失った唇から放たれた。少女は泣いていた。はっきりと涙で頰を濡《ぬ》らし、嗚咽《おえつ》をこらえているのが、のどの震えからも伝わってくる。それでも、真っ赤に充血しながらも意志のこもった強い眼差しは、痛いくらいに俺の目を貫いていた。

わかったとうなずき、いっさいの躊躇《ちゅうちょ》なく唱えた。

「俺は、戻る」

＊

目の前の、金色の額縁に囲まれた絵をしばらくの間、見つめた。

どこまでも白い絵だった。俺が描いたものの残滓《ざんし》はかけらも残っていない。

まだ少し混乱は漂っているが、頭はすでに承知していた。

俺は戻ってきたのだ。

わずかに汗の気配を残す「美髯公《びぜんこう》」Tシャツに短パン、サンダルという己の格好を確認したら、安堵《あんど》なのか、失望なのか、絶望なのか、自分でもわからぬくらい深く、長いため息が漏れた。

「目は覚めたかしら」

振り返ると、部屋の真ん中にカラス女が立っていた。

腰に両手をあて、長い右脚をわずかに前に出した姿勢で俺を待ち受けている。

そうなるわね、と巨大なサングラス越しに女は視線を寄越した。

「相変わらず、手のかかる男ね」

「今のは、何だったんだ」

「説明なんて必要かしら？　もう、わかっているでしょ」

今も目の前にいるかのように残像がくっきりとまぶたに浮かぶ、黒縁メガネの大先生からメガネを外す。さらに白黒へと色合いを変え、母の古いアルバムに写っていた粗い祖父の写真の記憶と合わせてみる。わかるようなわからないような、頼りない感覚だ。でも、確信があった。あのメガネの下に陣取っていた鼻――、それはカラス女の隣に立つ少女のものであり、俺のものであり、社長業を営む初恵《はつえ》おばのものであり、つまり九朔家の鼻だった。

「あれが――、大《だい》九朔か」

カラス女と並ぶようにして立つ少女から、すすり泣きの声が漏れ聞こえた。手のひらで、頬からあごにかけて涙をぬぐい取るついでに、ほんの一瞬だけ視線を交わした。真ん中で分けられた乱れた髪からのぞく目は真っ赤で、鼻から息を吸いこむ際、顔じゅうがひきつるように震えたのち、また一粒、二粒と涙が頬を滑っていった。声をかけられないのは、涙の理由を知っているからだと気がついた。

「終わりだな」

「お前は――、三人目か」

老人が残した最後の言葉が耳の底で蘇《よみがえ》ったとき、

「そう、終わったの。彼はこのバベルから排除された」

と積み木が崩れたような、無表情なカラス女の声が重なった。

「あなたをその絵に閉じこめることが、あの男に残された、バベル存続のための最後の手段だった。でも、あなたは二度も自らの手で夢に裂け目をつくった。大九朔の誤算は、あなたの力を見誤ったこと」

「俺の力？」

二十四時間営業のそうめん屋でも同じようなことを言われたが、断じて俺にそんなものがあろうはずはない。

「あなたはもう、バベルとは何か知っているのかしら？」

「それって、器がどうのこうのって話か？　お前は――、いや、お前の先代は教えてくれなかったけどな」

「バベルとは器の役割を果たすもの」

「いいのか？　俺はこのバベルの管理人じゃないぞ」

「バベルが器としての限界を迎えるとき、私たちが清算に訪れ、バベルはこの世から消滅する。もしも正しい清算がなされず、澱《よど》みが溢《あふ》れ出したとき、バベルは崩壊する。今こうして話している間も、限界は近づいている。極めて危険な状態よ」

カラス女は首を傾け、まるで風を読むように天井にサングラスを向けている。

「あなたは知っているのかしら？　なぜ工場を経営していた大九朔が、それまでの経歴とはまったく関係のない、画廊の商売を始めたのか？」

いきなり話が飛んだことに戸惑いつつ、俺は首を横に振った。絵画について何の知識も経験もない、ミシン部品工場の経営者である祖父が、ある日突然画廊をオープンした理由を、祖母すら最後まで教えてもらえなかったと母に聞いた覚えがある。

「画廊の次は雑居ビル。何の目的で？　金のため？」

「それは違う。金儲《かねもう》けをしたいだけなら、もっと安定したテナントを入れただろうし、家賃だってあの立地ならもっと上げてよかった。ここに来るまでに散々見ただろ？　あんな無茶苦茶なテナントばかり入れて、長続きするはずがない」

「そう、それが大九朔の狙いだったの」

「狙いって……、何が」

「すべてはバベルの源を得るため。その目的に従ってあの男は画廊を営み、さらに雑居ビルを建てた。まだ覚えているかしら？　あなたが飛びこんだ大九朔の夢。無駄を見ること――。それがこのバベルの源だった」

すでに霞《かすみ》の向こうに遠ざかりつつある、ビルの踊り場でひとり突っ立っている絵を、何とかたぐり寄せる。そこに女が大先生の耳元で「あなたはあのビルで、彼らにずっと無駄を見させていたのね」とささやくシーンが重なってくる。

「無駄を見るって何だ。夢を見るの間違いじゃないのか？」

母から聞いた話では、大家時代の大九朔は、将来を応援する意味もこめて、あえて若い店子《たなこ》にテナントを任せた。言ってみれば、大九朔は夢を見ることを後押しする役割も果たしていたのだ。

「確かに、すぐに交替してしまうテナントばかりだったかもしれない。でもそれはあくまで結果論だろ」

「その結果をはじめから見越してテナントを選んでいたとしたら？」

「わざと潰《つぶ》れやすいのばかりを入れたってことか？　ないない。だいたい何で、そんなめんどうなことをする必要があるんだよ。お前、知らないだろ？　不動産屋とのやり取りや、次の店子との引き継ぎや、契約書の作成や、あれこれ手続きもたいへんなんだぞ。まあ、俺はまだ経験したことないわけだけど――」

もはや大九朔を擁護する義理など何もないはずなのに、つい反論してしまう横から、

「夢を見るのは自由なの」

と少女の声が割りこんできた。

「でも、うまくいったらダメなの」

「え？」

「あの人に訊《たず》ねたことがあった。どうして、この建物の階段の下に新しく店が増えていくのかって。あの人は言った。うまくいかずに店をやめていった人間の結末を取りこむことで、バベルは大きくなっていく。うまくいかないからこそ、このバベルが育つ。だ

から、向こうの世界では、そういう人ばかりをビルに集めているって――」

すぐには言葉を返せなかった。太い眉《まゆ》に始まり、九朔家の鼻が中央に居座る少女の顔をまじまじと見返した。核となる表情をつかめるようになったからか、今やはっきりとその面影に初恵おばの像を重ねることができる。ついでに、かつて大九朔が招き入れたテナントを評し、「どれもこれも、パッとしないどうしようもない店ばかり」と罵《ののし》っていた、懐かしいチェロ声も蘇る。

「本当に、それ……、君の親父さんが言ったのか？」

「ほとんど、しゃべることもなかったから。ときどき話した中身は覚えてる」

少女の言葉を引き取るように、女が一歩、「コンッ」とヒールの音とともに前に出た。

「わかってきたかしら？　大九朔が画廊を営んだ理由を。バベルの管理人として彼はバベルの源を求めた。そのための画廊だった。彼にとって、集めた絵画の美術的価値なんて何の意味も持たず、ただ、そこに詰めこまれた、徒労に終わった莫大《ばくだい》な情熱、描き手の失望や絶望を集めていたの。もしも画廊だけだったなら、ビルというものが滅多に存在しない時代、彼のバベルもどこにでもある小さなもので終わったでしょうね。でも、大九朔はそれでは飽き足らなかった。画廊で買い集めた絵画が運良く化けて、大きな儲《もう》けになったことで――。奇妙な話ね、夢を見る人間が描く希望よりも、無駄を見る人間が塗りたくる絶望を人間は高く評価する。画廊の儲けで彼は保険代理店を始め、さらに利益を上げた彼は画廊を建て替えた。あなたが管理人をしている雑居ビルに。建設の目的はもちろん、バベルの源をより多く集めるためよ」

　少しずつ、見えてきたような気がする。これまであちこちに散らばっていた残骸《ざんがい》が、元あるかたちを取り戻していく感覚。そのかけらの一個が反射して、ある店子の言葉を不意に蘇らせた。

「くたばるまでここでやれ」

　と大九朔から三階のテナントを託された蜜村さん。どれだけ経営センスが皆無であっても、「世界の役に立ってる」と大九朔に褒められた蜜村さん。そのひと言を後生大事にして、彼は無数のチャレンジを繰り返してきた。しかし、それらはすべてバベルの源として利用するための方便だったかもしれないのだ。もしも、そうなら、大九朔は何という残酷な甘言を耳元に吹きこんで去っていったのか。

　蜜村さんだけではない。

　俺も――、バベルの「源」だった。

　ゆえに、あの大九朔の口に吸いこまれた先で見たものに、「上りの御一行」として登場したのだ。

「待てよ……。じゃあ、このバベルが限界を迎えた理由ってまさか」

「今の雑居ビルにいる面々が、無駄を見ることをやめたから。あなたも含めてね」

　得体の知れない説明ばかりを延々と聞かされ続けてきたなかで、はじめて理解できる話を聞いた気がした。

地下一階「SNACK　ハンター」
一階「レコ一」
二階「清酒会議」
三階「ギャラリー蜜」
四階「ホーク・アイ・エージェンシー」

これが現在のバベルのテナントだ。

「SNACK　ハンター」の千加子《ちかこ》ママも「レコ一」の店長も「清酒会議」の双見《ふたみ》くんも「ホーク・アイ・エージェンシー」の四条《よじょう》さんも、うまくいかないことはたくさんあるだろうが、毎日、一生懸命働いている。無駄を見るために生きているなんてことはない。

「ギャラリー蜜」の蜜村さんは三十八年間の皆勤を終え、ついにバベルを出て行くことを決めた。約束を守れなくて、と言って頭を下げた蜜村さんの姿が脳裏に浮かぶ。

ならば、俺は——？

小説家になる夢を見ながら、何の成果も上げられぬまま二年間が過ぎ去った。新人賞の一次選考すら突破できず、ようやく完成させた「大長編」はタイトルをつけずに部屋の机に置きっぱなしだ。でも、これから先は？　挑戦を続けるのか、それとも再就職を境にすっぱりとあきらめるのか、まだ決めきれていない未来を、すでにバベルのほうが先に見極めていたということなのか。

「もちろん、あなたもバベルの源の一部分だった――、かつてはね」

俺の思考の向かう先を読み切ったかのようなカラス女の言葉が部屋に響く。

「だから、大九朔は狂喜したの。実体を失い、二度と干渉することができないと思っていた元の世界から、わざわざ境界を越えて、バベルの源そのものが現れたのだから。あとは、あなたをテストして、ここに導きさえすればよかった。あなたをこの絵に閉じこめ、永遠に書かせ続ける。そこから生まれる源を使ってバベルを永久に存続させようとした――。うまい方法を考えついたものね。あなたの一生を根こそぎ奪い、すべて己のために使おうという起死回生の一手を企《たくら》んだのよ」

オセロの盤上を埋めていた白の石がすべて黒に変わったと思ったら、ふたたび白へと戻っていく――、そんな感覚だった。何度も大先生に促された「僕は、ここにいる」の言葉。そこに隠された意図はあまりに毒々しく、かえって悪意を認めることに抵抗を覚えるほどだった。

「わかったかしら？　これが、大九朔があなたをこの部屋に連れてきた理由。絵の中でたっぷりと甘い夢を見させておいて、その裏側で己のバベルを復活させようとした。力が戻れば、私たちをまた排除して、自分だけの王国を守りきるつもりだった」

「で、でも、俺がこのバベルに放りこまれたのはお前たちのせいで、俺もその子のように——」

向こうの世界では何食わぬ顔でもう一人の自分が元気にやっているはず、と言いたかったが、少女を前にとても最後まで続けることができなかった。

「どうせ、この子を私たちが引きこんだとか、あなたもついでに引きこんだとか、そのあたりを吹きこまれたのでしょうけど——、あら、何その顔。そのとおり相手の話を全部信じてしまいました、って書いてあるけど」

何もかもすべてお見通しの指摘に、呆《ほう》けた顔をさらしている俺を見て、

「つくづく、面倒な男ね」

とどこまでも平坦《へいたん》な調子でカラス女は吐き捨てた。

「心配しなくても、あなたはまっとうな人間よ。この子とは違う」

「ほ、本当か？」

勢いこんだせいでのどが詰まり、思わず咳《せ》きこんでしまう。

「あなたは空腹を感じるでしょ？　疲れるでしょ？　この子にはそれがない。だから、この子には食事の必要がないの」

目に見えない安堵《あんど》の波に一気に足元を攫《さら》われ、腰が砕けそうになる。咳きこみながら、

「ああ」と屁《へ》のような声を漏らしてしまった。

「忘れたのかしら。あなたは自分でここに来たの。扉に触れ、バベルへの侵入を果たしたのはあなた自身よ。誰かに操られての結果ではないことは、自分がいちばんよく知っ

ているはず」

あまりに突き放した物言いに、早くもムクムクと怒りがぶり返してきた。確かに、蜜村さんのギャラリーで絵に触れたのは俺だが、あそこまで強引極まりない手段で追い詰めたのは目の前のバケモノ女である。

「い、今さら、何の責任逃れだ。お前に追いかけられたせいで、俺はここに連れてこられたんだろうがッ」

「私たちは扉の在りかを求めていただけ。確かに『ただの人間』とは言えないわね。だって、普通の人間ならとっくに死んでいたはずだから。私たちの仲間もほとんどがこのバベルにたどり着く前に、潰《つぶ》されて死んだ。そこへ無事に入りこんだ時点で、あなたがこのバベルに強い親和性を持つことは疑いなかった。だから、大九朔はあなたに賭《か》けたのよ。思い出してみなさい――、あの男の最後の顔を。あれは、あなたに乗せた夢が、全部無駄になったことを悟った顔」

もはや授賞式の大先生が、そのまま大九朔として浮かんでくる。しかし、それほどまで俺にすがる必要があったということが、どうしても理解できない。あの五階建てのビルから立ち去った多くの若者の未来を横流しして、蜜村さんの三十八年間を踏み台にして、俺の未来を踏み潰して、いったい大九朔は何を欲したのか。

「こんな空っぽの廃墟《はいきょ》にこもって、大九朔は何をしたかったんだ？」

「自分でさんざん経験したのに、まだわからない？」

黒に覆われた長い両手を折り畳むように、カラス女が谷間の下で腕を組んだ拍子に、銀色のぬめりがざわざわと這《は》い上がり、幾筋にも分かれ、全身を巡っていった。

「ここは望みが叶《かな》う場所なのよ」

腕を組んだまま、黒いマニキュアで彩られた人差し指一本で示した先を目で追った。

「その一枚は、まさにこのバベルの象徴。さぞ楽しかったでしょうね。元いた世界では大勢の人間に無駄を見させておいて、彼はそのキャンバスでひとり優雅に夢を見ていたの。己の欲望の赴くまま、好き勝手に世界を描き、そこに王として君臨する。実体を失ってでも、このバベルにしがみつこうとしたのも、あなたならわかるんじゃない？ あなたはこの絵の力を、身をもって知ったのだから」

金色の額縁に飾られた、真っ白な絵から弾《はじ》かれたように視線を戻す。

「ふ、ふざけるな。俺がどんな気持ちで、この絵の前に立ったと思ってるんだッ」

声を荒らげ、唾《つば》を飛ばして言葉をぶつけても、急速に心が冷えていくのを止めることができなかった。俺を精神的安楽死に追いこもうとした時点で、明確な裏切りはあったわけだが、それでも何とか維持していた、偉大なる「大九朔」のイメージが見る見る萎《しぼ》んでいく。

死してなお、彼が守ろうとしたのが、こんな孤独が充満したテナントビルで、ひたすら空想ごっこに励み、夢に淫《いん》するための永遠だったとするならば、いったいどこに「大九朔」の「大」たるゆえんがあるというのか。

＊

「私たちの間違いは、彼が死んだと同時にバベルも消滅したと思いこんでいたこと。でも、彼はこのバベルで生きていた。バベルの源が確保され、この世界が膨らみ続ける限り、管理人として夢を見続けることができた。バベルの崩壊が近づいてようやく、私たちはそのことに気づいたの。ここまでバベルを大きくした管理人を私は知らないし、死んでもなおバベルのなかで生きていた管理人も知らない。いえ——、そこはこの子で一度、試していたからこそ、可能だったのかもしれないわね。いずれにしろ、とんでもない人間よ。あなたの大九朔は」

「何だよ、その試したって」

「言葉のとおりよ。テナントみたいに人間も移すことができるのか、試したんでしょうね。だから、この子はここにいる」

「デ、デタラメを言うのはやめろ。そもそも、大九朔はその子を守るためにバベルの管理人を引き受けたはずだ。その子を生かし続けるために——」

「そんなのじゃないッ」

いきなり少女の声が、張り詰めた空気を破って響いた。

「あの人は自分の力を試したかっただけ。だから、わたしを連れてきた。でも——」

俺を睨《にら》みつける少女の太い眉《まゆ》の下の目が、異様な光を放っていた。瞳《ひとみ》の奥で、暗いものがじりじりと鈍い炎を発し蠢《うごめ》いている。しかし、むき出しの嫌悪の感情を隠そうともしない口調から一転、急に口を閉ざした少女に、「でも？」と先を促そうとしたとき、

「引きこんでおいて、帰すことができなかったのよ。だから、ずっとここにいる」

と無遠慮なカラス女の声が続きを引き取った。

「大九朔は、はじめからこの子を元の世界に戻すつもりなんてなかった。その子の言ったとおり、ただの力試し」

「まさか……。ほ、本人にそれを確かめたのか？　こんなイカれた世界に子どもを一人で放っておいて、それでいいと思っている親なんているわけないだろ」

「誰を相手にしていたのか、まだ理解していないようね。娘がどうなろうと平気なのが、大九朔という人間よ」

孫がどうなろうと平気だった人間であることがすでに明らかになっている以上、反論の余地など残されていないのかも知れない。しかし、それでも――。

「そろそろ、話は終わり」

突然、カラス女は宣言すると、腰に手をあて、またもや天井にサングラスを向けた。

「始めるわよ」

何かを測るかのように静止してからも、髪がかすかに揺れていた。一人目とも、二人目とも違う、少しウェーブのかかった長い髪に見覚えがある。ひょっとしたら、俺が雑

居ビルで最初に出会った奴と同じ髪形なのかもしれない。

答えを知っていても、訊《たず》ねずにはいられなかった。

「始めるって、何を」

「清算よ」

女は天井を見上げたまま、ほんの少しだけ唇をすぼめた。

「待ってくれ」

「待てないわ。一秒でも遅れたら、すべて手遅れになる。街ごと消滅するわよ」

「もし、その清算がおこなわれたら、俺やその子は――」

「清算と同時に、このバベルは根こそぎ消える。あなたも、この子も、私も、ここにあるものすべてが」

聞きたかったことを何の情緒も添えずに全部伝えたのち、女は首の位置を戻した。

「私は準備に入る。あなたはどうするの？」

「ど、どうするって……」

「もう一度、その絵に入ってみたら？」

「ふざけるなッ。やっとの思いで出てきたのに、どうしてまた入らなくちゃいけない」

「夢に逃げたなら、終わりもない。ついでにこの子も連れていってあげたら？　あなたの夢になら、この子も入れるみたいだから」

言葉がそのまま重いかたまりとなって、眉間《みけん》のあたりをガツンと殴っていった。何かの本で読んだひどい話を思い出した。死刑執行されたはずの囚人が何かの拍子に蘇生《そせい》してしまい、いったんは医師の手当てを受けて回復する。しかし、その囚人は元気になったところで、改めて死刑執行を言い渡されるのだ――。

「器の限界がすぐそこまで近づいている。時間はあまりないわよ」

足に力を入れようとしても、太ももが踏ん張ってくれない。

不様にふらつきながら振り返った。

大きくも小さくもないサイズのキャンバスが、金色の額縁の内側に収まっていた。

これが大九朔が生みだした、バベルの結晶だ。

どんな夢も望みも叶う。

どんな世界でも実現できる。

頼りないサンダルの音を響かせ、前に進んだ。

キャンバスの手前で足を止め、何も描かれていない、表面の素材のわずかな陰影だけが潜むキャンバスをのぞきこむ。頭の隅では、すでに授賞式を経て作家として活躍する自分を想像していることに気づき、強く頭を振った。

何かに誘いこまれるように、真っ白な絵に指を伸ばした。

二度目になる布地の感触を確かめながら指を押しつけ、二秒、三秒と息を止めて何も描かれていないキャンバスを見つめた。

不意に、歌声のようなものが聞こえてきた。

振り返って、部屋を見まわす。

窓は閉まっている。音を発するものはフロアに何もない。しかし、歌声らしきものは消えない。しかも、この低いチェロの音色が如き声は初恵おばのものだ。がらんとした部屋を視線が一周し、少女の顔に着地した。不審げな表情で俺を見返す少女の口は閉じられている。腹話術で初恵おばの迫力ある低音ハナウタを奏でているとは思えない。

「歌みたいなのが聞こえるよな？」

まだ充血が残る目を何度かしばたたかせ、

「歌？」

と少女は太い眉の間に縦じわを寄せた。

「お前も聞こえないのか？」

隣に立つカラス女も何の反応も返さない。

考えるよりも先に、足が動いた。

奥のスタッフルームへつながるドアへと向かう。

ドアノブを回し足を踏み入れるなり、正面の壁に掛けられた小さな額が俺を迎えた。

何度目の出会いになるのか、文庫本をひとまわり大きくしたサイズの内側に濃い青を塗りたくった油絵に慎重に近づく。

「何、この絵……」

いつの間にか、背後のドアから少女が顔をのぞかせていた。

「こんなところに絵があるの、はじめて知った」

「入ったこと、なかったのか？」

「この階はいつも鍵《かぎ》がかかっていたから」

少女は部屋の中を見回すが、蜜村さんのギャラリーで見たものと同じ、隅に小さな流し台とコンロが置かれているだけの何もない空間である。そこに音楽室でひとり練習するチェロ奏者を彷彿《ほうふつ》とさせる、落ち着いた調子のハナウタが朗々と流れている。間違いなく、発信源は正面の絵だった。

「やっぱり聞こえない……のか？」

「さっきから、何を言ってるの？」

「いや、いいんだ。これ――、君の親父さんの絵だ」

え？　とかすれた声を発し、少女は頭の位置よりも少し高い場所に掛かった絵に顔を寄せた。

「外の世界にも、これと同じものがある。今も大事にこれを保管している持ち主が、大九朔から渡されたと教えてくれた。でも、持ち主は絵の意味を知らなかった。俺もわけがわからないまま、この絵に――」

そこまで言葉を連ねたところで、ハタと気づいた。

この歌だ――。

今の今まですっかり忘れていたが、蜜村さんのギャラリーで、俺はこのハナウタに導かれてこの絵に触れ、その結果、バベルに迷いこむハメになってしまったのではないか。

「ねえ、一つ、訊いていい？」

ハナウタを奏で続ける絵を凝視しながら、「ん」と曖昧《あいまい》に答えたところへ、

「おっさんは、本当は何者なの？」

といきなり核心を衝《つ》く質問を投げかけられ、一気に意識を引き戻された。

「父とどういう関係？　あの黒い女の人はどうして『あなたの大九朔』って言い方をしたの？　大九朔って、どういう意味？」

頭を咄嗟《とっさ》にフル回転させ、これまでこの子に語った内容を呼び起こす。俺はまだこの少女の前で名乗っていない。四条さんに扮《ふん》した大九朔やカラス女からも、この子がいる場では一度も「九朔」という名字で呼ばれたことはない――、はずだ。

「ええと、それはだな……、ビルを建てたオーナーとして君の親父さんは、今もとても有名なんだ。俺が管理人をやっているビルの名前からして『バベル九朔』だからね。むかしから、店子《たなこ》の人たちは君の親父さんのことを尊敬の念をこめて、大九朔って呼んでいたんだよ。意味はつまり、偉大な九朔氏ってこと。だから、俺も何となくその呼び方を使っているわけで。まあ、古めかしい呼び方だけど、俺もその、おっさんだから、特に違和感もなくってだね……」

彼女に真相を伝えるかどうかを考える前に、勝手に口がデタラメを並べていた。俺の言葉を真面目に咀嚼《そしゃく》しているのか、少女は難しげな表情を保っている。細かな部分をつ

たはずだ」

つかれると、すぐに馬脚をあらわしそうなので、

「俺も一つ、訊きたかったことがある。どうして、君は俺を助けてくれたんだ？　わざわざ、夢の中まで乗りこんでくれただろ？　あの女に協力する義理なんて、何もなかっ

と右手の甲に残る爪痕《つめあと》をさすり、これまで遠慮して訊けなかった質問を思いきってぶつけた。この少女には二度も助けられた。しかし、少女にすれば二度も実の父親を裏切ったことになる。しかも、二度目は父親を失うことにつながったのだ。

「あの人が、あなたをここに閉じこめようとしているのがわかったから。だって、おかしいじゃない。こんなところにいるなんて。わたしみたいな目には遭ってほしくないもの。ずっと一人でいること、とてもつらいから」

迷うことのない口調で、少女は即答した。

置いていかれたものの重みに、すぐには言葉を返せなかった。今はまだ少しオノ・ヨーコ似の少女であっても、この先、彼女はそのイメージと決別する。違ったコースへ、いや、さらにアクが強い女性へとぐいぐい進化していくはずなのに、この空疎なバベルの塔に閉じこめられ、五十年以上という莫大《ばくだい》な時間を費やすよう強いられた。あろうことか、実の父親の手によって――。

早々に、絵に対する興味を失った少女が踵《きびす》を返した拍子に、いつの間にか、チェロ声のハナウタが止まっていることに気づいた。あれ？　と絵に視線を戻した途端、息が止

まった。

「ち、ちょっと、待って」

何？　と少女が振り返る。

「君に……、俺は約束したよな。君をこの世界の外に連れていくって」

「あの女の人がわたしを利用するために、勝手に言ったことでしょ。それくらいわかるわよ、あなたのこと見ていたら。この人、何も知らないのにここに連れてこられている、って」

「いや、俺は約束どおり君を帰す。わかった気がするんだ。俺がここに来た理由が」

俺は腰を屈《かが》め、少女の顔を正面に持ってきた。

「君が俺に君を連れて帰ってこいと命令しているんだ」

「わたしが？　何を言ってるの？」

「帰ったらわかる。何しろ人使いが荒いおばさんだから」

おばさん？　誰？　と片方の眉《まゆ》を上げる少女に、

「帰ろう」

と告げ、その華奢《きゃしゃ》な肩に手を置いた。

「あなたたち――。何をするつもりか知らないけど、先に言っておくわよ。バベルとの連絡の扉を使えるのは管理人だけ」

と絶妙なタイミングで、フロアからカラス女の声が響いた。

「でも、俺はここに来たぞ」

「それは、あなたが歓迎されるべき客だったから。招かれざる客だった私たちの仲間は大勢が死んだ。自分以外には使わせないように、大九朔が罠《わな》を仕掛けていることも、じゅうぶんに考えられる」

理解はできなくても、俺とカラス女のやり取りから察するものがあるのだろう。俺に向けられた少女の眼差《まなざ》しには、強い緊張の色が浮かんでいた。

「ちょっと教えてくれないか」

カラス女の言葉を無視して、少女に語りかけた。

「親父さんといっしょにごはんを食べたことがないって言っていたけど、これまで親父さんと二人で何かしたことってあるか？ たとえば、遊んだりとか、散歩したりとか——」

自分でもどうして口にしたのかわからない唐突な質問に、少女は戸惑いの表情を一瞬浮かべたが、

「何もない」

と小さな声が返ってきた。

「じ、じゃあ、君が飛び降りたときは？ 親父さんはそのことを知っていたぞ。そのときも、何も言われないのか？」

少女は首を傾け、虚空に視線をさまよわせつつ、

「いつも目が覚めたら、『アルプスまくら蜜村』って店で寝てるの。そこに、あの人も

いっしょにいた」

とたどるように言葉を連ねた。

「そのとき、親父さんは何か言うのか？」

「大丈夫か、って」

「ほかには？」

「すまない、って」

少女は俺の注目から逃れるように顔を伏せ、ワンピースのすその流れに沿って手で撫《な》でつけた。

「本当にいなくなったんだよね……、あの人」

これまでカラス女が語ったバベル管理人としての大九朔――、おそろしく野心的で、欲深く、自分勝手な人物像はきっと真実だろう。だが、それだけの男だったのか。少なくとも、雑居ビルのテナント経営において、大九朔は店子に対し骨までしゃぶり尽くすような扱いはしなかった。きっとそのほうがバベルの源とやらになっただろうに、うまくいかない商いを見て、保証金にまで手をつけてしまわないよう、再起のチャンスがあるうちに見切りをつけるべきだと店子を説得することもあったと母は言っていた。三カ月分の賃貸料を滞納した場合は退去するという「スリーアウト」のルールも、大九朔時代からのものだ。蜜村さんは……、あのバベルに縛られて生きることが、逆にしあわせだと大九朔が考えた、なんてことはありはしないか。

「実は——、俺の知り合いで、君の親父さんをよく知っている人がいるんだ。一人は男で、親父さんのことを心から尊敬している。もう一人は女で、親父さんのことを、やさしいところが好きだった、と言っていたよ」

母三津子《みつこ》の言である。俺もそこから「大九朔」というイメージを培い、今もそのやさしさを慕って、面倒だとは思いつつ、電気代と水道代を直接店子のもとを訪れ、回収しているのだ。

「君は親父さんのこと、嫌いだったのか？」

少女は下唇を嚙《か》み、「わからない」と首を横に振った。きっとひと言では表現できない複雑な感情が絡み合う顔を見つめ、確信した。もしも、大九朔が普段から罠を仕掛けていたとしたら、そのときはこの少女に対して用意したことになる。大九朔がこの子に罠を仕掛けることはない。

「これ、君にも見えるか？」

屈んでいた腰を伸ばし、俺は絵を指差した。

顔を上げた少女は目を見開き、ぽかんと口を開けた。

「さっきと……全然違う」

スタッフルームに入ったときにキャンバスを覆っていた、もやもやとした青のタッチは完全に消え失《う》せ、絵は本来の姿を取り戻していた。まるで、初恵おばのハナウタが終わることが準備完了の合図だったかのように。

「これって——、扉？」

そうだ、とうなずき、長い髪がぞんざいに垂れている少女の背中へ回った。

不明瞭《ふめいりよう》な抽象画は、今や青い二枚の扉が合わさった細密な風景画へと変貌《へんぼう》していた。二枚のうち右の扉が開き、淡い光がこちらへと差しこんでいる。

華奢な両肩に手を置き、絵の正面に立たせる。

間髪を容《い》れず、槍《やり》のような鋭い声が割りこんできた。

「やめなさい。最悪の場合、バベル崩壊の引き金を引くことになるかもしれない。これは脅しじゃないわ。大九朔でも手の打ちようがなかった。だから、その子はそこにいるの。あきらめなさい」

「違う。いつでも帰すことはできた。でも、きっと、大九朔は帰したくなかったんだ。君にそばにいてほしかったから」

少女がハッとした表情で首をねじり、俺を見上げる。

少女の目をのぞきこみ、告げた。

「ひょっとしたら、向こうの世界に戻って、俺に会うかもしれない。苛々《いらいら》することが多いかもしれないけど、できたら、もう少しやさしく接してくれるとうれしい。そうだ、向こうに戻ったら、蜜村さんていう少し変わった人に会うだろうけど、彼の出身地は君の親父さんと同じだから。よかったら、覚えておいてくれ」

背後から「カンッ、カンッ」と明確な抗議の意図を伝える、床を強く叩《たた》く音が聞こえた。

手のひらの下で、少女の両肩の筋肉が急にこわばるのを感じながら、「大丈夫だ」とささやいた。

右肘《みぎひじ》に手を添えるようにして、か細い腕を持ち上げる。

背後からヒールの音が連続で迫ってくる。

「quaaaaaaaaaaaaaaaaaaaaaaa！」

これまで聞いたことのないカラス女の絶叫が鼓膜を破らんばかりに響くのと同時に、俺は黒いワンピースの背中を押した。

つんのめるように進み出た手の先が、絵に触れた瞬間、少女の身体がふわりと風のように靡《なび》いた。

腕を伸ばした人のかたちをした残像が、煙のようにおぼろになったのち、扉の隙間へと吸いこまれていく。

少女の行方を最後まで見届けることはできなかった。

激しい地鳴りとともに、とんでもない揺れが足元を襲ったからだ。立ってなどいられなかった。軽々と壁に叩きつけられ、その反動で床に背中から転がった。

どれくらいの間、頭を抱え、流し台の足元で丸まっていただろう。揺れが収まっても、船に乗っているかのように床が左右に波打って感じられた。視界が安定せず、立ち上がることができない。四つんばいのままドアに向かおうとして、床に絵が落ちていることに気がついた。壁を見上げると、釘《くぎ》が一本、さびしげに残っている。

そのまま近づいて、絵を拾い上げた。

小さなキャンバスを埋めるすべての色がぼやけていた。一面、薄汚れた青に覆われ、蜜村さんのギャラリーではじめてこの絵を見たとき以上に不明瞭な、ただの古ぼけた抽象画に成り果てていた。

よろけながら立ち上がり、壁に油絵を掛け直した。

まだバベルの崩壊は起きていない。

ただ、扉だけが死んだのだ。

＊

スタッフルームからフロアに戻ると、カラス女は窓に映る青い空を背景に、窓際から外の景色を見下ろしていた。

「せっかくのチャンスだったのに、あなたも馬鹿なことをしたものね。あの子を戻しても何にもならないのに」

「それでもいい。こんなところで、俺やお前といっしょに終わりを迎えるなんて、最低最悪のエンディングだからな」

「自分が戻るよりも？　やさしいわね」

女の言葉を無視してフロアを横切る途中、こちらでも壁際に絵が落ちていることに気がついた。落下の衝撃で金色の額が折れたのか、それが杭《くい》のようになって白いキャンバスの中央を豪快に切り裂いていた。

「もう、その絵を使うことはできない。これから清算に入るのに、残念ね」

「これ以上、お前と話すことなんかない。清算でも何でも、さっさとやれよ」

「外を見て」

窓の外には広大な都会の眺めが広がっていた。晴天の下、まさにアリの這《は》い出る隙間もないくらい、びっしりと建物が視界の続く限り地表を覆い尽くしている。

「わかるかしら？　あなたの見ているものがいつわりの風景ではない、ということ」

「どう見たって、いつわりだろ。こんな展望台みたいな高さの建物が、実際にあるはずないんだから」

「いいえ。ここから見える景色は全部本物よ」

あん？　と変な声を発してしまった俺に、女は「あれ」と指で示した。

指の先に、踊り場に出るためのドアが見える。

しかし、何かが変だ。

入ったときにはなかったのぞき窓がドアにくっついている。その長方形のフレームならよく知っていた。「ギャラリー蜜」しかり、蜜村さんの系譜と思《おぼ》しきテナントには、すべてこののぞき窓つきドアが採用されていたからである。

「どうして、扉が変わっているんだ？」

「わからない」

「何でも知っているはずの清算屋のくせにか？」

俺の揶揄《やゆ》を無視して、カツーンと床を派手に鳴らし、女はドアへと向かった。ドアの表面には何の注意も払わず、そのまま開け放ち、外へ出て行ってしまった。

「お、おい――」

女を追ってドアから一歩足を踏み出した途端、動けなくなった。

踊り場の隅に、殺鼠剤《さっそ》が置かれていた。

角の部分に山となって積まれた紫色の粒は間違いなく、「SNACKハンター」の千加子ママから譲り受け、俺が仕掛けたやつだった。しかも、三粒ほど山から崩れている。手をかけているドアを確かめた。見慣れた『それぞれのTOBIRA展』というボードが貼りつけられている。

「……何で？」

やっとのことで声を発したときには、すでにヒールの音は上階へと出発していた。

「ち、ちょっと待ってくれ」

と慌てて階段に向かいながら気がついた。そもそも、四条さんに扮《ふん》した大九朔とともに階段を上りきり、ここでフロアは終わっているはずだった。しかし、いつの間にか上り階段が復活している。だが、その理由を考える間もなく、次のテナントが登場した。

「ホーク・アイ・エージェンシー」

夢でも見ているのかと、しばらくの間、ドアの前で立ち尽くした。

踊り場の隅には、ここにも殺鼠剤が置かれている。磨《す》りガラスのドアには、羽を左右に広げる雄々しい鷹《たか》のイラストが描かれていた。

「どうして……、ここに四条さんの事務所があるんだ？」

すでに上り階段へ移動している後ろ姿を呼び止めるが、カラス女は振り返ろうともしない。カッーン、カッーンという反響に合わせ、ウェーブのかかった長い髪が揺れ、身体にぴたりと吸いついた黒の生地に銀色のぬめりが音もなく滑っていくのが見えた。

次の階に待っているものへの予感に突き動かされ、身体が勝手に動いた。

足の指や足首や膝《ひざ》の痛みも忘れ、一段飛ばしで階段を上る。

階段の先に、当たり前のように古びた白色の鉄扉が見えた。扉表面の汚れ、周囲に貼りつけられたステッカーやプレート、その一つ一つが愛《いと》おしく懐かしかった。

ドアの前に立って、確信した。

俺は帰ってきたのだ。

何でもない銀のドアノブにたまらない懐かしさを感じながら表面に触れたとき、

「違うわよ」

とこちらの心の声を盗み聞いたかのように、冷や水を浴びせかける言葉が響いた。

「あなたは帰ってなんかいない」

極めつきの仏頂面で俺は振り返った。

「これは俺の部屋だ。殺鼠剤だって、ほら、そこに仕掛けてある」

女は視線を合わそうともせず、

「行くわよ」

と上り階段に向かった。

「行くってどこへ？」

「あとは屋上しかないでしょ」

女の言葉に従うべきかどうか逡巡《しゅんじゅん》しながら、もう一度、ドアに向かい合ったとき、足元を突然、黒い影が横切った。

「うわッ」

反射的に壁にへばりついた俺の視線の先で巨大な黒いかたまりが停止し、胴体から伸びる細い紐《ひも》のようなものがぺたりと床に落ち着いた。

ネズミだった。

体長四十センチはあろうかという、とんでもなく大きなネズミだ。壁際で硬直しながら、ミミズのように線が刻まれた太く長い尻尾《しっぽ》を目で追った。

ミッキー。

自然と名前が脳裏に浮かんだ。

俺とミッキーとの距離は五十センチに満たないにもかかわらず、いっさいこちらに注意を払わない。それどころか、隅に仕掛けてある殺鼠剤に顔を近づけ、鼻をくんくんとしたのち、一粒口に含んだ。

「おい、やめとけ」

つい声が出てしまった。

ミッキーは反応しない。まさかと思い、サンダルで床をタンと叩《たた》いてみた。さらに両足を揃え、ジャンプしてみた。あろうことかミッキーをまたいで階段に向かっても、俺の存在にいっこうに気づかない。

「上がってきなさい」

と頭上から降ってきた声に、

「ど、どうなってるんだ？　俺が見えてないぞ」

とめいっぱい混乱しながら階段を上る。すでに屋上ドアは開け放され、それまでずっと反響し続けていたサンダルの音が急に抜けるのを感じながら潜った。

わっと青空がいっせいに俺を包みこんだ。

屋上に出たときにはまずぶつかるはずの、正面を塞《ふさ》ぐ隣のビルの壁がない。通りを隔て、偉そうに見下ろしていたビルもひとつも見当たらない。すべてが空に取って代わられている。

「こっちよ」

いつの間にハシゴを上ったのだろう。最上部に設置された給水タンクの前に立ち、腰に手をあてた格好で、カラス女が俺を見下ろしていた。

物干し台の横を抜け、水たまりがところどころに残っているのを避けながら、ハシゴに向かう。塗料が皮のように剝《は》がれた鉄棒に手をかけ、最上部に上った。カラスたちに保護カバーを根こそぎ持ち去られた配管に沿って給水タンクへと進む。

カラス女に近づくにつれ、最上部のへりの向こうに現れた、全方位に広がる景色に思わず足がすくんだ。給水タンクの足組の鉄柱を強く握りしめ、おそるおそるへりからのぞいたら、外壁はあの貧相な雑居ビルの色合いのまま、地表から数え切れないほどの窓の列が連なっていた。

ふえ、と声にならぬ声を発し、身体を引っこめる。まるで灰色の街並みに引かれた電気コードのように、黒い線がカーブを描きビルの根元まで続いていた。ビルの真裏を通っていた高架の線路だと、しばらく経って気がついた。この高さでは当然なのだろうか、駅に滑りこむ車両の長々としたブレーキ音も、駅員の執拗《しつよう》なアナウンスも、ビル前の通りをひっきりなしに往来する緊急車両のサイレンも、何一つ聞こえてこない。

「あの子が扉を抜けたとき、大きな揺れがあったでしょ」

恐怖心というものがないのか、それともカラスの心に支えられてでもいるのか、いつ落下してもおかしくないくらいのへりに平然と立ち、女は俺にサングラスを向けた。

「あのときにズレが生じて、互いに接続されたみたい」

「接続って――、何が？」

「外の世界とバベルが」

女の顔をとっくりと眺めた。サングラスのレンズには、雲一つない空に浮かぶ太陽が澄んだ光を反射させていた。

「じ、じゃあ、あの四条さんの事務所や俺の部屋は――」

「本物よ。ここから見える景色もすべて本物。でも、見えているだけ。私たちは依然として、バベルの内側にいるし、外の世界の人間からはこの建物は見えない。ネズミにも、あなたは見えない。でも、バベルが崩壊したとき、この建物は現実の世界に現れる。もう少しで、バベルは完全な飽和を迎える。それが訪れる前に清算を終えるのが私の役目。あなたとはここでお別れね。清算は一瞬。それで、すべてが終わる」

穏やかな光を放つ太陽を仰ぎ、女はゆっくりと両腕を掲げた。何かを測るかのように腕の位置を調節しながら、カラスの仕草そっくりに首から上をくいっくいと左右に回す。

「何で、わざわざ俺をここに連れてきた」

「部屋に閉じこもっているより、この場所のほうがずっといいでしょ。あなたはとてもよくやってくれたわ」

何か言い返してやりたかったが、それも今さら無意味なことだ。ただフンと鼻を鳴らし、大小さまざまな建物がパズルのように組み合わさった、果てしない街の風景を正面に捉《とら》えた。そう言えば、これほど高い場所にもかかわらず、まったく風というものが吹かない。不思議なことに、元の世界に戻ったわけではないという説明を聞いても何ら落胆する気持ちが訪れてこない。俺の存在にミッキーが気づかなかったのはそういうわけか、とむしろどこか納得する気持ちにさえなったくらいだ。

今もミッキーは踊り場のあたりをうろうろしているのだろうかと想像したとき、

「ん？」

と火花のようなものが脳みその内側で散った。

なぜ、ミッキーが俺の部屋の前にいたのか？　哀れなるミッキーはとうにカラス女によって脳髄を砕かれ、ビルの隙間に捨てられたはずではないか。

ならば、あの部屋の前で出会ったミッキーはこれから死を迎えることになる。それを発見するのは俺ということになる。さらには俺がこの屋上に登場することになる。その後、バベルに放りこまれることになる――のか？　とこれからの展開を順にトレースしていくうちに、まるで平野の真ん中にそびえるこのバベルのように、思考の断片が集合し、ひとつのアイディアを止める間もなく築き上げていった。

「待ってくれ――」

絶対に離すまいと決めていた給水タンクの足組の鉄柱から手を離し、俺は両の拳《こぶし》を握りしめ、一歩踏み出していた。

「何かしら」

正しい位置を決めたようで、女は太陽に向かって、両腕を「V」の字になるように掲げた。ついでに胸のふくらみが吊《つ》り上げられ、これまでいちばん激しく谷間をアピールしている。

「器とやらが溢《あふ》れるまで、あとどのくらいだ」

「あなたたちの時間で、十分というところね」

「その十分を俺にくれ」

「この場に至って、何をするつもり？　あの絵はもう使えないわよ」

「もしも、俺がバベルの崩壊を食い止めることができると言ったら？」

両腕をV字に掲げたまま俺に向けられた馬鹿でかいサングラスを、まるで黒板がわりにするかのように、俺は組み上げたばかりの計算式を何度も反復した。弾《はじ》き出された答えが正解かどうかなどわからなかった。いや、正解などないだろう。俺が考え、行動することがすなわち「未来」へと変わるのだから——。

「聞いてくれ。もう少ししたら、俺がこの屋上に現れる。もちろん、元の世界の俺だ。まだバベルに放りこまれる前の、何も知らない俺だ」

依然、腕の位置は変えずに、

「続けて」

と女は冷たく促した。

頭をフル回転させ、言葉をひねり出す。途中、話の筋道が混乱するたび、それが残り時間のロスに直結するため、「いいから、俺の言うとおりにしろッ」と怒鳴りたくなったが、この女の協力なしには何も進まない。焦る気持ちをぐっとこらえ、まったく反応のわからぬ相手に、可能な限り筋道立てて説明した。まるで、このために小説家になる訓練を二年間、あのバベルの五階で続けていたかのように、まさにこれからの「あらすじ」を披露した。

「つまり、二度目をやれということ？」

「そうだ」

ちゃんと伝わったことに、安堵《あんど》のため息をつくと同時に握りしめていた拳を離した。左右ともにぐっしょりと汗に濡《ぬ》れた手のひらを、「美髯公」Tシャツにこすりつける。

「でも、それを実行するには大きく欠けている条件が一つあるわ」

「何だ、教えろッ」

「管理人が不在のときにバベルは機能しない。大九朔を失ったバベルは、あなたが何をしようと影響を受けない。残念ながら、今の話は、すべて絵に描いた餅《もち》ね」

足りない条件は大九朔の存在だという、あまりに根本的な盲点に気持ちが一瞬で収縮する。ふらふらと一歩、二歩と後退《あとずさ》ってから、ハッとして給水タンクの足組の鉄柱を握った。

「ハナから――、無理じゃないか」

「いいえ、ひとつだけ方法がある」

何だ、その方法って、とかすれた声で返す。

「あなたがなればいいの」

「なるって……、何に？」

「新しい管理人に」

こともなげに告げ、またもや、くいっくいとカラスのように首を回すと、女は音もなく腕を下ろした。

「あなたはすでに管理人としての基準を満たしている。こうしてここに立っていることが、何よりの証《あかし》。あと必要なのは、これまでも、これからも、この世にあるすべてのバベルを管理する私たちの立ち会いと――」

女は黒く染まった爪の先を白く輝く己の胸に向けたのち、俺の顔へと移動させた。

「あなたの宣言」

「宣言？　今さら何を言えばいいんだ？」

「もう忘れたの？　あの子が言っていたこと――、このバベルのルールを」

その瞬間、まるで隣に立っているかのように少女の揺れる声が耳元で蘇《よみがえ》った。

「心に浮かべ、言葉にしたことが真実になる。それがバベルのルール」

カラス女は太陽の声を聞くかのように首を傾けたのち、

「あと六分ね」

と残り時間を告げた。

「失敗とわかったときは、すぐに清算に入るわよ」

「それで、お前は手伝うのか？　うまくいったら、お前も死なずに済むぞ」

「私たちは決して死を怖れたりはしない」

「でも、生きていられるなら、それに越したことはないだろ？」

女は俺の顔をしばらく見つめていたが、

「手伝ってあげるわ」

と口角を限界まで上げ、ギョッとするくらいの満面の笑みを浮かべた。

さらには、何の予告もなくサングラスを取り外した。

のっぺりとした顔の上半分で、眉《まゆ》のないカラスの目玉が二つ、ぎょろぎょろと動き回ったのち、ぴたりと俺の目を見据えた。

「宣言して」

カラス女は管理人になるために必要な言葉を口にした。それは、何度も聞いた覚えのある、俺がよく知るフレーズだった。

不思議と気味の悪さを感じないカラスの目玉と正面で視線を合わせながら、今度は躊《ちゅう》躇《ちょ》なく言葉にした。

「俺は、ここにいる」

終　章　バベル管理人

どれほど遠くまで眺めようとも、焦点が合っているのか、合っていないのかすらわからないほど、視界の果てまで茫漠《ぼうばく》と街が続いていた。この街から何かがバベルに流れこみ、今この瞬間もこのバベルの内側を満たしているという。

俺にはわからない。

バベルの管理人になったという事実と同じくらい、何も体感できない。

「始めるわよ」

サングラスを顔に戻したカラス女が右脚を上げた。突然、ゆうに十センチを超えるヒールの先端を勢いよく地面に打ちつけた。

一瞬、何が起きたのか、わからなかった。

なぜなら、ワンピースからのぞく、女の黒いタイツに覆われた右脚がコンクリートを通過し、そのまま真下へ突き抜けたからである。

その先には、ネズミがいた。

なぜそれがわかるのかというと、コンクリートがまるでガラスのように透過し、階下の様子が丸見えになっているからだ。

俺の部屋の前から、ようやく上ってきたのだろう。前脚を先に運び、それからひょいと後ろ脚を持ってくるひょうきんな動きで器用に階段を上りきり、屋上へつながる踊り場に到達したまさにそのタイミングを狙って、ヒールの先端が濃い灰色の毛に覆われた頭蓋骨《ずがいこつ》を打ち砕いた。

小ぶりな頭部の周囲に赤黒いものが飛び散り、

「グキュッ」

という絶命の声を聞いた。

「ネズミのやつらは大嫌い」

正面では、片足で立つような格好で、女は右の太ももを軽く持ち上げていた。いったんは両のヒールを揃えた立ち方に戻るも、気になるのかミッキーを仕留めたヒールの先をコンクリートにこすりつけている。どう見ても、女の左右の脚の長さは同じだった。薄《うっす》らと灰色がかりながらもガラスのように透き通っていた地面は、無愛想なコンクリートのかたまりに戻っていた。哀れなミッキーの姿はどこにも見えない。

「とても危険な段階に入った証拠。物質の境界が、ここまで曖昧《あいまい》になっている」

「次は俺が来るぞ」

配電盤の陰に隠れようとする俺に向かって、

「向こうはあなたが見えない。ネズミといっしょ」

とカラス女は淡々と告げ、給水タンクの足組の脇を抜け、最上部からひょいと飛び降りた。

「お、おいッ」

驚いてのぞいたら、あんなに高いヒールを履いているにもかかわらず、何事もなく屋上を歩いている。

そこへ、もう一人の俺がやってきた。

蜜村《みつむら》さんのギャラリーで退去の話を聞いたのち、踊り場で殺鼠剤《さっそ》が乱れているのを見つけた俺が、ミッキー絶命の声に釣られノコノコと階段を上ってきたのである。

「あなたは、こっち」

いったん屋上に出たのち、階段に戻ろうとしたところを呼び止められたもう一人の俺は、ドアを潜る寸前でぴたりと足を止めた。

「ネズミは、ここ」

続いて投げかけられた声に、まんまと振り返る。

そこに登場したカラス女を見て、もう一人の俺が浮かべた表情といったらなかった。完全にビビっていた。さらに、女が空間の理屈などそっちのけで手に収めたミッキーの死体を放り投げ、

「時間切れが迫っているの。バベルが終わろうとしている。扉は、どこ？」

と扉の場所についてプレッシャーをかけ始めるや、易々とパニックに陥った。

もう一人の俺がどれだけわめき散らそうとも、カラス女は蛙の面に小便とばかりに、

「管理人であるあなたには、最大限の敬意を払っている。その証拠に、あなたには指一本触れていない」

と急に首の角度をつけて面を上げた。

「でしょ？」

サングラス越しの視線の先には俺がいた。

最上部のへりに立ち、もう一人の俺がじりじりと追い詰められていく様を見下ろしながら、フンと鼻を鳴らす。

「あなたはあの男から何も聞かされていないのかしら」

次から次へと繰り出される女の口撃に、もう一人の俺の混乱はいよいよ頂点に達しようとしている。

ほどなく短い叫び声とともに、哀れな雑居ビル管理人は階段へと逃げ去り、

「次はあなたの番よ」

とカラス女はドアへと向かいながら告げた。

「自分自身にイメージをぶつけるの。ここはもうあなたのバベル。あなたは新しい管理人―」

女に言われるがまま目をつぶる。

目を開けると、階段の踊り場に立っていた。

思い描いたとおり、作業着を纏《まと》った消防点検の業者の格好だ。慌ただしく駆け下りてくるサンダルの音が響き渡り、下りてくる俺と鉢合わせした。

「管理人さんさ、扉はどこ？」

なるたけ表情を殺して、出会い頭にぶつけてやった。

逃げ場を失ったもう一人の俺は、そのまま「ギャラリー蜜《みつ》」に飛びこんだ。あとは袋の中のネズミをいたぶるだけである。階段を下りてきた女が、

「これを使って」

と金槌《かなづち》を差し出す。

のぞき窓の前に立つと、ガラス面に今の俺の姿である、消防点検でやってきた業者の男が映しだされていた。黒縁のメガネをかけ、シャドーが入ったレンズが薄気味悪く光っている。金槌を使って窓を破り、次に渡されたスプレーを吹きかけてやったら、どうしようもなくなったもう一人の俺は奥のスタッフルームへと逃げこんだ。

カラス女がドアの表面に触れると、当たり前のように腕がすり抜け、難なく鍵《かぎ》を開けてしまった。すでに開いたドアを勢いよく蹴りつけ、突破されたことを中へと伝える。

床に散らばったガラス片を踏み砕き、ことさらに足音を立てながら、女と並びスタッフルームへと向かった。

扉の前で一、二、三と数えてから、ドアノブに手をかけた。

開いた先には、誰もいなかった。

俺はバベルへと旅立ったのだ。

「あと、三分よ」

「屋上で、待っていてくれ」

壁のくすんだ色合いの絵を一瞥《いちべつ》してから踵《きびす》を返し、階段を駆け上った。

五階のドアの前に立ったときには、「美髯公《びぜんこう》」Tシャツに短パンという格好に戻っていた。

鍵のかかっていないドアを開け、玄関に足を踏み入れた。ひさしぶりにサンダルを脱いで、フローリングの冷たさを足裏で感じる。すでに時間の感覚は完全に麻痺《まひ》しているが、おそらく一日も経っていないはずなのに、何日も、いや何年も漂流して戻ってきたかのような懐かしさが、部屋のあらゆるものに充満していた。

テーブルの上には、水道代と電気代の計算用ノートが広げられていた。送り損ねた「大長編」の原稿も、隅のほうに置きっ放しになっている。表紙の一枚はもちろん、白紙のままだ。原稿の束を取ろうとして、ふとノートの上に転がっている鉛筆に目が留まった。

そのとき、まるではじめからそこにあったかのように、一つのタイトルが心に浮かんだ。

本当は一秒でも惜しいが、一度声に出してみた。とてもシンプルなタイトルだ。それでいて、どうして今まで思いつかなかったのかと不思議になるくらい、しっくりとくる響きがあった。

鉛筆を手に取り、白紙の表紙にタイトルを勢いよく書きこんでから、ぶ厚い原稿の束を脇に抱え、部屋を飛び出した。

＊

「急ぎなさい。あと一分よ」

屋上に到着するなり、カラス女の声が響いた。

ハシゴを上り、最上部へとたどり着く。

サンダルをぱたぱたと鳴らし、給水タンクの前に立つ女の影を踏んで、建物のへりの前で足を止めた。

「あと、三十秒」

「大長編」ゆえに三部に分けた原稿のうち、二部を地面に置き、一部の右上の綴《と》じ紐《ひも》を解《ほど》いた。

三年かけて書き上げたから、一部につき一年を使ったという計算になる。綴じ紐を抜き取り、一年分のざっと三百枚を胸の前に持ってきた。

それを思いきり、投げ捨てた。

マス目にびっしりと字を書き連ねた原稿用紙が、いっせいに宙に散った。風がまったくないため、原稿はあっという間に上昇の力を失い、はらはらと何百もの花びらとなって落下していく。へりからのぞくと、ある白はきりもみし、ある白は仲間とじゃれ合い、ある白はゆったりと、好き勝手な勢いで地上への旅を始めていた。

足元からまた一部を取り上げ、

「もう、三十秒経ったか？」

と訊《たず》ねた。

返事はない。

やはり駄目だったかと振り返ると、女は給水タンクの足組の手前で、先ほどの「V」の字に両腕を掲げ、邪悪なラウンドガールのように少し腰を横に突き出す格好で立っていた。俺が失敗したときは即座に清算に入るつもりなのだろう。太陽にサングラスを向け、無言を保っていたが、

「バベルが今、ほんの少しだけ膨らんだ。澱《よど》みも変わらず流れこんでいる」

と何の抑揚も感じられぬ、積み木を崩したような声を発した。

「つまり、どういうことだ」

「賭《か》けは――、あなたの勝ち」

「じ、じゃあ、清算は？」

女はゆっくりと掲げていた両腕を下ろした。

それが意味するところを理解した途端、俺はその場に座りこんでしまった。

「でも、そのくらいの量じゃ、半日ももたないかも」

「たったの半日？　俺が一年かけて書いた原稿だぞ」

膝立《ひざだ》ちの姿勢で身体を起こし、二部目の三百枚のかたまりを空へと解き放った。

「プラス半日——」

トータル枚数が多すぎるため、原稿のコピーは取っていない。すべて手書きなのでデータもない。もう二度と、同じものは書けないだろうと思ったら、急に視界がかすんできた。これまでの三年間がごっそりと心から剝《は》がれていくのを感じた。果たして、これが正しい選択だったのかどうかわからない。管理人としてバベルを少しでも膨らませるために、その源となり得るものを探したとき、思いついたのはこの原稿の存在だけだった。三年間かけて書き上げた、九百枚を超えるストーリーは、俺の「未来」そのものだった。それらをすべて空に解き放ったなら、少しくらいは源とやらになるのではないか、バベルに迷いこんだ俺が、ふたたびこの場所に戻ってくるまでの時間稼ぎになるのではないか——、そう考えたのだ。たとえ、俺をバベルに送りこんだのが俺自身という結果になったとしても。

最後の一部を手に取った。冒頭の数枚をめくると、

「qua」

「quaa」

「quaaa」

バベルの朝はカラスが連れてくる。

ドアを開けた途端、待ち構えていたかのように頭の上から降ってくる連中の鳴き

声に迎えられ、俺は屋上に出た。弛緩した弧を描く物干し竿の洗濯ヒモを潜り、壁際のハシゴに向かう。

から始まる書き出しのページが目に飛びこんできた。

右上に開けたパンチ穴に通した綴じ紐を抜き取り、表紙の一枚をつまんだ。記されたばかりの鉛筆書きのタイトルを空に掲げると、急に原稿用紙の端が震えるように靡《なび》いた。

「風よ」

振り返ると、カラス女は真っ黒な口の中をのぞかせて、

「quaaaaaaaaaaaaaa」

と気持ちよさそうに、気味の悪い声を上げた。その全身を覆う黒の表面を、まるで生き物のように銀色のぬめりが縦横無尽に駆け巡った。どこからか「カア」「カア」という鳴き声が聞こえた気がしたが、俺の空耳だったかもしれない。

バベルのへりに立った。

紙の中央に殴り書きされた、

「バベル九朔《きゅうさく》」

という鉛筆書きの文字に別れを告げ、空へと放す。

さらに行ってこいとばかりに残りの原稿をどっさりと風に任せた。

「これだけ時間があれば、さっきの俺が戻ってくる。また時間をつくってくれるはず

だ」

下から吹き上げ始めた風を受け、いっせいに舞い上がった白い原稿用紙の嵐に包まれながら正面を望むと、街並みをまっ二つに分断するように一本の長い影がバベルの足元から伸びていた。

「あなたにも、あの影が見えるかしら？」

「ああ、見える」

「あの影を、私たちは空を飛び回って見つけた。ここにバベルが隠されていることを知ったの」

「新しい管理人として、一つ訊《き》いていいか？」

「何かしら」

「バベルのルールについてだ。どうして、そこまで言葉にすることにこだわる？　何でもありの大《だい》九朔でさえ、俺にたったひと言を口にさせるためだけに、あんなに苦労しただろ？」

「当たり前でしょ。バベルとはこの世に必要なもの。それなのに、あなたたち人間のような、何を考えているかわからない、得体の知れないバケモノを相手にしなくてはいけない。言葉を使わずに、何を使うの？」

本気で言い返したいことが山ほどあったが、あえて呑《の》みこんだ。

「私も一つ、あなたに訊いてみたいことがある」

何だよ、とカラス女に顔を向ける。

「あなたの夢に入って知ったことだけど、あなたは小説家になりたかったんでしょ？」

「あ、ああ――。それが何だよ」

「バベルの源が止まってしまった理由って、あなたがデビューすることが決まっていたからじゃないかしら」

「え？」

「もう無駄を見るわけではなくなった、ということ」

ひょっとして冗談を言われたのかと思ったが、馬鹿でかいサングラスをいくら眺めたところで、何も判断がつかなかった。

「お前は……、これから何をするんだ？　お前もこのバベルに閉じこめられてしまったわけだろ？」

「時間は好きなだけあるようだから、扉でも探そうかしら。大九朔さんはどうするつもり？」

「大九朔？」

「バベルの管理人には『大』をつけて呼ぶのが私たちのルール」

勝手にしろ、と口の端を歪ませて、風景に視線を戻した。最後にようやくタイトルを手に入れ、完成したばかりの俺の物語は、頭上を好き勝手に舞ったのち、新たな旅に出ようとしていた。建物がひしめき合い、無限に地表を覆い尽くす大平野に向かって、鳥の群れのように続々と飛び立っていく。その白の大編隊を目で追ううち、灰色の風景が徐々に薄まっていくのが見えた。地上の世界と接続していたズレが消えかけているのかもしれない。代わりに地表に現れてくるものを確かめる前に、「そろそろ、戻ろうぜ」と女に声をかけ、口笛を吹きながらハシゴに向かった。

「取りあえず、俺が小説を書いてるときは邪魔するなよ」

と告げてから、一気にハシゴを滑り下りた。

文庫版おまけ

吾階九朔による小品「魔コごろし」

海辺に三人、全身褐色に日焼けした、見るからに屈強な男が集って、先ほどから頭を突き合わせ何ごとか話し合っているのは、いかにしてあの魔《ま》コをころすか、についてである。

とはいえ、魔コをころすため、三人ともが海に向かうのではない。海に入るのは、そのうちのたったひとりだ。

これまで決して誰も試みようとしなかった魔コごろしが行われる。砂浜を見下ろす丘には、大勢の村人がつめかけていた。誰もが緊張の面持ちで、ときに不安げな眼差しで、今後、自分たちの長《おさ》になるであろう若者の出発を見守った。

「兄よ」

とその手にイノシシの骨を鋭利に研ぎ上げたものを差し出し、一人目の男が声を発した。

「そろそろ潮が引く」

「うむ」

兄と呼びかけられた男は、乾いた色合いの骨を受け取り、自ら木を選び、手のひらに馴染むまで、丁寧に削った細い棒の先端にそれを取りつけた。

「兄よ。ほら――隣村から女が来ている」

三人目の男が指差すと、こしらえたばかりの槍を手に、男はゆっくり振り返った。

確かに村人たちの立つ丘から少し離れた場所に、従者を引き連れた女の姿が見えた。

長い髪を海風に靡《なび》かせ、日焼けした膚の下、長の娘であることを示す黥面《いれずみ》を鮮やかにして、女は鋭い視線を男へ注いでいた。

「美しいな――あの女は」

「ああ、美しい」

「だが、女は長兄を選んだ」

背中で二人の男が話すくぐもった声を聞きながら、男は手にした槍を掲げた。

丘に立つ女は風に騒ぐ髪を手のひらで止め、うなずいた。女の足元で、赤い花を咲かせる草木の放つ緑がとても強く映えた。

「弟たちよ」

女の姿を黒い瞳に焼きつけ、男は砂に槍の先をついた。自分と同じ、特徴ある太い眉を母から受け継いだ二人に、静かに呼びかけた。

「これは亡き父が私たちに託した約束だ。私は彼女を妻として迎える。そして、私は新たな長となる。お前たち二人は、これからもよく私を支えてくれ」

「もちろんだ、兄よ」

「機会は公平にあった。結果には納得している。それに何といっても、女が選んだのは長兄――あなただ」

男は二人の弟の顔を見回しうなずいた。弟たちの右胸に刻まれた、波を象《かたど》った文身《いれずみ》に順に手で触れ、最後に己の胸の同じ文様に添えた。

「これから、魔コをころす」

「ころすだけじゃない」

「わかっている。最後まで言わなくていい」

男は口元を引き締め、棒の先の骨のはまり具合を確認した。

「こんなに静かな海は久しぶりだな」

目の前に広がる、鮮やかな蒼の海を迎え入れるように両手を広げ、男はゆっくりと息を吸った。

槍を肩に担ぎ、男は隆々たる筋肉を陽の光にさらし海に向かって歩き始めた。

＊

今は亡き前《さき》の村長《むらおさ》は、ひと月前、急な病に倒れた。ばばの祈禱もむなしく、死が近いことを知った長は、枕元に三人の息子を呼んだ。

たとえ誰があとを継ぐことになろうとも、三人の資質に関し、長は何の心配もしていなかった。ただ、気がかりなのは隣村の存在だった。長が村を治めた二十一年の間、小競り合いから大きないくさに至るまで、戦いの回数はおよそ六十三にも及んだ。長の左腕がその半生において上がらなかったのは、はじめてのいくさで肩の骨を石鏃《せきぞく》の矢に砕かれたためである。

ただ、この一年は両村の間にいくさはなかった。ともに長が年老いたからだ。そして、先に生を終えたのは、生涯の敵だった隣村の長だった。

自身の死に際し、隣村の長はたった一人残された娘の安全を守るため、苦渋の決断を下した。すなわち、憎き敵に、娘の未来を託した。すぐれた資質と噂に聞く、三人の息子のうちのひとりに、娘を嫁がせる旨を、伝えてきたのである。

それを聞いた長は、一時はこの機を逃さずいくさを仕掛けることを計画したが、やんぬるかな自分もあとを追うように病に伏してしまった。

長は枕元に集った三人の息子に遺言を伝えた。

かくなる上は、お前たち三人で奴の娘に会い、夫として選ばれた者が次の長になるがよい。その者は、自ずと二つの村の長となるだろう。ただ、自分が心配するのは、その結果がもとで、お前たちがいがみ合うことだ。ゆえに、お前たちに命ずる。

ここで長は息を継ぐと、厳しき戦士の眼差しで「長となるべき最後の条件」を告げた。

すなわち、選ばれた者は海に入り、まず底に棲むあのおぞましき魔コをころせ、と。

＊

「今でもはっきり覚えている。海の中にはじめて魔コの姿を見たときのことを。おそろしくて思わず泣いてしまった私を長兄はやさしく抱いて家まで戻ってくれた」

と末の弟が言った。

「むかし、ばばが言っていた。神が天から降りてきたとき、海のものを集め、神の言葉に従うか訊ねたそうだ。他の連中がすぐさま恭順を伝えるなかで、魔コだけが何も言わなかった。乱暴な女の神だったそうだ。もの言わぬ魔コに腹を立て、持っていた小刀でその口を割いてしまった。だから、魔コの口は今も割けたままだ」

と次兄が言った。

「ああ、おぞましい。そういえば、隣村の者に言われた。自分たちの村では、単に『コ』と呼んでいる。なぜ『魔』をつけて呼ぶのか――と逆に訊かれても、わからなかった。何か知っているか、次兄？」

「ばばだよ。ばばの母親が、誤って石を投げ、魔コの皮膚を破ってしまったせいで、おそろしい病気にかかって死んでしまった。それ以来、村では魔コと呼ばれ、決して近寄ってはいけないと言われるようになった」

「それなのに、父は妻を得た者は、その代わりに魔コをころせと言った。しかも、それだけじゃない。その肉を食せ、とまで言った。そんなことをしたら長兄が死んでしまう」

「だが、それほどのことをして生きていたなら、誰もが長兄を長として認める。兄弟の諍《いさか》いも起こらない。話を聞いた隣村の人間たちも、見る目が変わるだろう。皆、昨日まで敵だった連中だ。いくさの種はそれこそどこにでもある。父は戦う男だ。子にもそれを求めたのだ」

「確かに……コであれ、魔コであれ、あれを食すことを考えた者など、これまで誰もいない」

遠ざかる長兄の背中を見つめ、次兄は「私にはとてもできない」とつぶやいた。

「あんな化け物を食すなんて——」

＊

男は槍を手に、海に入った。

冷たい感触がすねを洗う。水面を風が渡り、貝殻を結んで作った男の首飾りをかすかに鳴らしていった。それは隣村の女が選んだ男という証だった。

槍を構え、男は波が引くのを待った。

静かな潮音とともに、膝裏を波がくすぐっていくのを感じながら、足元に顔を向けたとき、そこに魔コがいた。

ゆらめく水面の光を受ける砂の上に、およそ十の魔コが横たわっていた。

男がじりじりと近寄っても、まったく動く気配もなく、ぬらぬらした赤黒い皮膚をさらし、影のように砂にへばりついている。

男は槍を両手で握りしめ、大きく頭の上にふりかぶった。悲鳴にも似たかけ声とともに真下に下ろした。

確かな手応えがあった。槍を握る手を波が洗い、やがて引いたとき、男は足元に串刺しになっている魔コの姿を認めた。

男は槍を持ち上げた。

その先に力なく垂れ下がった魔コを見つめた。その割けた口の醜さに思わず視線をそらした。

男はしばらく躊躇したが、やがて観念したように目をつぶり、父との約束を守るべく、これからあの女を迎えに行くべく、また、この地に恒久なる平和をもたらすべく、その胴体にかぶりついた。塩の味に加え、意外な歯ごたえが、男のあごを捉えた。

その瞬間、わが国の海鼠《なまこ》にまつわる食文化の歴史が始まった。

本書は、二〇一六年三月に小社より刊行された単行本を大幅に加筆修正し文庫化したものです。

バベル九朔《きゅうさく》

万城目《まきめ》 学《まなぶ》

平成31年 2月25日　初版発行
令和6年 3月25日　6版発行

発行者●山下直久

発行●株式会社KADOKAWA
〒102-8177　東京都千代田区富士見2-13-3
電話　0570-002-301（ナビダイヤル）

角川文庫 21448

印刷所●株式会社KADOKAWA
製本所●株式会社KADOKAWA

表紙画●和田三造

●お問い合わせ
https://www.kadokawa.co.jp/（「お問い合わせ」へお進みください）
※内容によっては、お答えできない場合があります。
※サポートは日本国内のみとさせていただきます。
※Japanese text only

ISBN 978-4-04-107762-7　C0193

◆◇◇

角川文庫発刊に際して

角川源義

第二次世界大戦の敗北は、軍事力の敗北であった以上に、私たちの若い文化力の敗退であった。私たちの文化が戦争に対して如何に無力であり、単なるあだ花に過ぎなかったかを、私たちは身を以て体験し痛感した。西洋近代文化の摂取にとって、明治以後八十年の歳月は決して短かすぎたとは言えない。にもかかわらず、近代文化の伝統を確立し、自由な批判と柔軟な良識に富む文化層として自らを形成することに私たちは失敗して来た。そしてこれは、各層への文化の普及滲透を任務とする出版人の責任でもあった。

一九四五年以来、私たちは再び振出しに戻り、第一歩から踏み出すことを余儀なくされた。これは大きな不幸ではあるが、反面、これまでの混沌・未熟・歪曲の中にあった我が国の文化に秩序と確たる基礎を齎らすためには絶好の機会でもある。角川書店は、このような祖国の文化的危機にあたり、微力をも顧みず再建の礎石たるべき抱負と決意とをもって出発したが、ここに創立以来の念願を果すべく角川文庫を発刊する。これまで刊行されたあらゆる全集叢書文庫類の長所と短所とを検討し、古今東西の不朽の典籍を、良心的編集のもとに、廉価に、そして書架にふさわしい美本として、多くのひとびとに提供しようとする。しかし私たちは徒らに百科全書的な知識のジレッタントを作ることを目的とせず、あくまで祖国の文化に秩序と再建への道を示し、この文庫を角川書店の栄ある事業として、今後永久に継続発展せしめ、学芸と教養との殿堂として大成せんことを期したい。多くの読書子の愛情ある忠言と支持とによって、この希望と抱負とを完遂せしめられんことを願う。

一九四九年五月三日